KB179426

대한민국 ❸

대한민국 3

ⓒ 유호, 2008

초판 1쇄 인쇄일 2008년 8월 24일
초판 2쇄 발행일 2010년 1월 29일

글 유호
펴낸이 김지영   펴낸곳 작은책방
편집 김현주   디자인 박혜영
제작·관리 김동영, 서은주
영업 김동준, 조명구

출판등록 2001년 7월 3일 제2005-000022호
주소 158-070 양천구 신정동 318-5 황금프라자 804호
전화 (02)2648-7224   팩스 (02)2654-7696
홈페이지 www.i-b.co.kr

ISBN 978-89-5979-109-5 04810
       978-89-5979-112-5 (SET)

● 잘못된 책은 교환해 드립니다.
● 저자와의 협의하에 인지는 붙이지 않습니다.

대한민국 3

유 호 장 편 소 설

해든아침

|차례|

1장 암살자   7

2장 위기!   40

3장 전운戰雲   78

4장 낚시   99

5장 내전內戰   135

6장 빛과 그림자   170

7장 내일은 대한민국   205

8장 의외의 변수   231

9장 개헌   257

10장 불타는 하늘   278

암살자

"염병! 중국 아이들이 다 잡아가게 하자는 거야 뭐야!"

방파제에 걸터앉은 최 노인은 소주잔을 거칠게 내려놓았다. 안 그래도 바닥까지 쓸어가는 중국 쌍끌이 어선들 때문에 화가 머리 끝까지 솟구친 상황이었다. 그런데 때 아닌 출어금지가 떨어졌다. 가뭄에 콩 나듯 얼굴을 내밀던 해군 초계함들이 오늘은 두 척이나 나타났으나 그저 항구 한 켠을 채우고 있을 뿐이었다.

해가 뉘엿뉘엿 수평선으로 떨어지는 시간, 섬에서 불과 2km 떨어진 NLL 라인 주변에는 무려 400척이 넘는 크고 작은 중국 어선들이 신나게 그물을 내리고 있었다. 평소 많아야 250여 척이던 불법어로 중국 어선들의 숫자가 하룻만에 부쩍 늘어난 것이었다. 반면 연평도에 모인 한국 어선들은 어제부터 꼼짝도 못한 채 발이 묶여 있었다. 그렇다고 북한 어선들이 조업을 하느냐 하면 그것도 아니었다. 북한 어선들은 너무 작아서 NLL 근처까지 나오지도 못했다. 엉뚱한 중국 어선들만 횡재를 하는 셈이었다. 옆으로 다가앉은 장씨가 술을 따르며 말했다.

"영감님. 뭔가 이유가 있겠죠. 참으세요."

"염병할! 이유는 무슨 개뿔이! 북한 놈들 들썩거리니까 슬그머니 피한 거겠지. 어제 보니까 북한 경비정들 잔뜩 몰려다니더만. 꽃게 철이 석 달이야 넉 달이야! 달랑 달포나 되는데 거기서 이틀 빼면 뭐 먹고 살라는 거야! 저것들은 새끼까지 몽창 쓸어간단 말이야!"

"그만하세요. 영감님. 그걸 누가 모르나요. 괜히 총질이라도 당하면 큰일이잖아요."

"염병!"

다시 술잔을 집은 최 노인이 바다로 눈을 돌렸다. 순간, 수평선 위를 빠르게 가로지르는 가느다란 섬광이 보였다.

"어럽쇼? 저거 보게. 저게 뭐지?"

"뭐가요?"

장씨가 고개를 돌렸지만 워낙 가느다란 빛이라 궤적을 찾아내지는 못했다. 섬광은 갑자기 궤도를 바꿔 하늘로 불쑥 치솟으면서 순간적으로 시야에서 사라져버렸다. 그리고 끝이었다.

"어디요? 안 뵈는데요?"

"에이. 지나갔어. 술이나 마시세. 이거라도 마셔야 잊어버리지."

"예. 어르신."

장씨에게 술잔을 건넨 최 노인이 끌끌거리며 술을 따랐다.

같은 시간, 대한은 연평도 방파제에서 120km 떨어진 남서 해상에서 낮게 호버링하는 치우의 함교에 올라서 있었다. 연평도 해상에 띄워 놓은 탐사기체가 보내온 화상 4개가 난간 바로 위에 나란히 떠올라 있었다.

"돌풍-1 4호, 5호기 목표상공에서 폭발. 돌풍-2 2호기 목표상공 접근 중. 2초 후에 폭발합니다."

아영의 지극히 사무적인 목소리, 그가 화면을 훑어보는 사이 아영이 다시 말했다.

"돌풍-2 2호기 폭발, 연평도 북서쪽 25킬로미터 해상."

"상황은 어때?"

그가 슬쩍 아영의 허리를 끌어안자 어조가 평소로 돌아왔다.

"성공이야. 6발 모두 목표상공 오차범위 안에서 폭발했고 선박들이 영향을 받았어."

어제 오늘을 통틀어 중국 어선들이 가장 많이 나타난 시점, NLL을 따라 100km 해상을 완전히 뒤덮은 돌풍의 가공할 쇼크웨이브는 해상에 떠 있는 모든 것을 일순간에 정지시켜버렸다. 영향권 안에 있던 모든 선박은 크기와 상관없이 모조리 움직임을 멈췄다. 엔진을 비롯해 무전기, GPS, 모터 등 전기가 공급되는 물건이란 물건은 한순간에 먹통으로 변해버린 것이다. 일부는 기판들이 타버려서 선체 외부로 연기까지 뿜어내는 판이었다. 이미 상당수의 선박들이 조류에 떠밀려 해안으로 밀려들어가고 있었다.

교전을 유도하기 위해 옹진반도 남쪽 해역에 집결해 있던 북한 해군 경비정 20여 척도 당연히 영향권 안이었다. 북한 경비정의 경우, 무장통제를 위한 전자장비가 거의 없다보니 무장은 비교적 멀

쩡했지만 동력이 죽어버린 이상 이젠 망망대해의 대포 달린 뗏목
이나 마찬가지였다. 해주만 안쪽에 남아 있던 몇 안 되는 소형 경
비정들은 요행히 영향을 받지 않았으나 그들 역시 밤새도록 해안
에 좌초하거나 표류하는 선박들의 처리에 골몰해야 할 처지였다.
물론 내일 새벽에 해상으로 나올 한국 초계함들도 남쪽으로 표류
하는 선박들을 처리하기 위해 한동안은 애를 먹어야 할 것이었다.
어쨌든 북한의 서해교전 재현 기도는 이것으로 물 건너간 셈이었
다. 그가 물었다.

"유효반경은?"

"돌풍-1은 2.5킬로미터, 2는 23킬로미터, 폭발 고도를 조금 낮
춰야 할 것 같아."

"오케이. 그 정도면 됐네. 상황 봐서 두 발만 더 쏘고 나서 데이
터 연구진에게 넘기자."

"응."

"이태식 씨는 어떻게 됐어?"

"꽃다발 들고 인사 중이야."

"지지율은?"

"예상대로야. 53퍼센트. 압도적이지 뭐."

"안성윤 총재가 좀 실망했겠네."

조금 전에 끝난 야당의 당내 경선은 대한의 예상과 크게 다르지
않게 진행되었다. 난립한 군소 후보들이 속속 경선포기를 선언하
면서 한때 거세졌던 안성윤의 막판 추격이 크게 탄력을 받지 못한
채 주저앉자 경선은 싱겁게 끝을 보였고 결국 마지막 대의원 선거

일은 이태식이 대통령후보직을 수락하는 축제 형태로 이어져버렸다. 며칠 내로 끝날 여당의 경선도 박지웅 총재의 우세가 굳어져가고 있어서 연말의 대통령 선거는 박지웅과 이태식의 싸움으로 압축되는 셈이었다. 아영이 말을 받았다.

"그렇지도 않아. 아무래도 이태식 의원님의 조직력이 딸리니까 안성윤으로서는 선거에 협조하면 어느 정도 세를 유지할 수 있을 거라고 판단한대. 아마 취임 후에도 상당한 영향력을 발휘할 수 있을 거야."

"일단 축전 하나 보내드려라. 조만간 한번 얼굴 보자고 전하고."

"응. 처리할게."

"그리고 앞으로 한 달에 한번 정도씩 해역에 몰려다니는 중국 어선들을 소개하자."

가볍게 고개를 끄덕인 아영이 말을 받았다.

"알았어. 그런데… 오늘은 이만 돌아가도 될 것 같아. 이제 해역에 정상적으로 가동하는 선박은 없어. 그리고 조수를 따라 해안으로 밀려들어가니까 배들이 먼 바다로 표류할 걱정은 안 해도 될 것 같아."

"그럼 돌아가자. 시간 없다."

저녁 8시 30분, 격납고에 치우를 집어넣으면서 오전에 입국해 대기 중인 미래포스를 소집해놓고 서둘러 강당으로 이동했다. 3기 훈련생이 자대에 배치되면서 숫자는 다소 늘어나 미래포스는 이제 2개 부대 86명으로 확대 개편되어 있었다. 생각 같아선 할흐골 현지에 있는 보안시스템 파견대까지 불러들이고 싶었지만 현지의 치안을 무시할 수는 없었다.

그가 강당에 들어서자 일제히 발 구르는 소리가 터지고 이어 이연수의 날카로운 목소리가 터졌다.

"부대장께 경례!"

"충!!"

"부대 쉬어."

대원들이 편안한 자세에 들어가고 나자 대한이 차분하게 입을 열었다.

"먼 거리 날아오느라 수고했다. 급히 여러분을 소집한 건 미래시티에 진입을 시도하는 미 해병대 기계화 연대를 저지하기 위해서이다. 알다시피 상대가 정규군이라고 해서 걱정할 필요는 없다. 미국 해병 1사단이 보유한 스트라이커 장갑차의 무장으로는 제군들이 탄 장갑차량을 파괴하지 못한다. 도하 날짜도 정해져 있고 방법, 위치도 안다. 또한 훈련 상황이니 실탄을 사용하지 못할 터, 따라서 제군들은 미군이 진입할 지역에 장갑차량을 배치하고 힘으로 저지하면 된다. 강제로 진입하려 하면 위협사격을 실시하고 그래도 진입하면 방어시스템을 가동할 예정이다. 제군들은 진입저지에 용이한 지역을 확보하고 상황실의 지시에 따라 움직이되 돌파당할 위험이 있을 경우에만 레일건 사용을 허가한다. 미군 장갑차량의 무한궤도를 집중적으로 공략한다고 생각하면 될 것이다. 인명피해가 나서는 안 된다."

미래포스에 지급하기로 결정한 차량은 한대정공에서 차륜형

NIFV 장갑차량의 차대를 구입해서 전면적으로 개조한 장갑차였다. 에이브럼스 전차에 비하면 다소 방호력이 떨어지지만 능동방어능력만큼은 타의 추종을 불허했고 최고속도 시속 120km, 주무장으로 20mm 레일건과 운사용 체인건을 장착한 무시무시한 놈이었다. 아직 이름도 없고 회사 내의 프루빙 그라운드를 벗어나지도 못했지만 거의 전자동으로 가동되는 놈이어서 훈련은 열흘이면 충분했다. 잠시 대원들의 면면을 훑은 그가 말을 이었다.

"오늘 미팅을 마치고 나면 48시간 동안 휴가에 당하고 귀대 즉시 장갑차량 적응훈련에 들어간다. 장교들은 방어선 구축지점을 결정하고 보고하도록. 질문은 차후 팀장들을 통하라. 이상이다. 해산. 이연수 중령은 남아라."

군례가 끝난 뒤 대원들을 해산시킨 이연수가 재빨리 다가서며 거수경례를 했다.

"중령 이연수. 귀국보고 드립니다."

"남자들 틈에서 견딜 만한가?"

"물론입니다. 잘빠진 영계들 엉덩이 구경은 실컷 하고 있습니다. 후후."

마주 웃은 대한이 이연수의 어깨를 퍽 쳤다.

"그런가? 다행이군. 자… 이제 본론을 시작할까?"

"그러시죠."

"사실 내가 굳이 이 중령을 부른 건 이번 일은 좀 조심스럽게 처리해야 한다는 말을 하고 싶어서야. 썩어도 준치라고 상대는 미군이거든. 예상은 하겠지만 저쪽은 의도적으로 사고를 만들 가능성이 높아. 진짜 무력충돌이 생길 수도 있다는 뜻이야."

"알고 있습니다. 최대한 조심하겠습니다."

그가 미군의 예상 진입지점을 표시한 지도를 꺼내 펼쳐 보이며 말했다.

"장교들을 데리고 강변 여기와 북쪽 여기에 방어선을 구상하되 만일에 대비해서 2선 3선까지 고려해라. 치고 빠지는 형태를 생각해야 할 거다."

"알겠습니다."

"자네도 가족들 만나봐야지. 대원들과 같이 나가보게. 회사버스를 준비시켜놨으니까 전원을 원하는 장소에 내려줄 거다."

"감사합니다. 대장. 다시 뵙겠습니다."

이연수가 군례를 하고 돌아서자 대한은 서둘러 치우로 걸음을 옮겼다. 마음이 급한 만큼 걸음도 빨라지고 있었다.

페리로 불과 1시간 거리에서 마주보고 있는 홍콩과 마카오는 제국주의 시절 지배국이었던 영국과 포르투갈만큼이나 색깔이 달랐다. 영국의 비호를 받은 홍콩이 세계금융과 무역의 중심지로 성공적으로 자리 잡은 반면 마카오는 해양대국에서 변방의 소국으로 쇠락해버린 포르투갈처럼 카지노 말고는 변변히 내세울 것 하나 없는 그저 그런 3류 도시에 불과했다.

그러나 지난 2001년, 마카오정부가 도박 산업을 외국자본에 개방하면서 마카오는 하루가 다르게 새 옷으로 갈아입고 있었다. 도시는 미국과 중국 자본이 경쟁적으로 쌓아올리는 새 호텔카지노

공사장에서 내뿜는 분진과 소음으로 가득했다.

한국시간 새벽 2시, 야시경에 눈을 붙인 대한이 시선을 집중한 곳은 마카오의 최남단 콜로안의 핵사비치였다. 검은 모래로 유명한 해변답게 거무튀튀한 바닷물이 새카만 백사장에 철썩였고 해변에는 비슷한 모양의 최고급 빌라들이 줄줄이 들어서 있었다. 새벽 하늘 역시 새카맣게 가라앉아 있었다.

"저기 해바라기 문양이 매달린 건물이란 이야기네?"

대한이 야시경에서 눈을 떼며 말했다. 미래포스 대원들 소집이 끝난 직후, 치우에서 탐사선만 떼어내서 곧장 마카오로 날아온 상황, 국정원 자료에 따르면 김정남은 며칠 전부터 MGM의 팬트하우스를 비우고 핵사비치의 빌라로 나와 있었다. 경비 병력은 전부 6명, 전원이 무장한 상태였다. 일부는 자동소총까지 쥐고 있었다. 아영이 말했다.

"응. 김정남은 1층 응접실에 있는 것 같아. 스캐너 상에는 5명이 테이블 하나를 중심으로 모여 있고 주변에 4명이 왔다 갔다 하고 있어."

"포커판이라도 벌렸나?"

"그런 것 같아. 담배 피우는 사람도 많아."

"하기야 도박중독이라는 이야기가 괜히 나온 거 아니겠지. 그럼 전부 15명이라는 이야기니?"

"아니. 전부 21명. 2층에 6명 더 있어."

"젠장 많기도 많다."

대한이 권총에 소음기를 돌려 끼우며 혼잣말처럼 투덜거렸다.

총을 드는 건 달갑지 않지만 상황이 상황이니만큼 어쩔 수 없는 선택, 결정했으면 뒤돌아보지 않아야 했다.

"시간 끌어봐야 좋을 거 없으니 지금 들어가자. 해뜨기 전에 돌아가려면 시간도 빡빡하다. 배를 아예 선착장에다 대자."

"알았어."

아영은 지체 없이 배를 움직였다. 이빨이 부딪힐 정도로 심하게 요동친 배가 제법 길쭉하게 바다로 빠져나온 목조 선착장 가까이에서 속도를 줄였다. 인근 빌라들이 공용으로 쓰는 선착장인 듯 선착장에는 최고급 요트와 모터보트들이 빼곡히 들어차 있었다.

고급 요트들 사이에 조용히 고속정을 밀어 넣고 선착장으로 뛰어올랐다. 해바라기 문양이 매달린 김정남의 빌라는 선착장 정면 건물에서 네 채 건너였다. 망설일 이유는 없었다. 백사장의 검은 모래를 밟은 대한이 나직하게 중얼거렸다.

"치우비 온라인!"

김정남이 깔끔하게 쌓아놓은 칩 몇 개를 집어 테이블 가운데에 던지며 호기 있게 말했다.

"10만 달러. 기본은 해야디?"

"다이."

"에이 죽습니다."

연달아 두 사람이 패를 엎고 테이블 건너편에 앉은 날카로운 인상의 40대 사내가 칩을 앞으로 밀어냈다.

"위원님 무리하시는 거 아닌가 모르겠습니다? 제가 좋지 못한

습관을 가지고 있어서 말이죠. 후후. 패 확인은 해야겠습니다. 콜."

넥타이를 반쯤 풀어내고 와이셔츠 단추 2개를 풀어낸 사내는 옆구리에 권총을 차고 있었다. 국정원 홍콩지부장 박용철, 김정남을 보호하라는 명령을 받고 MGM에 있던 김정남을 경호가 용이한 핵사비치로 불러낸 상황, 필생의 숙적인 북한 공작국 요원들 틈에 끼어 북한 고위층 인사를 보호해야 하는 꼴이 불만스럽지만 명령은 명령이었다. 하릴없이 시간을 죽이다가 중국에서 외화벌이 사업을 하는 북한 사업가들과 벌인 김정남의 포커판에 끼어든 것이었다. 작은 판이 아니어서 적잖이 부담스러웠으나 요행히 운이 따라주고 있었다.

"이거이 남조선 국정원은 놀음만 가르치는 거이가? 하하. 영 쪼발리누만. 어디 봅세. 난 자니 스트레이트야."

김정남이 능글맞게 웃으며 말했다. 손에 쥔 카드를 내려놓으면서였다.

"휴… 전 나인 플러시입니다. 자니 플러시인 줄 알고 고민했습니다."

박용철은 짐짓 가슴을 쓸어내리는 척 하면서 카드를 내려놓았다. 당연하다는 듯 손은 벌써 테이블 가운데에 쌓인 칩 더미로 올라가고 있었다. 김정남이 입맛을 다시며 말했다.

"이거 오늘은 영 끝발이 안 사는군 기래. 어이! 카드 바꾸기요."

"네."

어깨와 허벅지를 모두 드러낸 늘씬한 여자가 재빨리 새 카드 한 벌을 테이블로 가져왔다.

카드를 받은 카지노 딜러복장을 한 아가씨가 새 카드를 개봉해 다시 섞는 사이 김정남이 허리를 펴서 좌우로 몸을 풀며 말했다.

"일이 있었을 긴데 뉴스가 조용하더군 기래. 어떻게 된 기야? 좀 알아보기요."

"저도 백방으로 확인하고 있습니다. 이상하게 우리 해군이 하루 종일 연평도 해상으로 나가지 않은 것 같더군요. 어선들도 어제는 출어가 금지됐고요. 아무래도 우리 군이 북측 경비정들의 움직임이 심상치 않은 걸 눈치채고 피한 것 아닌가 싶습니다."

"피해? 대통령이 지시한 거이가?"

"애매합니다. 아마 내일이면 정확한 상황이 파악될 겁니다. 기다려보시죠."

"할 수 없다. 기나저나 기깟 총질 몇 번으로 도대체 뭘 어쩌겠다는 거인디 모르갔어. 멍청한 노인네들 같으니라고. 덕분에 애꿎은 하전사들만 줄줄이 죽어나가갔다. 답답하구만 기래."

사나운 표정으로 혼잣말을 중얼거린 김정남이 씹어뱉듯 말을 더했다.

"어이. 패 돌리라우."

가볍게 목례를 한 여자가 재빨리 패를 돌리기 시작하는 순간, 현관에서 느닷없는 고함 소리가 들려왔다.

"뉘기야! 썅! 죽이라우!!"

와장창!

순간 현관문이 통째로 뜯겨져 폭발하듯 안으로 날아들고 현관으로 다가서던 총잡이 하나가 문에 얻어맞으면서 단박에 널브러졌다. 테이블에 둘러앉았던 사람들이 순간적으로 모두 자리에서 일어서며 제각기 총기로 손을 가져갔다.

"뭐야! 젠장!"

문으로 들어선 건 정말 섬뜩해 보이는 시커먼 도깨비 가면이었다.

쾅! 콰쾅!

공작국 요원들의 손에서 연신 총성이 터졌지만 도깨비 가면은 거침없이 안으로 들어오면서 방아쇠를 당겼다. 가까이 있던 둘이 가슴팍을 쥐고 주저앉았다. 박용철은 다급하게 포커 테이블을 뒤집었다.

"후문으로!!"

그가 테이블 너머로 총을 쏘는 사이 김정남은 공작국 요원들에게 둘러싸여 후문으로 뛰었다. 나름대로 정확한 상황판단이었다. 후문 쪽에는 지하를 통해 외부로 이어진 탈출로가 있었다. 6명이나 되는 외부의 중무장 공작국 요원들을 쥐도 새도 모르게 없애버리고 들어왔다면 상대의 숫자는 하나둘이 아니라는 이야기였다. 더구나 소음기까지 쓰는 프로. 활로는 지하뿐이었다.

"컥!"

소파 뒤로 몸을 날리던 지부 요원이 허벅지에 총탄을 얻어맞고 나뒹굴었다.

'제기랄!'

도깨비 가면은 이쪽이 쏘는 총탄은 완전히 무시한 채 유령처럼 몸을 날리며 공작국 요원들을 사살하고 있었다. 정확하게 한 발씩, 저항이 무의미하다는 생각을 떠올리는 순간 뒤로 빠져나가던 김정남이 용수철에 튕겨진 것처럼 응접실로 날아들어 테이블 아래 처박혔다. 아예 기절한 듯 비명조차 없었다.

'니기미! 뒤에도냐?'

욕설을 퍼부으며 후문 쪽으로 총구를 돌리는 순간 후끈한 열기가 팔목을 관통했다.

"큭!"

똑같이 생긴 도깨비 가면. 테이블을 뛰어넘은 도깨비 가면이 유령처럼 바로 옆으로 내려서면서 그의 턱에다 무릎을 틀어박았다. 비스듬히 쓰러지는 그의 눈동자에 김정남의 이마 한가운데가 터져나가는 그로테스크한 장면이 비 오는 흑백영화 화면처럼 흘러갔다. 그것이 기억의 끝이었다.

김정남을 그 자리에서 사살해버린 대한은 허둥지둥 2층에서 내려오는 두 놈을 쏘아 쓰러트린 다음, 단숨에 계단 중간을 박차고 2층으로 뛰어올랐다.

카카캉!

2층에 발을 올리기가 무섭게 자동소총 소리가 터졌다. 여섯 중 둘을 사살했으니 남은 건 넷, 어깨 즈음이 뜨끔했으나 신경 쓰지 않았다. 일직선으로 복도를 달리면서 죽기로 방아쇠를 당기는 두 놈의 복부에다 연속해서 총탄을 박아 넣었다. 철컥하며 약실이 입을 벌렸다.

'젠장!'

문 밖으로 머리를 내민 놈의 얼굴에다 권총을 집어던지면서 유령처럼 도약, 허공에서 팽이처럼 몸을 회전시켰다. 반대편에서 엉거주춤 총구를 들이대는 놈의 턱에 무시무시한 회축이 작렬했다.

"끄르륵!"

턱 한 귀퉁이가 터져나간 놈은 사방으로 피를 뿌리며 복도 한쪽에다 머리를 처박았다. 던져버린 권총에 얼굴을 정통으로 얻어 맞은 놈은 슬로우비디오처럼 천천히 뒤로 넘어가고 있었다. 쓰러지는 놈의 위로 몸을 날리면서 놈의 머리가 땅에 닿는 것과 동시에 팔꿈치로 안면을 찍었다. 비명은 없었다. 놈의 손에서 자동소총을 빼내 쓰러진 놈들의 미간에 한 발씩 쏘면서 1층으로 내려왔다. 아영은 국정원 요원으로 보이는 세 사람을 한쪽으로 밀어놓고 있었다. 세 사람 다 부상이 심각했지만 제때 치료만 받으면 죽을 정도는 아니었다. 차마 국정원 요원들은 죽일 수 없었던 것이었다. 세 사람을 제외한 나머지를 하나하나 확인사살하면서 빌라를 나섰다. 쥐 죽은 듯이 고요하던 빌라촌은 어수선하게 깨어나고 있었다.

"가자!"

곧장 선착장으로 달렸다. 첫 번째 총성이 5분도 안됐는데 벌써 경찰의 사이렌 소리가 가까웠다. 부촌답게 근처에 초소가 있었던 모양이었다. 일직선으로 백사장을 가로지른 그가 선착장에 뛰어오르며 물었다.

"어디냐?"

"거리 120미터. 군대도 움직이는 거 같아."

콜로안 섬에는 지난 2002년 갱단 소탕을 위해 진입한 광저우 군구 소속 인민해방군 3,000명이 그대로 남아 주둔하고 있었다. 주둔군 사령관을 소장이 맡을 정도의 정예, 해안 경비 역시 주둔군의 몫이었다. 자칫 포위되면 골치 아파질 수도 있었다.

"젠장! 서두르자."

고속정을 정박한 곳까지의 직선거리 100여 미터가 한없이 길게 느껴졌다. 고함 소리와 총성이 파도 소리에 뒤섞이기 시작했다.

이틀을 훌쩍 넘기고 나서야 언론이 시끄러워지기 시작했다. 다소 의외의 논조, 중국 어선 400여 척의 집단표류 사건은 미군이나 미래그룹이 개발하는 신종무기의 실험이 아니냐는 식의 추측기사만 난무했고, 마카오정부에 의해 사실로 밝혀진 김정남 암살설은 손바닥만한 기획기사로 끝이 나버렸다.

북한의 반응도 애매했다. 공식 채널을 통해 남쪽 해안으로 표류한 10여 척의 경비정 선체와 탑승자들을 송환해달라는 요구만 해왔을 뿐 김정남의 사망에 대해서는 일언반구 거론하지 않았다. 따지고 보면 애당초 김정남에 대한 경호가 국정원과 공작국의 합동작전이라는 건 양측 모두 인지한 사실. 거기다 지난 총격전에서 용케 목숨을 부지한 건 국정원 요원 3명 중 2명, 공작국 요원 12명 중 1명이었다. 와중에 국정원 요원 한 사람이 사망했고 공작국 요원 한 놈을 살려둔 모양이었다. 그러나 생존자들은 빌라를 공격한 자들의 얼굴을 보지 못했고 하다못해 목소리조차 듣지 못한 상황, 사건은 고스란히 미궁으로 빠져버린 모습이었다.

이런저런 설들이 분분했지만 북한 내부 권력투쟁의 산물이라는 추측이 가장 유력했다. 북한입장에서도 남측을 지목할 만한 이유가 마땅치 않았고 상식선에서 생각해도 이미 후계구도에서 밀려나 외국을 전전하는 도박중독자를 굳이 암살한다는 것 자체가 말이 되질 않았다. 이처럼 북한 내부적으로도 김정남의 사망 사실을 공표하지 않았고 남측에 특별한 요구를 해오지도 않아서 김정일 유고설만 점점 더 힘을 받는 형국이었다. 결국 이런저런 이유가 겹치면서 미래그룹에 대한 의혹은 절묘하게 빗겨가는 모양새였다.

그러나 진짜 문제는 수면 아래에 있었다. 서해 중국 어선 집단표류 사건에 대한 국정원의 보고서가 정확하게 미래그룹을 지목한 것이었다. 비슷한 시간대에 치우가 해상에 있었고 미래의 기술력이면 충분히 고성능 EMP를 만들어낼 수 있다는 이야기였다. 합참은 북한 해군의 기동이 수상해서 민간의 출어를 금지시켰다고 끝까지 오리발을 내밀었지만 합참의장과 대한의 회동 직후에 일어난 일들이기 때문에 정황상 의심의 여지가 없다는 논리였다.

김정남 암살건도 마찬가지였다. 물리적으로 대한이 마카오까지 갔다 왔다고 보기는 어렵지만 막강한 용병기업을 보유한 이상 말 한마디로도 얼마든지 가능한 일이라는 판단이었다. 대통령의 입장에서 보면 당연히 가장 먼저 의심이 가는 인물, 즉각적인 호출은 없었으나 일단 몸을 사려야 했다.

그렇게 조심조심 몸을 사리면서 미래시티 방어선 구상에 골몰하던 5월 7일 밤, 느닷없이 차영태가 단신으로 미래소재를 찾아왔다. 운전병도 대동하지 않은 사복 차림이었다. 한미 합동훈련을 불과 사흘 앞둔 시점, F-35대대와 해병 1사단은 이미 송탄비행장에 들어왔고 항모 니미츠와 핵잠수함 오하이오 역시 부산항에 입항해 있었다. 사전 연락도 없이 단신으로 찾아왔다는 건 뭔가 급한 용무가 있다는 뜻이었다.

대한이 응접실에 들어서자 차영태가 반갑게 손을 내밀었다.

"여! 김 회장. 바쁠 텐데 미안하네."

"별 말씀을요. 어서 오십시오."

대충 악수를 하고 인사말 몇 마디가 오가고 나자 차영태가 슬그머니 본론을 꺼내놓았다.

"며칠 전에 합참에 올라가서 의장님하고 이야기를 좀 나눴네. 입장이 난처할 거라고 하더군."

"없지 않아 그렇습니다."

"그리고 그거 자네 작품이라면서?"

북한 경비정과 중국 어선들의 집단표류사건을 말하는 것일 터였다. 그가 씩 웃었다.

"그냥 모르는 척 하십시오."

"그거야 당연하지. 어쨌든 김 회장은 진짜 보물이야 보물. 대단하구만."

"미국도 가지고 있는 물건입니다. 생산이 어려운 것도 아니고요."

"하긴 스텔스 전투기도 만드는 판에 EMP는 아무것도 아니겠지. 그나저나 이번 훈련에 풍백을 공개해야 한다고 하던데 곤란하지 않겠나?"

"어차피 더 숨기고 있기도 어렵습니다. 감수해야죠."

"하긴 그래. 어쨌든 코큰 아이들 턱뼈 빠지는 모습을 상상하니까 벌써부터 속이 다 시원하구만. 아마 10년 묵은 체증이 몽땅 내려갈 거야."

"후후. 제대로 부러트려야죠. 혼쭐을 내서 돌려보내십쇼."

"그래. 그래야지. 그나저나 그 미국 해병 1사단 건 말일세."

"네."

"부대훈련 계획을 검토하다가 괜찮은 생각이 떠올라서 말이야. 아무리 김 회장이라고 해도 혼자서는 힘들 것 같고… 그냥 생각뿐이긴 한데… 알박기 어떤가?"

"알박기요?"

"그래. 알박기. 미래시티 부지에다 우리 수방사 1개 대대 정도를 미리 들여보내는 걸세. 주요 방산업체이니 대외적으로 핑계거리도 되고 주둔부대가 있으면 마구잡이로 밀고 들어오지도 못할 것 아닌가. 안 그래도 서부전선을 훈련장소로 택하는 통에 수방사가 괴롭게 된 판이니 이왕 부대원들을 근무지에서 뺄 거면 김 회장이라도 제대로 도와주는 게 나을 거 같아서 말이야."

미래시티 부지에 수도방위사령부 병력을 깔아서 미군의 진입을 원천봉쇄하자는 이야기, 하지만 군부대 훈련에 내줄 수 없다고 공언해놨으니 명분상 문제는 있었다. 사실 한국군이 들어오는 것도 달갑지 않기는 마찬가지였다. 잠시 머릿속을 정리한 그가 말했다.

"감사하긴 한데… 명분만 없어지는 것 같습니다. 그냥 버티겠습니다. 차라리 부지 북쪽 경계에 광범위하게 수방사 주둔지를 만드시는 쪽을 검토해주십시오. 미군이 장기간 버티려고 한다면 어차피 거기가 답이니까요."

수방사가 북서지역을 막아주고 미래포스가 남서쪽 한강 하구만 방어하는 입장이 되면 병력의 분산을 막을 수 있다. 그렇다면 총기를 사용하지 않는 순수한 힘만으로도 충분히 해볼 만한 싸움이 될 것 같았다. 차영태가 쓴웃음을 지으며 고개를 가로저었다.

"하여간 김 회장 배짱은 알아줘야 돼. 뭐 대책이 있으니까 그렇겠지만 말이야. 후후."

"대책이 뭐 있겠습니까? 인간 방패라도 만들어야죠. 후후."

"방패라? 보안시스템 요원들만으로는 어려울 건데?"

"당연히 어렵겠죠. 나름대로 생각이 있습니다."

"뭐 알겠네. 그럼 이제 진짜 본론을 시작하지."

"말씀 하세요."

"CIA야."

"CIA요?"

"그래. CIA가 본격적으로 미래그룹을 노리기 시작했네. 상황이 심각해. 동아시아 국장 브라운까지 직접 한국으로 날아왔어. 기무사령관 이야기로는 1사단이 입국할 때 히트맨으로 보이는 민간인들이 상당수 끼어 있는 것 같다고 했네. 훈련 때문에 군용기로 들어오는 군인들은 우리 정부가 관리를 할 수 없으니까 대책이 없지."

"히트맨이요?"

"진짜 프로 암살자들이야. 지금 목표를 찾는다면 김 회장이나 미래소재 수석연구원들일 가능성이 가장 높아. 물론 1호 타겟은 김 회장이겠지. 경호를 붙여줬으면 싶어서 혼자 왔어."

"CIA라… 귀찮군요."

"어쩔 수 없지. 약소국의 비애 아니겠나. 필요하면 부지외곽에 주둔할 부대 중에서 일부를 빼서 지원할 수도 있어."

"아닙니다. 자체로 해결하죠."

"괜찮겠나?"

차영태의 표정은 걱정스러웠으나 대한은 크게 개의치 않는 얼굴이었다.

"어쨌든 감사합니다. 신경 쓰겠습니다."

"뭐. 김 회장이 그렇다면 그런 거겠지. 알겠네. 그럼 난 이만 사라지지. 대신 조심해야 하네."

"명심하죠. 아직 죽고 싶은 생각은 없습니다."

굳게 악수를 나눈 차영태가 회사 정문을 벗어나자 대한은 즉시 숙소로 올라와 아영의 방으로 직행했다. 아영은 평소나 다름없이 컴퓨터 앞에 죽치고 앉아 있었다. 아영이 말했다.

"차 중장님 갔어?"

"그래. CIA 동아시아 국장이 히트맨들까지 데리고 입국했단다. CIA 자체 문건들 좀 뒤져봐라. 어떤 놈들이 들어왔는지 알아봐야겠다."

"응."

아영은 짧게 해킹작업을 끝내고 입을 열었다.

"전부 6명, 해군특수부대 출신으로 주로 중남미에서 활동하던 프로 킬러들이야. 1차적인 목표는 오빠하고 나 둘이네. 미래소재연구소 침투 계획도 있어."

"얼씨구. 겁을 상실했구만? 구체적인 계획도 있니?"

"그건 없어. 지휘관이 코요테라고 불리는 예비역 소령인데 현지

작전은 이 사람에게 일임한다고 되어 있어. 본명은 제이슨이야."

"흠… 흔적 없이 출국하려면 1사단이 귀국하기 전에 실행에 옮길 거라는 이야기인데… 우리 정신없을 때 치고 빠지겠다는 뜻인가?"

"아마 그럴 거야."

"같잖은 것들! 끌려다니면서 불안에 떨고 싶지는 않다. 선공하자. 서울 인근에 있는 CIA 안가 주소지들 좀 뒤져봐라."

아영이 잠시 후, 재빨리 입을 열었다.

"서류상에 나오는 건 서울에 3개, 일산에 하나, 인천에 하나야."

"그럼 일산이겠군."

"보안요원들 보내볼까?"

"그래 서둘러라. 움직이기 시작하면 찾아내기도 어렵고 막기도 어렵다. 우선 일산부터 뒤지고 확실치 않으면 나머지 안가까지 모조리 뒤지라고 해. 발견하더라도 공격하지는 말고 내가 도착할 때까지 버티라고 해라."

대한은 아영의 대답을 기다리지 않고 아영의 침대에 가서 벌렁 드러누웠다. 눈이 저절로 감기고 있었다.

제이슨은 느린 걸음으로 미래그룹 진입로 광장 모퉁이를 돌아 남쪽 출입문으로 움직였다. 퇴근차량이 모두 빠져나간 한밤중이지만 출입문들은 모조리 대낮처럼 훤했다. 멀리 독특하고 세련된 미래그룹 본사 건물이 눈에 들어왔다. 22층짜리 고층 건물에 전면 유리창으로 구성된 초현대식 건물인데도 지붕을 비롯한 건물 윤곽이 비행기 안에 비치된 한국소개 책자에서 본 정통 한옥을 연상케 하는 독특한 디자인이었다.

벌써 두 번째, 그저 시골동네라고 생각했던 서울의 뉴욕 뺨치는 휘황한 네온사인에 놀라고 무시무시하다고 표현해야만 할 철통같은 미래그룹의 보안 시스템에 압도당했다. 그저 단순한 군인의 눈으로 보는 감상이어서 피상적인 느낌뿐이지만 과거 한국전쟁에 참전한 미군을 소재로 한 흑백 드라마의 가난뱅이 한국인을 생각하던 그에게 힘이 느껴지는 역동적인 미래그룹과 서울의 모습은 가히 충격이라고 할 수밖에 없었다. 전쟁도 끝나지 않은 후진국이라는 생각은 지독한 오판이었다.

'빌어먹을 착각이었어……'

애당초 너무 쉽게 생각한 셈이었다. 미래그룹의 보안시스템은 말 그대로 철통이었다. 주변은 거의 평지였고 한강하구 건너편은 너무 멀다. 담장은 높지 않았지만 곳곳에 깔린 초소와 감시카메라를 피해갈 방법이 없다. 담장 위에는 레이저 펜스까지 둘러쳐져 있었다. 일반의 접근이 가능한 곳은 본사 건물 2층까지, 그나마도 겹겹이 둘러쳐진 보안카메라와 검색대를 지나가야 했다.

'제기랄! 이러면 천상 밖으로 나올 때를 노려야 한다는 이야기인데……'

그러나 목표가 밖으로 나오는 시간이 거의 없고 그나마도 불규칙해서 훈련된 저격수의 눈으로도 쓸 만한 사격위치를 잡기가 어려웠다. 일단 미래시티 주변에는 높은 건물이 거의 없었다. 주변의 그만그만한 식당과 카페 건물들에서 진입로를 노리는 건 가당치 않은 일이었다. 목표와의 거리가 너무 가까운데다 주변에 눈도 너무 많고 사각도 썩 좋지 않았다. 한 술 더 떠서 퇴로까지 극히 한정되어 있어 저격에 성공한다 해도 활로를 찾기가 쉽지 않아 보였다. 결국 간이 배 밖으로 나오지 않고서는 불가능한 일이었다.

남은 방법은 회사를 빠져나온 목표의 차량이 강변도로로 올라서기 직전을 노리는 것, 목표가 거의 직접 운전을 한다고 했으니 강변도로에 인접한 모텔에서 사각을 잡을 수 있었다. 물론 시계가 좁아서 쉬운 사격은 아니었으나 네이비 씰의 전설적인 저격수 코요테에게 불가능은 없었다. 목표가 회사를 벗어나는 걸 확인하기 위해 요원 몇을 깔아놓고 자신은 모텔에서 대기해야 한다는 전술적인 문제가 있었지만 수하를 다섯이나 달고 왔으니 상관은 없었다. 위험부담을 안고 군인이 새카맣게 깔린 포울이글 훈련 참관자석을 직접 노리는 마지막 옵션은 피하고 싶었다.

결론을 내린 그는 대원들이 자리 잡을 만한 장소 몇 군데를 수첩에 기록한 다음, 동문 외곽에서 택시를 잡았다. 이제 대원들과 마지막 작전회의를 해야 할 시간이었다.

택시는 무서운 속도로 강변도로를 달려 서울 시내로 들어왔다. 아지트로 쓰는 안가는 일산과 서울의 경계에 있는 야산의 작은 창고건물, 인적이 드문 창고인데도 샤워시설과 잠자리까지 깔끔하게 갖춰져 있어서 아지트로는 제법 쓸 만한 장소였다.

제이슨은 3블록 이상 떨어진 먼 곳에서 차에서 내려 도보로 안가까지 움직였다. 불편하지만 습관적인 행동, 실개천을 따라 20여 분을 걷자 멀리 창고에서 흘러나오는 불빛이 눈에 들어왔다. 미행에 신경을 쓰면서 느릿하게 다리를 건넜다. 밤 11시가 넘은 시간, 멀리서 들려오는 자동차의 소음을 빼면 아무것도 들리지 않았다.

순간, 규칙적으로 움직이던 그의 발걸음이 갑자기 멈췄다.

'뭐지?'

너무 조용했다. 서울 한 복판이지만 여긴 숲이 우거진 야산, 벌레소리조차 들리지 않는 건 뭔가 비정상이었다. 본능적으로 몸을 날려 숲으로 뛰어들었다. 다음 순간, 창고건물에서 소음기의 낮은 총성이 잇달아 터졌다.

'X팔!'

총성과 함께 사방에서 빠르게 움직이는 인기척이 느껴졌다. 최소 수십이 넘는 병력, 지독하게 훈련된 정예 중의 정예였다. 답은 하나. 시종일관 차갑게 가라앉아 있던 은회색 눈동자가 심하게 흔들렸다.

'정보가 샜다!'

회복불가라는 판정을 내린 제이슨은 곧장, 그리고 단호하게 물러섰다. 아지트에서 대기하던 수하들은 전원 사살되거나 자살하겠지만 미안한 감정 같은 건 전혀 없었다. 어차피 킬러에게 실패는 곧 죽음이었다.

같은 시간, 대한은 난감한 표정으로 창고를 둘러보고 있었다. 창고 중앙에 모인 건 사체 4구와 기절한 놈 둘, 번개처럼 들이쳤는데도 저항은 치열했고 기절한 둘을 뺀 나머지는 전원이 자살해버린 모양새였다. 일단 숫자는 맞았으나 심각한 문제가 남아 있었다. 지휘관 격인 암호명 코요테의 얼굴이 보이지 않았던 것이다. 그가 창고 한쪽에 쌓인 목재 더미에 걸터앉으며 투덜거렸다.

"젠장! 엉뚱한 놈이 끼어있다는 거 아냐?"

아영이 기절한 둘 중 하나를 가리키며 대답했다.

"이 사람이 달라. 6일 전에 입국한 CIA 극동지부 요원과 동일인물로 판단돼. 오사카 소속이고 이름은 알렉스 랜들, 사진과 많이 다른데… 윤곽은 같아."

"그럼 코요테란 놈은 밖에 남아 있다는 이야기잖아."

"그렇다고 봐야지."

"젠장…. 꼬였네. 한 놈 깨워봐라."

"응."

아영이 피투성이가 된 알렉스 랜들이란 자의 혈 자리 몇 군데를 찌르자 놈이 끙 하는 소리를 냈다.

당황한 표정이 된 랜들이 급히 주변을 둘러보자 대한이 헬멧으로 가린 얼굴을 불쑥 들이대며 말했다.

"알렉스 렌들? 오사카에 있어야 할 놈이 여긴 왜 왔냐?"

"이게 무슨 짓이오! 난 미국 시민이오!"

황망한 와중에도 렌들은 미국 시민이란 단어부터 입에 담았다. 대한이 픽 웃었다.

"인마. 미국 시민이면 진짜 죽어야 돼. 난 귀찮은 건 질색이거든."

"그…그런……."

렌들이 말을 더듬자 그가 말을 더했다.

"질문은 내가 한다. 네가 CIA 도쿄지부 요원이고 이것들은 CIA 전문 킬러라는 건 다 아니까 거짓말 같은 건 생략하도록 해. 알아듣겠나?"

렌들은 대답 대신 꿀꺽 침을 삼켰다. 정보가 새나갔다는 생각이 먼저일 것이었다.

"누구 명령이냐? 앤더튼 브라운 같은 잔챙이가 대장이라는 소리도 하지 말고."

"나…난 모른다. 알아도 이야기할 생각 없고."

"그래? 그럼 죽어야지. 난 말 못하는 앵무새는 필요 없어."

"……."

렌들이 입을 다물자 그가 권총을 뽑아 슬라이드를 당겼다 놓으며 다시 말했다.

"다시 한 번 묻지. 명령권자는?"

"그…그건 진짜 몰라. 내…내가 받은 명령은 이 사람들을 도우라는 것뿐이다."

"그런가? 그럼 나머지 하나는 어디 갔나? 코요테 말이야."

렌들의 눈이 암울해졌다. 상대가 모든 것을 알고 있으니 답답할 터였다. 하지만 일순 가라앉았던 놈의 눈빛은 금방 독기를 품었다.

"코요테는 포기하는 사람이 아니다. 실패한 적도 없고. 더 할 말 없다. 죽여라."

"모른다는 뜻이로군."

쏩쓸하게 입맛을 다신 대한은 아예 눈을 감아버린 놈의 이마에다 총구를 들이대면서 말을 이었다.

"물론 실패한 적이 없으니 아직 살아 있겠지. 하지만 그 운도 한국에서 끝이다. 잘 가라."

그는 주저 없이 방아쇠를 당겼다. 뒷머리가 툭 터져나간 놈이 비스듬히 쓰러지자 기절한 놈의 이마에도 연달아 총탄을 박아 넣었다. 살인에 대한 망설임이나 일말의 회의 같은 건 김정남의 머리에 총탄을 박고 돌아오던 날 검푸른 남지나해의 바다 속에다 던져버리고 없었다.

창고를 나서는 그의 입에서 차가운 목소리가 흘러나왔다.

"사체는 묻어버리고 창고는 태워라."

수신호만으로 대답한 미래포스 대원들이 신속하게 창고 안으로 달렸다.

5월답지 않은 무더운 날이 사흘째 이어지고 있었다. 대한은 시간이 흐를수록 자신의 신경이 날카로워지는 걸 느꼈다. 엔더튼이 묵는 호텔을 감시하는 건 물론이고 전국의 미군기지와 CIA서울지부, 안가, 미국대사관 전체에 보안시스템 요원 백여 명을 감시조로 깔고 무차별 해킹과 도청까지 감행했지만 코요테의 흔적은 찾을 수 없었다. 놈은 모든 연락을 끊고 마치 땅 속으로 꺼진 것처럼 완벽하게 사라져버렸다. 남은 단서는 창고에서 찾아낸 미래시티와 미래정밀, 미래조선 등지의 위성사진 수십 장과 포울이글 훈련 예정지 네 곳의 참관단 배치도뿐이었다.

"젠장. 그러라고 훈련받은 놈이니 당연하겠지만 이거 아주 귀신이네."

대한의 짜증스러운 혼잣말에 아영이 돌아앉으며 말을 받았다.

"창고에 있던 원거리 저격총기는 폐각했지만 1사단이 송탄으로 들어온 이상 총기는 다시 구한다고 봐야 돼. 훈련에는 참관하지 않는 게 좋을 것 같아."

"마냥 저격을 걱정하면서 칩거하자는 이야기야? 그건 곤란해."

"그러자는 이야기가 아니야. 코요테를 잡을 때까지만 조심하자는 거지."

"내가 참관하기로 한 게 어디지?"

"13일. 성남 서울공항. F-35하고 풍백의 교전이니까 굳이 가볼 필요는 없어. 뻔한 승부잖아. 여기서도 볼 수 있고."

"그렇긴 한데… 무서워서 피하는 느낌이라 영 찜찜하다."

"그래도 할 수 없어. 무장한 군인들이 워낙 많은 곳이고 1.5내지 2킬로미터 거리에서 저격한다고 가정하면 내 스캐너로도 위험을 감지하기 어려워. 위험부담이 너무 크다는 이야기야."

그는 거북하게 입맛을 다셨다. 기분은 더럽지만 아영조차 감지하기 어려운 상황이라면 일단 피해가는 것이 답이었다.

"할 수 없지. 참관은 포기하되 코요테 이놈은 아예 산업스파이에다 살인미수로 수배해버려라. 어차피 우리와 관련됐다는 걸 CIA가 모를 리도 없고 지금 막가는 판인데 뭐가 무섭냐? 에쿠아도르에서 국회의원 암살한 것부터 암살 기록 한두 개 덧붙여서 사진까지 공개해버리자. 그럼 그 썩을 놈 앞으론 킬러노릇 해먹기 힘들 거야. 실명이 공개되는 거니까 미국에서도 멀쩡한 생활은 못하겠지. 합참에 부탁하면 금방 해결될 거다. 프로필 만들어줘. 죄목도 정리해주고. 너무 자세하게 하면 정보유출 문제가 나올 수 있으니까 수위는 조절하자."

"응. 5분만 줘."

대한은 돌아앉은 아영이 작업을 시작하자 곧장 전화기를 들었다. 발신음이 몇 번 들리기도 전에 최문식의 목소리가 흘러나왔다.

—김 회장인가?

"바쁘십니까?"

—당연히 바쁘지. 오늘부터 시작 아닌가. 지금도 국방부 합참지휘통제실이야.

"본론만 말씀드리죠. 부탁드릴 게 있습니다."

—말하시게.

"미국인 암살자들이 1사단을 따라 한국에 들어왔습니다."

—알고 있네. 목표가 김 회장이라더군.

"일차 공격은 막았고 5명은 잡았는데 한 놈이 달아났습니다. 코요테라는 놈인데 그자가 지휘관인 것 같습니다. 사진과 프로필을 구했으니 기무사를 통해서 전국에 수배를 내려주셨으면 좋겠습니다. 죄목은 살인미수, 밀입국으로 해주셨으면 좋겠습니다."

—그래? 알겠네. 즉시 처리하지. 참모본부에 메일로 보내주겠나?

"감사합니다."

—그리고 김 회장은 성남공항 나오지 말게. 괜히 미군 장성들에게 얼굴 보여 봐야 좋을 거 없네. 신경만 건드릴 게야.

"안 그래도 그럴 생각입니다."

—잘 생각했어. 내일 19:00시가 한강 야간도하 훈련이니까 그거나 신경 쓰게. 난 시간이 안 돼서 참석하진 못할 걸세. 대신 차 중장이 나갈 거야.

"알겠습니다. 그리고 이번 합동훈련이 끝나면 새로 개발한 제품들 군납문제로 따로 시간을 한 번 내주셨으면 싶습니다."

—화력시범 다시 한 번 하는 건가?

"따로 이벤트를 만들고 싶지는 않습니다. 조용히 뵈었으면 합니다."

—그러지. 언제가 좋겠나?

"20일 전후가 좋겠습니다."

—알겠네. 시간 내세. 연락하지.

대한이 전화를 끊자 아영이 꺼내들고 있던 위성전화기를 그에게 건넸다.

"원용해 보위사령관이야."

일단 전화기를 받아든 그는 크게 심호흡부터 했다. 등줄기로 식은땀이 주르륵 흐르는 느낌, 김정일이 죽었다는 연락만 아니면 좋겠다는 생각으로 전화를 받았다. 만일 지금 죽었다면 정말 극단적으로 좋지 않은 시점에 일이 터진 셈이었다. 한미합동 군사훈련 기간 동안은 북한군 역시 준전시에 준하는 비상, 원용해가 일을 만들어가는 조건으로는 최악이었다. 그가 말했다.

"김대한입니다."

—원용해요.

"말씀하십쇼."

—그분이 사망할 것 같소.

"사망할 것 같다?"

—48시간 이내가 될 기야.

"휴… 어렵게 됐군요."

그는 헛바람을 삼켰다. 아직 죽지 않았다고는 하지만 48시간 이내라면 상황은 마찬가지였다. 원용해의 가라앉은 목소리가 이어졌다.

—당장은 숨겨야 하겠디. 하디만 오래는 못 버텨. 남반부 합동훈련이 끝난 뒤에 할흐골 인력송출 건을 공식화하겠소. 그건 0530으로 하는 게 좋을 기야.

디데이를 5월 30일로 하겠다는 의미, 이미 마음을 확고히 정한 모양이었다. 이의를 달 상황은 아니었다.

"알겠습니다. 만일에 대비해서 제 전투함을 서한만 서쪽 해상에 비상 대기시키겠습니다. 지원이 필요하시면 즉시 통보해주십시오."

—그럴 일이 없기를 바래야디.

"그래야죠. 원거리 지원사격부터 태스크포스 팀까지 가능한 모든 지원을 할 겁니다. 일이 성사된다는 전제로 대규모 식량지원도 준비해놓겠습니다."

—고맙소. 다시 연락합쎄.

"행운을 빌겠습니다."

전화를 끊은 대한은 작업에 열중하고 있는 아영의 뒤통수에다 간단하게 상황을 설명하고는 소파에 기대앉아 차분하게 머릿속을 정리했다.

예상은 했지만 너무 많은 일이 한꺼번에 일어나고 있었다. 가장 시급한 일은 서부전선에 뭉개고 앉으려는 미 해병 1사단을 처리하는 일, 다음은 코요테라는 놈, 그리고 풍백과 F-35의 교전에 따른 자잘한 후속조치, 연이어 북한의 쿠데타 지원과 중국군 견제라는 거창한 과제들이 줄줄이 이어져야 했다. 그것도 전부 한 달 이내에 이루어져야 하는 다급한 사안들, 그리고도 선결해야 할 일이 하나 남아 있었다.

'이제 대통령과 마지막 담판을 지어야 할 시간이 된 건가?'

따지고 보면 가장 다루기 어려운 상대, 지금 당장은 조용하지만 대통령 임기가 끝나는 내년 2월까지는 언제든 무덤에서 튀어나와 발목을 잡을 수 있는 사람이었다. 다급한 사안이 정리되는 대로 가장 먼저 만나 분명한 선을 그어야 했다.

일의 순서와 경중을 저울질하면서 부지런히 이름표를 붙이는 사이 아영이 작업을 끝내고 돌아앉았다.

"메일 보냈어. 다음은 뭐야?"

언제나처럼 밝은 표정, 영원히 변하지 않을 것 같은 미소였다.

위기危機

　미 해병 1사단 기계화보병연대는 유사시 신속한 해외 전력투사를 목적으로 구성된 전격전부대였다. 당연히 주력은 기동력을 위주로 하는 19톤짜리 스트라이커 장갑차였다. 사단에는 별도로 155mm포병대대가 있지만 어디까지나 스트라이커가 선봉이자 주력이었다. 이라크 전쟁을 계기로 대대적인 개조가 이루어져 방호능력 향상은 물론 도하능력까지 새롭게 갖춘 신형 차체였다. 무시무시한 공격력에 비해 턱없이 부실한 방호능력 때문에 이라크 전역에서 고전한 전례를 따른 것이었다.

　포탑에 올라앉은 레이건 중령은 40여 대의 대대 장갑차가 백사장에 모두 도열하자 시간을 확인했다. 18시 50분, 붉게 타오르던 하늘은 이미 새카만 색으로 변한 뒤였다.

　ㅡ도하 10분전!

"로저."

사령부의 무전에 건성으로 답한 그는 야시경으로 강 건너편을 다시 훑었다. 강에서 피어오르는 습기 때문에 화질이 다소 떨어졌지만 장애물을 확인하기엔 충분했다. 인적이 완전히 끊어진 목표 지역 강변 능선엔 조금 전부터 SUV차량 한 대가 올라와 있었다. 아군 기동에 휩쓸릴 가능성이 높았지만 무시했다. 작전은 도하와 동시에 미래시티 부지를 장악하고 야전숙영 캠프를 만드는 것으로 끝이었다. 뒷일은 NSA 요원들이 알아서 할 터였다.

―도하 1분전!

"로저."

펑! 퍼펑!

연막탄 수십 발이 연달아 강 건너편을 향해 날고 곧 붉고 푸른 연기가 강변을 휘감았다. 그가 대대무선을 개방하고 짧게 소리쳤다.

"도하개시!"

―도하개시!!

―도하……!!

중대장들의 복창 소리가 줄달음치고 밤하늘을 향해 힘차게 으르렁거린 선두 장갑차가 원유처럼 검게 번쩍이는 강물 속으로 뛰어들었고 머리 위를 아파치 헬기 네 대가 강력한 물보라를 일으키며 강심을 향해 돌진했다. 그가 마이크를 내려놓고 장갑차 상판을 펑펑 두들겼다.

그르릉!

상체가 휘청 움직이면서 그가 탄 1호차가 모래사장을 파헤쳤다.

기분 좋은 출발, 숙영지를 만들고 나면 커피부터 한잔 해야겠다는 생각을 떠올리는 순간, 선두 찰리 중대장의 목소리가 귓전을 때렸다.

―강 건너 능선에 대항군입니다! 대항군!

"뭐? 대항군? 그런 게 있을 리가 있나? 다시 확인해!"

레이건은 악을 쓰면서 서둘러 야시경에 눈을 가져갔다. 대항군 계획도 없었을 뿐더러 몇 분 전까지만 해도 텅 비어 있던 미래시티 부지에 대항군이 있을 리가 만무했다. 적외선 스캐너에도 대항군의 움직임은 없었다.

'윽!'

그러나 레이건은 자신의 눈을 의심했다. 분명 능선밖에 보이지 않던 강 건너에 10여 대의 8륜 장갑차의 실루엣이 모습을 드러낸 것이었다. 아군이 쏜 연막탄 때문에 제대로 보이진 않았지만 연막 사이로 보이는 실루엣은 분명 장갑차였다.

―시계에는 보이는데 적외선 추적에 잡히지 않습니…….

순간, 찰리 중대장의 목소리가 뚝 끊어졌다. 이어 생소한 목소리가 귓전에서 웅웅거렸다.

―미래그룹 소유지 침입을 기도하는 무장단체에게 경고한다! 귀하는 미래소재 소유지에 연막탄 등 군사목적의 무기들을 발사했으며 불법적인 침입을 시도하고 있다! 미래소재는 군사기밀을 다루는 대한민국의 방위산업체로 불법적인 침입에 대해서는 단호하게 대응한다. 강변에 올라서는 즉시 침입으로 간주하고 발포할 것이다. 다시 한번 경고한다. 여긴 미래소재 사유지로서…….

무선은 영어와 한국어로 계속해서 이어지고 있었다. 주파수를

바꿔봤지만 허사였다. 비상채널을 포함한 사용가능한 모든 채널이
같은 목소리였다.

"이런 빌어먹을! 전파방해잖아!! ECM 재머 온!!"

그가 탄 스트라이커는 적의 전파방해를 방어하는 신형 무전시스
템을 채용한 장갑차였다. 놀란 운전병이 재빨리 재머 시스템을 가
동했으나 상황은 마찬가지였다. 목소리는 계속되고 있었다. 허둥
지둥 야시경을 들어 부대 상황을 훑었다. 다행히 먼저 입수한 부대
는 기동을 계속하고 있었다. 그러나 브라보 중대부터는 전부 강변
에서 기동을 멈춘 채 명령을 기다리고 있었다.

2분 남짓 계속되던 방송이 뚝 끊어지고 각 부대장의 비명이 거의
동시에 무전기를 헤집었다. 마구잡이로 뒤섞여 알아들을 수 있는
말은 별로 없었다. 레이건은 돌아가는 즉시 ECM, EMP 방어까지
완벽하게 갖췄다고 큰소리치던 업체 담당자놈을 작살내겠다는 맹
세를 하면서 악을 썼다.

"네미럴! 다들 닥쳐! 대대장이다! 닥치란 말이야!!"

레이건이 몇 번 더 악을 쓰자 무전기가 조용해졌다. 그가 다시
소리쳤다.

"상관없다! 무시하고 그냥 밀어붙여! 계획대로 개활지 중앙까지
장악한다! 브라보 중대 앞으로!! 알파 중대는 본부 중대를 따른다!
전진!!"

—로저!

시작부터 기분 나쁜 일이 터졌지만 어느 정도의 문제는 예상했
던 일이었다. 어차피 이번 일에 책임을 지고 전역해서 군산복합체

이사로 영전하기로 합의가 된 상황이니 뒷일을 걱정할 이유 같은 건 없었다. 작전 중의 오인 사격이나 사고는 언제나 있어온 일, 밀어붙이면 그만이었다.

브라보 중대가 입수하고 연달아 본부중대가 물속에다 바퀴를 밀어 넣었다. 다시 10여 분이 흘러 적의 무선교란이 시작될 무렵, 먼저 간 찰리중대가 강 건너편에 바퀴를 올렸다. 도하에 성공한 것이었다.

'그럼 그렇지! 제깟 것들이 어쩌겠어!'

선두가 이미 상륙했으니 승부는 끝이었다. 공격을 시작하려면 아군이 수중에 있을 때가 최적인데 상대는 아무런 조치도 취하지 못했다. 무력 충돌을 감행할 배짱은 없다는 이야기였다. 그가 기세 좋게 소리쳤다.

"찰리 중대! 밀어붙여라! 적 장갑차를 밀어내고 능선을 장악해! 저항하면 발포해도 좋다!"

그런데 찰리 중대의 반응이 전혀 없었다.

'응?'

대신 운전병의 비명이 귀청을 때렸다.

"대대장님!! 시동이 꺼졌습니다!"

"제기랄!! 무슨 헛소리야!!"

수면을 기세 좋게 전진하던 주변의 모든 장갑차가 갑자기 물살에 쓸려 정신없이 하류로 밀려나가고 있었다. 문제는 시동이 꺼진 건 물론이고 배터리까지 모조리 죽어버렸다는 것이었다. 머릿속에 떠오르는 단어는 하나였다.

'EMP!!'

정말 EMP에 당했다면 어찌해볼 방도가 없었다. 장갑차는 순식간에 100여 미터를 밀려나가 강변에서 멀어지고 있었다.

"이런 젠장!!"

그가 온갖 욕설을 입에 담는 순가 운전병의 환호성과 함께 장갑차가 으르렁거렸다.

우르릉!

"살아났습니다!!"

전원이 다시 돌아온 것이었다. 주변의 장갑차들도 연달아 시동이 걸리고 있었다. 다행히 적의 공격은 장갑차의 신형 전자 장비를 완전히 죽일 정도로 강력한 것은 아닌 모양이었다. 대대 무선을 개방한 그가 다급하게 소리쳤다.

"다시 전진!! 상륙해!! 상륙!!"

다급하게 방향을 돌린 장갑차들이 필사적으로 썰물을 헤치고 상류로 올라왔다. 그러나 그리 멀리 가지는 못했다. 얼마 전진하기도 전에 다시 시동이 꺼진 것이었다.

"빌어먹을!!"

되는대로 욕설을 내뱉는 레이건의 눈에 강 한 가운데를 선회하던 아파치 헬기들이 눈에 들어왔다. 헬기들도 공격당했는지 기겁을 하면서 되짚어 강변을 향해 날아가고 있었다. 하나같이 기체에 이상이 생긴 듯 불규칙하게 덜덜거리면서였다. 일그러질 대로 일그러진 그의 얼굴이 점점 더 험악하게 변해가고 있었다.

"부대 전진!! 기동을 멈춘 적 장갑차를 강물 속으로 밀어낸다!"

군용 SUV를 개조한 무개차에 올라선 이연수가 뾰족하게 고함을 내질렀다.

그릉!

미래포스 대원들이 현무라고 명명해버린 MFV-1 신형 장갑차가 일제히 언덕을 내려서기 시작했다. 20여 대의 미군 스트라이커 장갑차들은 기동을 멈춘 채 강변에 바퀴를 걸치고 있었다. 순식간에 언덕을 내리달린 현무장갑차 8대가 스트라이커들을 들이받아 차례차례 강으로 밀어냈다. 삽시간에 10여 대가 밀려나가고 남은 대여섯 대에서 오렌지색 예광탄이 줄기줄기 쏟아져 나왔다.

당황한 미군 병사들이 포탑으로 기어나와 마구잡이로 기관총을 쏴대는 모양이었다. 그러나 그것도 잠깐, 거침없이 돌입하는 현무와 연달아 충돌하면서 싸움은 금방 끝나버렸다. 기세 좋게 한강을 가로지르던 미군 아파치 헬기들은 지향성 EMP공격에 불붙은 조랑말처럼 허겁지겁 강 건너로 돌아가고 있었다. 십중팔구, 현무의 레일건 조준을 대공미사일 조준으로 판단했을 테니 오줌 깨나 지릴 것이었다.

줄줄이 밀려나간 장갑차들이 물살에 휩쓸려 하류로 떠내려가기 시작하자 이연수가 비릿하게 웃으며 중얼거렸다.

"한주먹거리도 안 되는 것들이 개폼 잡기는. 양키 고우 홈이다! 썩을 놈들아. 흐흐흐."

처음엔 미래시티 부지에 발을 올려놓기 전에는 공격하지 말라는 대한의 명령이 다소 불만스러웠으나 이제는 이해가 될 것 같았다.

'명분이 필요하다 이거겠지.'

명분싸움이라면 이의가 없다. 사실 강심에 떠 있는 놈들을 공격하다가 자칫 인명피해라도 내게 되면 일이 심각하게 꼬일 수 있었다. 귀찮지만 일단 밀어내는 것으로 만족해야 했다. 강변이 소개되자 그녀가 손가락 마디를 접어 똑똑 소리를 내며 나직이 말했다.

"부대 원위치! 부대를 정비하라!"

현무장갑차들이 물러서기 시작하자 촬영과 녹취에 여념이 없던 녹화팀 몇 명이 부지런히 강변으로 달려갔다. 증거로 쓸 미군 탄피를 수거할 모양이었다.

'하여간 우리 대장은 더도 덜도 말고 딱 귀신이야. 귀신. 미군 1사단 사령관 불쌍해지네. 싸대기 수십 대는 맞아야 할 건데… 목은 성하려나? 후후후.'

픽 웃은 이연수는 그대로 털썩 주저앉아 헬멧을 벗어던지고는 등받이에 머리를 기댔다. 밤새 자리를 지키려면 느긋해야 했다.

알파대대의 보고를 받은 해병 1사단장 제임스 마티스 소장은 무섭게 분노했다. 세계 최강을 자랑하는 해병 1사단 기계화여단의 선봉 대대가 겨우 민간인 차량 10여 대에게 밀려나 강 위에서 헤매고 있다는 보고였다. 더구나 차량끼리 부딪히는 와중에 우발적인 발포까지 일어난 상황이었다. 목소리가 떨려나올 정도였다.

"이런 멍청이 같은 개자식들!! 말이 되는 소리를 하란 말이다!! 당장 상륙하라고 해! 당장!!"

잔뜩 주늑 든 참모 하나가 기어들어가는 목소리로 말했다.

"저… 강력한 전자파교란에 노출되어 있답니다. 일정 시간이 지나면 다시 시동이 걸리긴 하지만 더 시도하는 건 위험하답니다. 작전을 취소해달라는 요청입니다."

"무슨 개 같은 소리야! 취소라니! 한미연합사는 물론이고 국방성의 눈까지 집중되어 있는 훈련이야!! 상륙지점을 변경해서라도 밀어붙여!!"

"저… 그게……."

"그게 뭐!!"

참모는 사색이 된 얼굴로 말을 이었다.

"미래시티 북쪽은 임진강입니다. 북한과의 충돌을 고려하지 않을 수 없고… 남쪽은 민간인 지역입니다. 제방과 강변도로의 높이가 워낙 높아서 현실적으로 상륙이 불가능합니다. 그렇다고 미래소재연구소 건물들이 빽빽이 들어선 지역을 밀고 들어갈 수도 없습니다."

"그래서!!"

"말씀드리기 좀… 그렇습니다만… 아무래도 훈련을 재고하시는 편이 나을 듯합니다. 총기까지 사용된 상황이라 수습이 쉽지 않습니다."

"총기는 우리 쪽에서 발포한 건가?"

"그런 것 같습니다."

"빌어먹을! 병신 같은 새끼들!"

마티스의 불같은 역정에 참모는 그냥 입을 다물었다. 파주 북쪽에 한국군 수도방위사령부 병력 1개 대대가 이미 숙영지를 꾸미고 있는 상황이어서 미래시티 부지로 들어가지 못하면 상륙해도 뾰족한 방법이 없기는 마찬가지였다. 남은 방법은 한강 교량을 이용해서 나머지 사단병력을 따라 파주 북동부에 주둔하는 것뿐이었다. 미래그룹에 물리적인 압력을 가하는 당초의 계획은 이미 물 건너간 모양새였다. 마티스가 짜증스럽게 악을 썼다.

"민간인에게 총기까지 쏴놓고 상륙도 못했다? 하! 이거야 원! 이게 애들 장난인 줄 알아!"

"……."

마티스는 부들부들 손을 떨었다. 한국군 합참의장의 비웃음이 수십 킬로미터 떨어진 한미연합사 사령부까지 들리는 것 같았다. 조금 있으면 사령부로 최문식을 비롯한 양국 장성들이 건너올 판인데 상황은 아직도 엉망이었다. 솔직히 장성들과 얼굴을 마주할 자신이 없었다. 해군과 공군의 해상 합동훈련은 아주 순조롭게 진행되고 있는데 해병대만 죽을 쑤는 꼴, 물론 한국군과 합의도 안 된 무리한 시도였지만 아파치 중대에다 스트라이커 대대를 동원하고도 일개 개인기업의 보안팀에게 정규군이 밀려난 것이었다. 전혀 예상치 못한 상황인데 그렇다고 진짜 무력을 투사할 수도 없었다. 이대로라면 국방성이 요구한 일은 성사시키지도 못한 채 애꿎은 수하들만 옷을 벗겨야 할 판이었다.

이마에 내천 자를 그린 채 한참을 갈등하던 그가 짜증스럽게 수습을 거론했다.

"일단 덮어야겠다."

"예?"

"부대는 서안으로 원위치 시키되 내일 밤 한강교량을 이용해서 파주 북부로 이동하라고 명령해라. 대신 총기는 무조건 저쪽이 쏜 것으로 만들어야 한다. 무선 녹음된 것들은 전부 지우고 알파대대의 한강 도하훈련은 김포에서 강을 왕복하는 훈련인 것으로 밀어붙인다. 방법 없다. 사령부와는 내가 입을 맞추지."

"예! 장군."

참모가 서둘러 상황실로 뛰어가자 마티스는 꽁초까지 탄 담배를 집어던지고 새 담배를 빼물었다. 한 모금도 제대로 빨지 못했는데 담배는 다 타버린 것이었다. 깊게 한 모금을 빨아들이고 밤하늘로 푸른 연기를 내뿜는 순간, 또 다른 방해자가 나타났다. 8군 사령관 리언 라포트 대장이었다.

"마티스 소장!"

"여깁니다!"

그가 손을 흔들자 라포트는 거의 뛰다시피 달려오며 고함을 질렀다.

"당신 미쳤어!! 어쩌자고 총기를 쏜 거야!!"

"예? 총기라니요?"

그가 애매하게 반문하자 라포트가 욕설을 입에 담았다.

"이런 빌어먹을! 사단장이라는 자가 도대체 뭐하고 자빠진 거야!! 구글, 야후! 포털이란 포털엔 모조리 당신 부대 동영상과 현장 녹음이 올라와 있어! 미래소재 측에서 경고방송을 하는데도 무시하고 상륙을 시도하라는 명령을 내리는 것이 녹음됐고 미래소재 보안팀에다 중기관총을 발사하는 장면도 고스란히 촬영되어 있단 말이야! 당신 바보야!!"

"그…그게……."

망연자실한 표정으로 말을 더듬으며 마티스는 막 불 붙인 담배를 힘없이 바닥에 떨어뜨렸다. 맨 처음 뇌리를 스치는 단어는 함정, 상대는 아예 대놓고 이쪽의 약점을 노렸고 알파대대는 제 발로 함정에 기어들어간 셈이었다. 그리고 이쪽의 실수가 나오기가 무섭게 상대는 공세로 돌아서고 있었다.

"이 멍청한 작자야! 부대관리를 어떻게 했기에 민간인에게 실탄을 쏘느냐 말이야!! 그리고!"

라포트의 험악한 괴성이 계속해서 귀청을 자극했지만 텅 비어버린 두뇌는 단 한 개의 단어도 받아들이지 않았다. 생각나는 건 오로지 욕설뿐이었다.

'네미럴……'

밤새도록 난리를 치른 아침은 반가운 얼굴들의 방문으로 시작됐다. 유민서가 유태현을 모시고 숙소를 찾은 것, 유민서야 가끔 얼굴도 보고 매일 통화도 했지만 유태현과는 정말 오래간만에 얼굴을 맞대는 셈이었다. 얼굴을 보자마자 찰싹 달라붙는 유민서를 애써 달래놓고는 서둘러 유태현과 마주앉았다. 유태현이 걱정스런 목소리로 먼저 입을 열었다.

"진짜 들어오려고 했던 모양이던데 다친 사람은 없는 게야?"

"다행히 쌍방 모두 죽거나 크게 다친 사람은 없습니다."

"다행이로군. 미군의 반응은 어떤가?"

"당장은 생각보다 조용하네요."

"그래? 이상한 일이로군. 그 친구들 오리발 내밀면서 미래그룹

쪽에서 정상적인 훈련을 방해했다고 우기는 게 수순일 텐데?"

유태현이 갸웃하자 아영이 찻잔을 내려놓으며 말을 받았다.

"당황했을 거예요. 어르신. 새벽에 국내외 대형 포털에다 사건 당시 영상과 증거사진, 녹취자료들을 전부 올려놔서 미군 지휘부 입장이 난처해졌을 거예요. 경고방송이 나갔는데도 미군 지휘관이 그냥 밀어붙이라고 명령했고 마지막에는 중기관총까지 사용했으니까요. 민간인에게 발포명령을 내린 마당이고 매스컴에 공개까지 됐으니 지휘부 몇은 옷을 벗어야 할지도 몰라요."

유민서가 아영을 끌어 앉히며 말했다.

"나도 그거 봤어. 댓글들 장난 아니던데? 그거 우리가 올린 거지?"

새벽에 올라간 현장 동영상은 폭발적인 반향을 일으키고 있었다. 한미합동훈련 자체에 거부반응을 보이는 사람들은 말할 것도 없고 찬성하는 측도 민간인에 대한 발포만큼은 용서할 수 없다는 입장이었다. 정부와 국방부의 반응은 다소 애매했다. 전시작전권을 인수하는 시점의 대형사고이다보니 자칫 미군의 대대적인 철수로 이어지는 것을 우려해 극도로 말을 아끼는 모양새. 그러나 한국인의 목숨을 우습게 아는 것 아니냐는 네티즌의 질타가 줄기차게 이어지면서 미군의 공식적인 해명을 요구하는 등 조금씩 전향적인 움직임을 보이고 있었다. 이래저래 관련 사이트와 포털들은 새벽부터 폭주하는 댓글로 몸살을 앓는 모습이었다.

아영이 하얗게 웃으며 대답했다.

"응. 촬영팀하고 보안팀이 밤새도록 고생했지 뭐."

"다행이다. 일단 큰 불은 껐네?"

대한이 팔짱 낀 유민서의 손을 만지작거리며 그녀의 말을 받았다.

"안심하긴 아직 일러. 김포에 있는 부대가 완전히 빠져나갈 때까지는 몸조심해야지. 참! 어르신. 기왕 오셨으니 오늘은 영화나 한 편 보고 가시죠."

"영화?"

유태현의 반문에 그가 씩 웃었다.

"예. 조금 있으면 풍백과 F-35의 교전이 생중계될 겁니다. 뭐 간단히 끝나겠지만요. 후후."

"오호. 그거 재미있겠군. 어디서 찍는 화면인가?"

"초계기를 띄워놨습니다. 오늘 출격하는 풍백에도 별도 카메라를 달아놨고요."

"그래. 그럼 봐야지. 보면서 태연건설하고 은행 이야기 좀 하세."

"무슨 문제라도 있습니까?"

"아니. 그런 건 아니고… 상황을 좀 정리해야 할 것 같아서 말이야."

"말씀하세요."

"우선 쉬운 것부터 하지. 내일이면 미래금융이 보유한 태연건설 주식이 27%가 넘어가네. 이제 경영권을 인수하고 SBC에 영향력을 행사할 시점이야."

"아! 이제 27%인가요?"

"내일 태연 사주의 첫째 아들이 가지고 있던 주식 6.9%가 추가로 넘어오네. 공식적으로 태연건설 주주총회를 소집했으면 싶어서 말이야."

"그러시죠. 경영진 인선은 미래투자개발 쪽에서 건설에 경험 있는 사람을 썼으면 싶군요."

"이미 김용석 사장하고 협의해서 인수단을 구성했네. 그리고… 산업은행과 우리은행 인수 건은 미래금융에서 인수단을 구성할 생각이야. 자금운용에 문제가 없을 것 같아서 서두르기로 했네."

지난 연말부터 인수합병에 관련된 사안은 모두 유태현에게 일임한 상황이어서 특별히 할 이야기는 없었다. 인사와 자금흐름에 대해서는 아영이 모니터링하는 것만으로 충분히 보고를 받고 있었다. 그가 어깨를 으쓱했다.

"진행하시죠. 전 이의 없습니다."

그의 시원스러운 대답에 유태현이 졌다는 표정으로 고개를 가로 저었다.

"자네 사람을 너무 믿는 거 아닌가? 아무리 내가 약혼자의 할애비라지만 현금만 2조 원이 넘는 거금이야. 부모형제도 못 믿어야 정상일세. 안 그런가?"

사실 유태현에게만큼은 거의 무제한에 가까운 권한을 부여하고 있었다. 물론 아영이라는 든든한 모니터 요원이 있기에 가능한 일이기도 했지만 성격상 한 번 일을 맡기고 나면 일체의 간섭을 중단했다. 덕분에 중요한 사안에 대해서는 거꾸로 유태현이 신경 좀 쓰라고 종용하는 일이 다반사로 벌어지는 모양새였다. 지금도 엄청난 자금이 들어가는 일이니 신경을 좀 쓰라는 이야기였지만 대한의 대답은 여전히 천연덕스러웠다.

"어르신을 못 믿으면 누굴 믿겠습니까. 이제 내려가시죠. 곧 출격시간입니다."

자리를 털고 일어서는 대한을 따라 엉거주춤 일어선 유태현이 쓴웃음을 머금었다.

"하여간 못 말리겠구먼. 일단 내려가세. 가면서 이야기하지."

수원비행장은 순식간에 점으로 바뀌었다. 무시무시한 가속, G수트가 아니면 버티기 어려울 정도의 엄청난 속도감이었다. 활주로를 벗어난지 불과 2, 3분, 고도는 벌써 3천 미터를 훌쩍 넘어서고 있었다. 편대장 한영직 중령은 기체가 구름 속을 막 통과하자 보안회선으로 윙맨 강상민을 호출했다.

"어이. 꽁지벌레! 잘 따라오는 거야?"

─물론이유. 논네.

별명이 꽁지벌레인 윙맨 강상민 소령은 F-16조종을 시작하던 7년 전부터 줄기차게 붙어다닌 공군사관학교 후배였다. 이제 독립편대를 가질 군번이지만 풍백을 타기 위해 독립편대를 포기하고 다시 그와 합친 노련한 조종사, 겨우 3년 차이에 항상 노인네라고 부르는 게 불만이긴 하지만 공군에서 더 든든한 윙맨을 찾는 건 불가능했다. 기체 좌익으로 날렵한 검은색 기체가 따라붙자 그가 고도계를 확인하며 말했다.

"고도 1만2천 미터, 고도 유지하고 수퍼크루징으로 마하1.5까지 가속. 서해상으로 빠져나갔다가 성남공항으로 접근한다."

"옛썰!"

가속과 동시에 등받이로 몸이 파고들어가는 것 같은 묵직한 가속감이 느껴졌다.

서해상으로 완전히 빠져나온 두 사람은 크게 선회해서 고도를 1만 5천까지 올렸다. 방향을 성남공항으로 잡는 순간 미래그룹의 초계기가 신호를 보내왔다. 예쁘장한 여자의 목소리였다.

―11시 방향 거리 310Km, F-35 4기 출격했습니다.

"4기? 2기가 아니고?"

―4기입니다. 2기는 남쪽으로 선회해서 서해상으로 나오고 2기는 성남공항 쪽으로 접근 중. 성남공항으로 접근하는 2기를 목표 1, 2로 설정합니다. 서해상의 2기는 목표 3, 4.

"알았다. 확인했냐. 꽁지벌레?"

―옛썰. 눈네.

"썩을 놈. 이대로 성남공항으로 직행한다."

두 사람이 자잘한 농담을 주고받는 사이 거리는 순식간에 200km 이내로 줄어들었다.

―이제 우리 S밴드 레이더에 잡히네. 목표 1, 2, 1시 방향, 거리 190.

"그래 보인다."

―저쪽에서도 보일까?

"조기경보기가 떠 있어도 아직일 거다. 풍백은 S, L 밴드까지 스텔스야."

―100킬로미터쯤에서 쏘고 튈래요?

일반적으로 스텔스의 의미를 단순하게 해석하면 레이더에 갈매기 크기로 보인다는 RCS 0.001(F-35) 이하의 레이더 반사면적이라고 생각할 수 있다. 그러나 여기엔 복합적인 요소가 많다. F-35의 경우 여러 가지 레이더 대역 중 주로 최신 지대공 미사일이나 전투기 요격레이더들이 주로 쓰는 X밴드와 K밴드 대역의 레이더에 스텔스 성능이 특화되어 있었다. 따라서 미군은 거의 모든 대역을 커버하는 스텔스 기체인 F-22를 먼저 전장에 투입해 적 조기경보기의 S밴드와 L밴드 또는 구닥다리 저주파 UHF와 VHS 레이더 시설을 파괴하고, 그 이후에 F-35를 투입하는 전술을 기본으로 했다.

북한이 사용하는 구형 레이더에는 F-35가 잡힌다는 이야기, 그러나 중국과 북한이 사용하는 지대공 혹은 공대공 미사일은 X와 K밴드를 주로 사용했다. 따라서 F-35가 레이더에 잡혀도 미사일 공격은 불가능했다. 물론 서방국가 신형기체들이 채용한 공대공 미사일이 S밴드와 X밴드, K밴드 주파수를 사용하니 S밴드에 약점은 있었다. 그리고 풍백에 장착된 공대공미사일 MSM-1 솔개는 중장거리 미사일답게 S와 X밴드를 사용했다. 마음만 먹으면 150km 이상의 거리에서도 미사일을 날릴 수 있는 입장인 것이다. 한영직이 말했다.

"야. 아까 작전회의 할 때 뭐들었냐? 근접전으로 가서 시간 끌라 잖아. 일단 저쪽 레이더에 들어가준 다음에 시작해야 돼. 배불뚝이 맹꽁이한테 매달린 81 레이더 가지고는 30킬로미터 이내까지는 들어가야 우리가 보일 거다."

배불뚝이 맹꽁이는 폭탄창 때문에 어정쩡하게 아랫배가 나온 F-35를 빗댄 두 사람만의 은어였다. 81은 F-35의 AN/APG-81레이더, 추적가능한 거리가 150km로 랩터에 장착된 77형 레이더를 제외하면 최고의 성능을 자랑했다. 그러나 전 대역 스텔스 기체인 풍백을 찾아내는 건 30km 언저리에서도 힘들다고 보아야 했다. 강상민이 말했다.

—조기경보기엔 그 전에 잡히잖아요.

"아마 그렇겠지. 그래 봐야 별 차이 없어. 일단 30킬로미터까지 접근한다. 50쯤에서 광대역무선망 개방하고."

—알았수. 대장이 원하시는 대로! 흐흐.

잠시 속도를 유지하는 사이 다시 여자의 목소리가 들려왔다.

—목표 1, 2. 거리 80, 고도 11,000, 1시 방향. 35초 후에 대항군 조기경보기에 노출됩니다.

"알았다. 아웃. 광대역무선망 개방."

—개방.

무선망을 개방하자마자 합참 상황실이 한영직을 호출했다.

—태풍 하나. 태풍 하나. 여기는 큰집이다.

"여기. 말하라."

—위치는?

"성남공항 남서쪽 82킬로미터, 대항기체와의 거리는 70이다. 10초 후에 대항기에 노출되며 노출 즉시 패시브호밍 실험에 들어간다. 이상."

—알았다. 무운을 빈다. 아웃.

"고맙다. 아웃."

무전을 끊자 캐노피 안에는 무거운 침묵만 흘렀다. 눈에 보이는 건 오로지 새파란 하늘, 카페트처럼 깔린 새하얀 구름층은 발밑에 있었다. 이제부터는 외부와 완전히 단절된 자신만의 전쟁, 믿을 건 그림자처럼 따라붙은 강상민뿐이었다. 짧게 가라앉은 그의 상념을 강상민이 깨웠다.

—조기경보기에 노출됐습니다! 대항기와의 거리 35킬로미터! 대항기가 동쪽으로 선회합니다.

"알려줬다는 이야기로군. 좋아. 우린 남쪽으로 선회한다. 아무리 현대판 공중전이라도 태양을 앞에다 놓고 싸우고 싶진 않다."

—로저. 따라갑니다.

급격하게 배를 뒤집는 1호기를 따라 강상민이 팽이처럼 화려하게 기체를 회전시켰다. 강상민의 환호성이 귀청을 괴롭혔다.

—히! 야! 호!

"미친놈. 짜샤! 시끄러! 거리 25킬로미터! 패시브호밍!"

—로저!

F-35의 AN/APG-81에는 기밀로 분류된 이른바 패시브 레이더 SSS Silent Sensing System가 추가되어 있었다. 적기의 능동 레이더 전파를 탐지해 기종과 위치를 파악하는 기능이어서 적기가 레이더를 끄고 다니지 않는 한 노출은 피할 수 없었다. 풍백에는 패시브 레이더 회피를 위해 상대의 능동레이더가 개방되면 아예 레이더를 죽인 채 상대의 능동레이더를 역추적하는 패시브호밍 레이더를 추가한 것이었다.

물론 기본은 록히드의 SSS나 체코의 타마라, 베라 레이더 시스템과 유사했다. 그러나 100km에 불과한 SSS의 탐색거리와 10m가 넘는 오차범위를 획기적으로 개선하고 미세 전자파와 소음까지 추적하는 한 단계 앞선 디자인이었다.

체코 내전시 구형 타마라 레이더에 스텔스 기체가 요격당한 뼈아픈 경험이 있는 미국은 타마라 레이더를 입수해 SSS를 개발하는 등 그 대응책 마련에 부심하고 있었다. 그런데 합참이 그 선행 디자인인 패시브호밍을 일부 실험하도록 지시한 것이었다.

한영직은 입술에 마른 침을 바르며 차분하게 적기의 반응을 기다렸다. 고도도 높고 선회를 좀 하긴 했지만 거리가 10km 이내로 줄어들었는데도 적기는 아직도 풍백을 찾지 못했다. 대략의 위치만 조기경보기를 통해 확보한 모양이었다. 정확한 위치를 찾지 못하니 미사일 락을 걸지는 못하는 상황, 쏠 방법이 없을 터였다. 그는 한쪽 손을 조종간에서 떼어내며 주먹을 쥐었다 폈다 했다. 적은 코앞에서도 이쪽을 보지 못한다. 합참이 원한 패시브호밍 실험은 이것으로 끝이었다. 그가 나직이 소리쳤다.

"패시브호밍 중지. 레이더 가동. 개싸움 시작! 목표 2는 네 몫이다!"

—로저! 갑니다!

강상민은 지겨웠다는 듯이 곧장 기체바닥을 하늘로 쳐들었다. 엄청난 가속, 뒤따라 하강하는 한영직의 기체도 순식간에 마하2까지 상승하고 있었다. 새털같이 얇은 구름층을 뚫고 내려오기가 무섭게 대항기체가 눈에 들어왔다.

"목표 포착! 발사대기!"

한영직의 낮은 목소리와 동시에 헬멧 전면에 발사신호가 떴다. 불과 7, 8km에서 발사된 마하5의 초고속미사일이니 사실상 피해

갈 방법은 없을 터였다. 물론 솔개의 속도를 알 리 없는 미군 입장에서는 회피가 가능하다고 판단할 수도 있었다. 아니나 다를까 F-35는 필사적으로 선회가속하면서 꽁지에서 불똥을 내뿜었다. 플레어와 채프의 대용품, 그가 회심의 미소를 머금은 채 중얼거렸다.

"인마. 넌 벌써 죽었어. 후후."

사실 피하고 자시고 할 여유도 없었다. 느닷없이 구름 속에서 튀어나온 적기를 피해 극단적인 회피기동을 시도했지만 시뻘건 불이 들어온 미사일 경고등과 알람은 꺼질 생각조차 하지 않았다. 게다가 적기는 바로 뒤에 달라붙어 끈질기게 따라오고 있었다. 최고속도의 코브라기동을 시도하고 추력전환노즐까지 동원해서 양각을 60도까지 들어올렸지만 극단적으로 줄어든 속도에도 적기는 귀신같이 꼬리를 물고 늘어졌다. 떼어내기 위해 해볼 수 있는 건 다 한 셈이었다.

'빌어먹을 자식! 어디까지 몰아갈 생각이냐.'

로렌 중령은 짜증스럽게 조종간을 밀어냈다. 이쪽을 처참하게 뭉갤 생각이 아니라면 마지막까지 몰아붙이지는 않을 터, 일단 고도를 낮추면서 마지막 회피기동을 해보고 그것도 안 되면 그냥 백기를 들 생각이었다. 더 비참해질 생각은 없었다. 순간, 광역통신망에서 판정관의 목소리가 흘러나왔다.

—블랙 펄 원, 블랙 펄 투, 격추. 교전 끝! 블랙 펄 편대 격추. 교전 끝. 기지로 귀환하라.

"젠장!!"

로렌은 신속하게 기체를 바로잡으면서 무서운 속도로 스쳐지나가는 적기를 육안으로 확인했다. 새털구름과 구분이 안 될 정도로 허옇던 기체가 지금은 시커멓게 변해 있었다. 그는 헬멧 디스플레이 창을 열고 세차게 고개를 저었다. 한마디로 양떼몰이를 당한 기분, 모골이 송연했다.

'네미럴! CIA는 뭐하고 NSA는 뭐하고 자빠진 거야?! 도대체 무슨 정보를 캐왔다는 거야!!'

이건 아예 상대가 되질 않았다. 사실 조종사들 사이에서는 가시거리 내에서 치고받는 독파이팅이라면 F-35도 랩터에 밀릴 것이 없다는 생각이 지배적이었다. 그런데 엉뚱한 동양의 작은 나라가 개발한 쥐톨만한 항공기에게 일방적으로 얻어맞고 케이오된 모양새였다. 그가 이빨을 갈아붙이는 사이 윙맨 라이커 대위의 뜨악한 목소리가 들려왔다.

—어디 계십니까? 편대장.

라이커의 목소리 역시 귀신에게라도 홀린 듯했다. 어느새 돌아온 적기가 기체를 좌우로 흔들고는 크게 선회하면서 남쪽으로 방향을 잡았다.

바람은 태풍이 되어 태평양 연안을 무섭게 강타했다. 인터넷에 슬쩍 올려놓은 풍백과 F-35의 공중전 동영상이 확대에 확대재생산을 거듭하면서 폭발적인 조회수를 기록한 것이었다. 중국과 일본군부에서는 한국의 약진에 대한 심각한 우려가 터져나왔고 결과에 경악한 미국은 실패의 원인을 찾기에 부심했다. 하루아침에 동북아

정세가 바뀌었다는 평가가 나올 정도로 심각한 후폭풍이었다.

재미있는 건 한국 네티즌의 반응, 교묘하게 편집되어 전투의 한복판에 서게 된 합참의장 최문식과 실전에 나섰던 한영직이 군인으로서는 사상 최초로 인터넷 스타가 되어버린 것이었다. 최문식은 자신의 목을 걸고 미래그룹이 제안한 국산 전투기 풍백 프로젝트를 과감하게 승인한 진짜 애국자이며 한영직은 풍백의 개발단계부터 목숨을 걸고 시험비행에 임한 조종사라는 논조였다.

물론 대한의 지시로 이루어진 일, 최문식이 칭찬받아야 마땅한 애국자라는 데 이의를 달 사람은 없지만 앞으로의 일을 풀어가려면 최문식 등 군부 우호세력의 입지가 더 튼튼해야 한다는 판단에 따른 것이었다.

모니터에 띄운 결과보고서를 훑어본 대한이 모니터 뒤에 선 두 사람을 올려다보며 말했다.

"수고했어. 이번엔 밥값 제대로 했네."

"껌이죠 뭐."

최양익의 대답, 조심스럽지만 약간은 건들거리는 모양새였다. 화들짝 놀란 박성렬이 최양익의 옆구리를 쿡 찔렀다. 말조심하라는 뜻이었으나 최양익은 여전했다.

"뭐 인마. 내가 뭘."

"어휴… 이…….."

박성렬이 있는 대로 인상을 구기자 대한이 씩 웃으며 말했다.

"후후. 됐다. 너희들 둘 덕분에 부회장이 좀 덜 바빠졌다. 잘난 척 좀 해도 돼."

보안시스템에 배치해두었던 해커 최양익과 박성렬이 처음으로 독자적으로 해낸 일, 보안시스템 현장 요원을 지휘해서 1사단 상륙 장면을 녹화하고 증빙자료까지 깔끔하게 갖춰 인터넷에 올렸고 아영이 넘겨준 공중전 동영상도 두 사람이 편집해서 최문식과 한영직을 스타로 만들어놓은 것이었다. 나름 성공적이라는 평가, 아영이 틈틈이 불러다 교육을 시키고 있어서 이제는 현존하는 거의 모든 방화벽을 뚫을 수 있는 최강의 해커 콤비가 되어 있었다. 슬금슬금 대한의 눈치를 본 최양익이 조심스럽게 엉뚱한 이야기를 꺼냈다.

"저기요. 그런데… 아영이 누나 말입니다."

"응? 아영이가 왜?"

"혹시 연하는 안 좋아하나요?"

"켁!"

박성렬이 딸꾹질을 할 정도로 놀라며 최양익의 뒤통수를 후려갈 겼으나 최양익은 깨끗이 무시하고 간절한 눈빛으로 대한을 건네다 보고 있었다. 표정은 정말 진지했다. 대한이 픽 웃었다.

"연하 취향은 아니던데? 그래도 모르지, 한 번 들이대 봐. 후후."

"넵! 감사합니다! 허락하신 걸로 알겠습니다!"

"응? 뭘 허락해?"

"아영이 누나와 사귀는 거요."

"풋!"

대한은 마시다 만 커피잔을 급히 내려놓고는 배꼽을 잡고 웃었 다. 아영의 현재 나이가 공식적으로 28이 됐으니 최양익보다 3년 이 위였다. 그러나 보기 드문 미인인데다 20대 초반의 흐트러짐 없는 미모를 그대로 유지하고 있으니 한 번 들이대 보고 싶기도 할 터였다. 물론 그와 24시간 붙어다니는 아영에게 그럴 만한 시간적 여유가 없다는 것이 문제였지만 말이다. 한참을 킥킥댄 그가 어렵사리 숨을 돌리며 말했다.

"너한테 매달릴 만한 아가씨를 찾는 게 낫지 않을까? 부회장이 너와 어울릴 만한 시간이 없을 건데? 너희들도 당분간 엄청나게 바빠질 거야."

그의 말에 금방 사색이 된 최양익이 반쯤 울먹였다.

"두 분보다는 못해도 저도 나름 천재 축에 들어갑니다. 돈은 없지만 회사에 도움도 되고요. 네? 회장님! 흡!"

다급해진 박성렬이 최양익의 입을 틀어막으며 밖으로 끌어내기 시작했다. 방을 나서면서까지 포기하지 않고 말을 붙여보려던 최양익은 방문이 닫히고 나서야 조용해졌다.

대한은 두 사람이 나가고도 한참을 웃다가 아영의 방과 연결된 샛문이 열리고 나서야 억지로 웃음을 멈출 수 있었다. 아영이 겨우 호흡을 조절하는 그에게 말을 건넸다.

"오빠 재미있는 일이 있나봐?"

"후후. 그럴 일이 있다. 앉아."

재빨리 다가선 아영이 책상에 살짝 걸터앉으며 궁금하다는 표정으로 물었다.

"뭔데?"

"그게 말이야. 후후후. 좀 전에 나간 최양익이가 너하고 사귀었으면 좋겠단다. 크크."

금방 황당한 표정이 된 아영이 마주 웃었다.

"호호. 웃기는 녀석이네?"

"군기 좀 잡아 놔라. 안 그래도 네 말이라면 껌뻑 죽겠지만. 후후후."

"응. 알았어. 민서는 간 거야?"

"그래. 오다보니 청바지 전문매장이 새로 생겼다고 거기 들렀다가 회사로 간단다. 요즘은 내가 입지 못하게 해서 입지도 못하면서 청바지는 참 좋아해."

대한은 가지런히 모은 아영의 늘씬한 다리에 새삼 눈길을 주었다. 늘상 대한과 붙어다녀야 하는 아영은 물론이고 유민서도 그를 만나는 날엔 거의 짧은 스커트를 입어야 했다. 두 사람의 늘씬한 다리를 눈앞에 두고 싶어 하는 대한의 흑심 때문이었다. 아영이야 그의 명령대로 움직이니 상관없지만 유민서의 경우는 수도 없이 강요를 한 결과였다. 아영의 시선을 느낀 그가 얼른 눈을 돌리며 말을 이었다.

"그나저나 미국 쪽 반응은 어떠냐?"

풍백과 F-35의 교전 직후, 아영은 줄곧 미군의 반응을 확인하기 위해 위성 해킹에 신경을 쓰고 있었다. 어느 정도 결과가 파악되어 건너왔을 터였다. 아영이 말했다.

"재밌어. 근접전에서는 F-35가 다소 밀렸지만 통합전투에서는 조기경보기와 전장통제능력의 차이 때문에 박빙이 될 거라는 평가야. 레이더와 스텔스 능력은 거의 동등한데 기체의 기동력에서 차이가 났다고 평가했어."

"흠… 일단 제대로 평가가 안됐다는 이야기네?"

"응. 교전시간이 워낙 짧아서 제대로 평가하기는 어려웠을 거야."

"일단 절반의 성공이네."

풍백의 일반제원을 오픈한 건 불만이지만 그래도 가릴 건 가렸다는 판단. 아영이 말을 받았다.

"그리고 F-35 제작사인 록히드마틴 쪽에서는 기술정보가 유출됐다는 우려가 조심스럽게 제기되고 있어. 그렇지 않고서는 1:1 교전에서 이렇게 밀릴 수 없다는 이야기야. 러시아가 실패한 SU-47 같은 전진익 기체에 대한 연구도 다시 시작해야 한다는 사내보고도 같이 올라갔어."

사실 록히드마틴과 스컹크팀을 해킹하면서 랩터와 F-35를 비롯한 미군의 신형 기체에 대한 정보는 모두 챙긴 마당이니 아주 틀린 이야기는 아니었다. 그가 툭 말을 던졌다.

"록히드가 실패했으니 보잉으로서는 희소식이겠네."

"응. 보잉에서는 벌써 신형 전투기 연구팀 신설 이야기가 나오더라. 그리고 우리 네티즌들 반응도 재밌어. 랩터하고도 한 번 붙어서 격추시켜달라는 이야기도 나오고 심한 사람들은 아예 '김대한을 청와대로'라는 구호를 매달고 다녀."

안 그래도 유명세를 타고 있는 미래그룹이 다시 바람을 일으킨 셈이었다. 그러나 우려를 표명하는 세력도 만만치 않았다. 실전에서 성능이 입증된 것도 아닌데 가상전투에서 겨우 한 번 이긴 걸 가지고 너무 좋아할 일이 아니다. 기본적으로 미국과의 분란은 국익에 해가 된다는 식이었다. 일부 언론은 미국의 자존심을 건드리면서 국민의 혈세를 쏟아 부을 가치가 있느냐는 식의 황당한 논리까지 들고 나왔다.

개략적인 보고를 듣고 난 대한은 씁쓸하게 웃으며 고개를 가로저었다. 잠깐 좋았던 기분이 금방 엉망으로 가라앉았다.

"휴… 언제쯤 돼야 정신들 차릴까 모르겠다."

"할 수 없지 뭐."

"일일이 배려할 시간은 없으니 그냥 밀어붙이는 수밖에 없다. 나가면서 청와대에 독대 요청하라고 비서실에 이야기 좀 해줘. 만나야 할 타이밍이야."

"알았어. 가기 전에 봐야 할 자료들 정리해볼게."

"그래. 부탁 좀 하자."

크게 기지개를 켠 대한은 음흉하게 웃으며 일어서는 아영의 허벅지를 가볍게 톡톡 쳤다. 느낌은 역시 좋았다.

사내는 주머니 속에 들어간 글록 권총 손잡이의 오돌도돌한 감촉을 손끝으로 음미하면서 온몸을 훑어내리는 파괴의 환상을 느꼈다. 폭포수처럼 쏟아지는 인디오의 검붉은 피가 새카만 전투복을 적시는 듯한 짜릿한 전율, 살이 타는 매캐한 냄새가 바늘로 찌르는 것처럼 온몸의 신경세포 하나하나를 날카롭게 자극했다. 처음 휴이헬기를 탄지 정확히 15년 7개월, 내내 그의 옷깃에 묻어다니는 오랜 동반자였다. 하지만 그것들이 적인지 친구인지를 구분하는 건 쉽지 않았다. 결론은 아직 멀리 있었다.

'머지않았어. 답은 한 걸음 더 가까워졌으니까.'

낮게 입술을 달싹인 제이슨은 여자의 자동차가 도로가의 의류매장 주차장으로 진입하는 걸 확인하고는 자신의 차를 도로변에다 세웠다. 여자는 차에서 내려 매장으로 들어가고 있었다.

그는 시동을 걸어놓은 채 그냥 차에서 내렸다. 미군부대 거주지에서 훔친 차여서 버리고 가도 그만이었다. 정장을 한 남녀 경호원 두 사람이 재빨리 여자를 따라갔고 운전자는 차에서 내려 주차장을 둘러보고 있었다.

점퍼 주머니에 손을 쿡 찌른 채 CCTV 카메라가 있는지를 확인하며 천천히 걸음을 옮겼다. 검은 머리에 피부색까지 바꾼 변장은 거의 완벽해서 전문가들도 진면목을 알아보기는 어려울 터였다. 차에서 내린 운전자는 차체에 기대서서 주차장에 막 진입하는 차량에다 날카로운 시선을 던지고 있었다.

'아마추어는 아닌 것 같다만… 그 정도로는 멀었다.'

그는 사냥감을 접수하면 무엇부터 할까를 생각했다. 먼저 반항하지 못하게 손발 한두 개는 부러트려야 하나? 아니면 얼굴부터 칼질을 내? 아냐. 그냥 망가트리기엔 좀 아깝잖아? 아랫도리가 뿌듯해질 만큼 자극적인 여자였다. 그리고 마침내 결론.

'좋아. 맛부터 보고 손가락을 두 눈두덩에 쑤셔 박는 게 좋겠어. 멋지군. 내 새끼들을 데려갔으니 그만한 대가는 치러야겠지.'

짜릿한 상상, 그날 이후 최악으로 치닫던 기분이 조금씩 좋아지고 있었다.

느릿하게 매장으로 들어섰다. 여자와 경호원의 위치를 먼저 확인하고 천천히 매장의 구조를 둘러보았다. 온갖 종류의 청바지들로 가득한 매장의 구조는 아주 간단했다. 가장 안쪽으로 탈의실 2개와 비상구가 나란히 보였고 카운터는 특이하게 매장 중앙이었다. 남자 경호원은 입구에, 여자 경호원은 목표와 가까이 붙어 움직였다. 일단 청바지 하나를 챙겨 든 그는 카운터 아가씨에게 탈의실로 가겠다는 손짓을 했다.

제이슨은 어수룩하게 비상구를 열어보고는 탈의실로 들어섰다. 한쪽 길이가 1m 남짓한 비좁은 공간, 문을 조금 열어놓고 기대서서 글록에 소음기를 끼웠다. 계획은 간단했다. 가까이 있는 키 큰 여자 경호원을 해치운 다음 목표를 끌고 비상구를 통해 밖으로 나가는 것, 김대한이란 놈을 위해 준비해둔 무대는 멀지 않은 야산에 있었다. 자신이 원하는 장소에 놈이 나타나기만 하면 여자의 용도는 끝이었다.

'건방진 연놈들! 앞으로 몇 분이다. 몇 분만 지나면 내가 왜 지옥의 코요테라고 불리는지 알게 될 거다!'

심호흡을 하면서 열린 문틈으로 밖을 내다보았다. 목표는 낡아 보이는 청바지 두 개를 든 채 다른 바지들을 둘러보면서 이쪽으로 움직이고 있었다. 일단 사각射角은 나쁘지 않다. 탈의실의 그늘 속에서 느릿하게 총구를 들었다.

'응?'

조금 전까지 보이던 여자 경호원이 보이지 않았다. 그가 주춤하는 순간, 여자 경호원이 목표 앞으로 나타났다. 옆 탈의실 문을 열고 내부를 확인하는 상황, 목표는 탈의실 바로 앞에 있었다. 타이밍이 좋지 않았다. 이대로는 경호원의 머리를 조준할 수 없었다.

'제기랄!'

일순 보류를 떠올렸지만 곧장 고개를 가로저었다. 다시 기회를 잡는 건 어렵다. 이미 그의 사진이 전국에 수배되어 있고 저격용 총기는 불타버린 안가에 있었다. 정보누설로 실패한 작전을 마무리하기 위해 지부와 다시 접촉하는 건 절대 피해야 할 금기, 어떻게든 여기서 끝을 봐야 했다. 순간, 그가 들어가 있는 탈의실 문이 슬쩍 열렸다.

'X할!'

파박!!

반사적으로 방아쇠를 당겼다. 두 발, 탈의실 문을 관통한 총탄에 가슴 한복판을 얻어맞은 경호원은 무너지듯 그 자리에 풀썩 무릎을 꿇었다. 문짝으로 경호원을 밀어내며 번개같이 탈의실을 튀어나왔다. 여자는 기겁을 하며 물러서고 있었다. 단숨에 거리를 좁힌 그는 망설임 없이 여자의 머리채를 우악스럽게 휘어잡았다.

"악!"

낮게 비명을 내뱉는 여자를 끌어당기며 출입구에서 달려오는 경호원을 향해 연달아 방아쇠를 당겼다.

파박!! 와장창!!

경호원은 진열대 아래로 다급하게 자세를 낮췄다. 외부의 대형 유리창이 산산조각으로 터져나가고 카운터 직원들의 비명이 잇달았다. 그가 재빨리 몸 앞으로 여자를 돌려세워 목을 틀어잡으면서 소리쳤다.

"너희들 보스에게 전해라! 전화를 기다리라고!"

연달아 두 발을 더 쏘면서 비상구 쪽으로 한 발 물러섰다.

"당신이 코요테로군요."

유민서의 말, 뜻밖에도 너무나 침착한 어조였다. 그가 말을 삼키자 여자가 다시 말했다.

"포기하세요. 이런 식이면 당신은 나도 대한 씨도 죽일 수 없어요."

"닥쳐! 네년 목숨은 이미 내 손에 있어!"

"그럴까요?"

제이슨은 가슴이 철렁했다. 뭔가 믿는 구석이 있다는 뜻, 여자의 얼굴에는 미소까지 흐르고 있었다. 얼핏 빨리 나타나줘서 고맙다는 의미처럼 느껴졌다. 밖에서 달려 들어오는 경호원 쪽에다 두 발을 쏘고 유민서에게 시선을 돌렸다. 순간, 옆구리로 엄청난 통증이 몰려왔다.

'헉!'

숨을 내쉴 수조차 없는 극한의 고통, 유민서의 등에다 체중을 실으면서 몸을 굽혔으나 그녀는 그의 체중을 버텨주지 않았다.

'이…이게?'

유민서의 몸 위로 무너지듯 주저앉는 그의 오른손이 그로테스크하게 꺾였다. 방아쇠를 연속해서 당겼지만 엉뚱하게도 바로 옆 거울이 터져나갔다. 비산하는 유리조각에 일순 눈앞이 아찔해졌다. 권총은 어느새 손을 떠났고 유민서 역시 순간적으로 떨어져나갔다. 그리고 눈앞에서 그의 권총을 차버리는 건 죽은 줄 알았던 여자 경호원이었다. 경호원이 가슴을 쓰다듬으며 말했다.

"지랄! 신형인지 뭔지 방탄복이 가볍고 좋긴 한데 더럽게 아프네. 어쨌거나 널 과소평가했나 보다. 미안하다. 코요테."

욕설에 이은 제법 유창한 영어, 경호원은 정장으로 바꿔 입은 이연수였다. 대한의 명령으로 오전에 잠시 휴식을 취한 뒤부터 당분간 유민서의 근접경호를 맡기로 한 것이었다. 울컥울컥 피가 솟구치는 옆구리를 움켜쥔 제이슨은 주춤 물러섰다. 이연수가 다시 말했다.

"피곤해 죽겠는데 자꾸 귀찮게 할래? CIA든 어디든 16년씩이나 킬러 노릇을 했으면 돈도 제법 벌었을 건데 말이야. 그 나이면 조용히 은퇴해서 손주새끼나 쳐다보지 왜 이 먼 데까지 기어나와서 지랄이야. 지랄이."

이연수의 거친 욕설에도 제이슨은 암울하게 가라앉은 눈빛으로 말을 삼켰다. 일차 목표로 삼았던 유민서는 이미 시야에서 사라졌고 출입구에 있던 경호원까지 다가와 총구를 겨누고 있었다. 희망은 사라진 셈이었다. 제이슨이 스르르 한쪽 무릎을 꿇으면서 말했다.

"끝내라."

"아아. 그러면 곤란하지. 손 치워. 죽이고 싶지 않아."

이연수가 허리춤으로 손을 가져가며 말했다. 제이슨의 오른손은 발목에 닿아 있었다.

"쏴. 그럼 끝난다."

제이슨의 손이 거침없이 바짓단 속으로 들어가고 동시에 이연수의 손이 날렵하게 허리춤에서 빠져나왔다. 그리고 총성.

쾅!

이연수의 손에서 떠난 단검이 제이슨의 어깨에 꽂혔다. 이연수의 단검보다 딱 반 호흡 늦게 발사된 경호원의 총탄은 정확하게 발목을 관통했고 디딤발을 잃어버린 제이슨은 이를 악문 채 비스듬히 쓰러졌다. 비명은 없었다. 재빨리 다가간 이연수가 그의 발목에 찬 손바닥만한 22구경 권총을 풀어냈다.

"인마. 솔직히 죽이고는 싶은데 본 사람이 많아서 죽이면 골치 아파."

경호원 두 사람이 달려와 놈을 끌어내자 유민서가 등 뒤로 다가서며 말했다.

"일단 병원으로 데려가세요. 살려는 봐야죠."

"넵. 그래야죠. 그런데 우리 예비 사모님 생각보다 배짱이 센데요?"

이연수의 칭찬에 유민서가 앞섶에 매달린 펜던트 목걸이를 만지작거리며 웃었다.

"오빠가 준 게 있어서 그래요. 지난번 사고 이후로 항상 가지고 다녀요. 언니만 아니면 한 번 써보는 건데 못 썼잖아요."

"에? 나 모르는 비밀병기가 있는 건가요?"

"무슨 신경마비제라고 했어요. 위치에 관계없이 상대가 반경 2미터 안에 있을 때 작동시키면 되는 거거든요. 키워드만 말하면 된다던데요? 호호."

"오호. 그래서 여유가 있었군요? 어쨌든 끝났으니 어쩌실래요? 회사로 돌아갈 거죠?"

"네. 일단 오빠 얼굴 봐야죠. 생색도 좀 내고요."

유민서는 화사한 웃음을 지었지만 이연수는 고개를 가로저었다.

"글쎄요. 아마 생색 못 낼 걸요?"

"왜요?"

"무모한 짓 했다고 야단이나 안 맞으면 다행일 거예요. 굳이 회사주변을 오가면서 계속해서 자신을 노출시킬 필요는 없었어요."

"그럴까요? 아영이가 준 펜던트가 있어서 자신 있었는데… 그 사람 목적은 오빠하고 아영이라면서요. 날 죽일 리가 없잖아요……."

유민서는 금방 풀이 죽어서는 말끝을 흐렸다. 자신이 생각해도 대한에게서 고운 말이 나올 것 같지 않았던 것이었다. 이연수가 풀 죽은 유민서의 어깨를 슬쩍 감싸 안았다.

"걱정 마세요. 괜찮을 겁니다. 가시죠. 뒷일은 보안시스템에서 알아서 할 겁니다. 여기다!!"

이연수가 막 도착하는 경호팀을 향해 수신호를 하면서 유민서를 끌어당겼다.

대한이 유민서의 소식을 전해들은 건 그룹기획실장 박용호로부터 미래대학교 건설현황을 보고받는 자리에서였다. 대한은 즉시 보고를 보류시키고 회장실로 돌아와 막 도착한 유민서에게 불같이 화를 냈다.

"도대체 뭐하는 짓이야!! 그래서! 잘했다고 나타난 거냐?"

"그게… 미안해요. 오빠."

유민서의 목소리는 완전히 기어들어가고 있었다. 사실이 무모한 행동이었다. 예측불허의 독 오른 킬러에게 몸을 드러내는 건 정말 미친 짓이었다. 천만다행으로 코요테가 납치를 생각하고 있었기에 망정이지 그냥 죽이겠다고 마음먹었다면 유민서는 이미 시체나 마찬가지였다. 앞뒤 없이 마구잡이로 10여 분 남짓 험한 소리를 퍼부어댄 대한이 갑자기 말을 끊어버리고 유민서의 뒤에 서 있는 이연수를 잡아먹을 듯이 노려보았다. 무언의 힐책인 셈이었다. 이연수가 조심스럽게 말했다.

"위험하긴 했지만 코요테가 사장님의 신상에 위협을 가하지는 않았……."

대한이 날카롭게 말을 잘랐다.

"아니긴 뭐가 아냐?! 총알이 날아다닌 판에 무슨 놈의 위협을 가하지 않아!!"

"……."

찔끔한 이연수가 입을 다무는 순간 아영이 그의 방으로 건너왔다. 손에는 위성전화기가 쥐어져 있었다. 아영이 손가락으로 북쪽을 가리키며 말했다.

"오빠. 위성전화야."

고개를 끄덕인 그가 전화기를 받아들며 말했다.

"나중에 이야기하자. 어쨌든 다치지 않았으니 다행이다. 이따 퇴근하고 이리로 와. 저녁이나 같이 먹자."

재빨리 일어서 배시시 웃은 유민서는 폴짝 뛰어 그의 뺨에다 키스를 했다. 그가 가볍게 허리를 감싸 안으며 픽 웃었다.

"인석아. 조심해. 이거 네 몸 아니다. 내 거야."

"알았어요. 앞으론 절대 안 그럴게."

"어서 나가봐. 전화 받아야겠다."

"응. 이따 봐요."

유민서는 아영에게 윙크를 해보이며 얼른 방을 나섰다. 살려줘서 고맙다는 의미일 터였다. 아영이 환하게 웃으며 살짝 손을 흔들어 보였다. 두 사람이 밖으로 나가자 대한은 서둘러 전화를 받았다.

"접니다."

―돌아가셨소.

원용해의 목소리, 누구를 의미하는지는 묻지 않아도 뻔했다.

'젠장!'

―극비리에 보위사령부로 유해를 옮겨왔소. 앞으로 19일간은 이대로 버텨야 함메. 그쪽에서 먼저 할흐골 인력송출에 대한 성명을 발표해주기요. 내가 받아서 밀어붙여 보갔서.

"알겠습니다. 모레 정식으로 발표하죠."

―알갔소.

원용해는 즉시 전화를 끊었다. 전화를 내려놓은 대한은 잠시 머리를 소파에 기댄 채 뒤에 서 있는 아영의 얼굴을 물끄러미 올려다 보았다.

김정일이 죽었다. 이제는 정말 기호지세騎虎之勢, 중국을 견제하기 위해 미국과의 불화를 감수한 채 의도적으로 힘을 내보였지만 결과는 아무도 예측할 수 없다. 원용해가 성공해준다면 다행이지만 만에 하나 실패한다면 정말 한미연합군이 북한으로 전개되고 중국군이 남진하는 최악의 시나리오가 눈앞에 펼쳐질 수 있었다. 어떻게든 피하고 싶은 시나리오, 그러나 상황은 정말 한치 앞을 내다보기 어려운 짙은 안개 속이었다.

진짜 싸움은 지금부터였다.

전운 戰雲

급히 서울로 날아온 김용석은 회사 전체가 시퍼렇게 긴장한 것을 느끼면서 조심스럽게 회장실로 들어갔다. 미군 훈련단과 적잖은 충돌이 있었다는 이야기는 들었지만 그것과는 분명히 다른 느낌이었다. 뭔가 큰일이 벌어지고 있었다.

"어서 오세요. 형님."

검게 그을은 시커먼 얼굴이지만 대한은 언제나처럼 반갑게 그를 맞았다.

"오랜만입니다. 회장님."

"얼른 앉으십쇼. 그리고 말 편하게 하세요. 우리뿐입니다."

김용석이 소파에 앉으며 어정쩡하게 말을 받았다.

"그래도 될까…요?"

할흐골에서야 왕에 다름이 아니지만 본사에 들어오면 달랐다.

언제 봐도 반가운 의형제지만 대한에 대한 감상은 언제나 경외감이었다. 사실 평상시에 반말을 하는 것조차도 껄끄러운데 회사 회장실에서의 반말은 불편할 수밖에 없었다. 대한이 씩 웃으며 말했다.

"참내! 형님. 우리 둘뿐이라니까요."

"그래. 알았다. 알았어. 그나저나 무슨 일이냐? 당장 들어오라고 해서 하던 협상 다 팽개치고 들어왔다."

"아. 신규조차지 협상 말씀이군요."

"그래. 마타드 지역까지 확장하는 거라 경영진들의 기대들이 크다. 마타드까지면 대략 남한의 반쯤 되는 대초원이 우리 식량기지가 되는 거야. 농수로 같은 기본 인프라 건설에 시간이 좀 걸리겠지만 5년 안쪽이면 우리나라 정도는 간단히 먹여 살릴 거다. 할흐골 인프라 건설에 우리가 쏟아 붓는 자금을 보고나서는 애당초 조차에 부정적이던 몽골정부내의 친중국 인사들까지도 대다수가 돌아섰어. 몽골인 취업도 아주 활발해서 무척 고무되어 있다. 면적은 대략 할흐골의 4배 정도인데 수자원 문제가 많아서 2,500만 유로선에서 합의가 될 것 같아. 쓸모없는 출혈은 줄어든 셈이지."

"괜찮네요. 수고하셨어요."

"인마. 네가 중단시켰잖아. 수고는 지금부터 다시 해야 돼. 후후."

"그런가요? 후후. 하지만 더 급한 일이 있어서 어쩔 수 없습니다. 함 봐주세요."

"그래. 우리 회장님이 하시는 일인데 당연히 이유가 있겠지. 들어보자."

"지난번에 거론됐던 할흐골 북한인력 투입 안을 발표할 생각입니다. 형님이 직접 발표하시는 게 모양새가 나을 것 같아서요. 발표 후에는 북한 고위층을 할흐골로 초청하는 작업을 시작으로 급히 추진해야 할 일이 태산입니다. TFT를 총괄 지휘해주세요."

"아. 그럼 해야지. 발표는 언제 할 건데?"

"내일이요."

"흠. 좋지. 알았어. 대신 오늘은 같이 술 한 잔 하는 거다. 어때?"

김용석이 밝은 얼굴로 술 마시는 시늉을 했으나 대한의 반응은 반대였다.

"에효… 저도 그러면 소원이 없겠습니다. 틀렸어요."

"바쁜가 보지?"

"예. 이달 말쯤에 엄청나게 큰일이 생길 겁니다. 할 일이 너무 많네요."

"네 입으로 큰일이라는 말이 나올 정도면 장난 아니겠군. 알았다. 입 조심하지."

"입 조심 정도로는 안 됩니다. 아예 지퍼를 채우세요. 미래보안 시스템 할흐골 파견대도 이달 15일부터는 1급 경계태세에 들어갈 겁니다."

"그래. 알았다. 그럼 오늘은 그냥 회사 호텔에서 하루 신세지고 내일 어머님 댁으로 들어가든지 하마."

"아뇨. 그냥 호텔에 계세요. 비서실에서 준비해놨을 겁니다."

"분위기가 그래야 할 것 같구나. 그러마. 자… 이제 이야기 끝났으면 난 지금 사라져주는 게 낫겠지?"

"죄송합니다. 형님. 저도 지금 나가봐야 합니다."

"짜식. 나중에 술 제대로 사는 것만 잊지 마라."

못내 아쉬운 표정을 남긴 김용석이 방을 나서자 대한은 곧장 청와대로 출발했다. 이제 마지막 담판을 지어야 할 시간이었다.

다시 찾은 청와대에는 반갑지 않은 손님이 그를 기다리고 있었다.

"반가워요. 김 회장."

미국 국무성 장관 라이자, 환하게 웃음을 보였지만 웃음 뒤에 가려진 속내만 궁금해질 뿐이었다. 대통령 집무실에는 대통령과 안보수석, 라이자 세 사람이 앉아 있었다.

'시작부터 찜찜하군.'

이한우와의 독대를 요청한 자리에 엉뚱하게 라이자가 나와 앉아 있으니 당연히 기분 좋을 리 없는 상황이었다. 그가 내심 욕설을 퍼부으며 자리에 앉자 이한우가 먼저 영어로 이야기를 시작했다.

"따로 시간을 내기가 좀 어려웠소. 라이자 장관이 먼저 오셨고 말이야."

"말씀 나누시죠. 밖에서 기다리겠습니다."

"아니. 아니. 이왕 왔으니 같이 이야기하지. 라이자 장관이 김 회장에게 할 말도 있다고 하니 말이야. 라이자 장관."

이한우가 눈길을 돌리자 라이자가 가볍게 목례를 하며 말을 받았다.

"감사합니다. 대단한 항공기를 개발했다고 들었어요. 축하합니다. 김 회장."

"감사합니다."

다소 퉁명스런 느낌의 한국말, 당황스런 표정이 된 안보수석이
재빨리 끼어들었다.

"제가 통역을 하지요. 괜찮겠습니까?"

라이자가 그럴 줄 알았다는 듯 빙긋이 웃었다.

"예외 없군요. 후후."

"여긴 한국 대통령 집무실입니다."

대한의 말은 라이자가 타겟이었으나 안보수석이 먼저 인상을 찌
푸렸다. 마치 대통령에게 하는 질책으로 들렸기 때문이었다. 이한
우가 손을 저으며 말했다.

"괜찮아요. 민감한 사안을 이야기하는데 통역을 들일 수 없어서
영어를 썼을 뿐이니까. 계속 하십시다."

라이자가 미소를 머금은 채 말을 받았다.

"여전히 독불장군이로군요. 김 회장은 외교적인 수사를 좀 배워
야 할 것 같네요. 곧 노벨상도 탈 사람이니 이제 공인다운 부드러
움도 좀 갖춰야 하지 않을까요? 너무 뻣뻣하면 부러집니다."

"생각해보죠. 제게 할 이야기가 있으십니까?"

"그런 셈입니다. 대통령께 부탁을 드렸더니 흔쾌히 수락을 하시
더군요."

"말씀하세요."

안보수석이 통역을 하려 했으나 그는 기다리지 않고 그냥 말을
받았다. 통역은 자연스럽게 대한의 말을 라이자에게 전하는 것만
으로 진행되고 있었다.

대한은 라이자가 늘어놓는 일장연설을 참을성 있게 들었다. 화

려한 외교적 수사가 총동원된 이야기, 철저히 준비된 대사들이었다. 미국은 한국전에 참전한 오랜 혈맹이며 한국이 자리를 잡을 수 있도록 지원을 아끼지 않았던 유일한 서방국가다. 그런데 최근엔 한국정부의 노력에도 불구하고 사소한 일 때문에 자꾸 멀어지는 것 같다. 현재의 상황은 매우 유감으로 생각한다. 이제 그 동맹을 강화해야 할 시점이다. 미국 경제가 위태로우면 한국은 더 심각해진다. 등등 정말 장황한 외교적 수사가 동원되었다. 그러나 요지는 간단했다. 미국의 경기가 심상치 않으니 즉시 협력을 강화하자. 초전도체 기술이전을 서두르고 미사일디펜스 사업 및 항공기 개발부분에 대한 미래그룹의 참여가 필요하다였다.

라이자의 말을 끝까지 경청한 대한은 지체 없이 입장을 정리했다.

"초전도체에 대한 것은 이미 이야기가 끝난 것으로 알고 있는데요? 현금 50억 달러에 설비를 비롯한 핵심기술 일체를 이전한다고 분명히 말씀드렸습니다. 나머지는 국가적인 문제라 제가 거론할 부분이 아닌 것 같군요."

라이자가 말했다.

"그렇지가 않아요. 대통령께서 적극적인 협조를 약속하셨지만 그건 선언적인 의미일 뿐입니다. 미국이 원하는 건 미래의 실질적인 참여입니다. 쉽게 이야기하자면 최근 본격화되고 있는 이성전자와 미래의 합자회사에 인텔이 참여 한다거나 미사일디펜스 프로그램에 미래의 자금과 연구원이 투입되는 것 같은 실질적인 행동이 필요하다는 겁니다."

"흠… 글쎄요. MD 프로그램은 미국 본토 대공방어에 한국이 투자하라는 이야기로 들리고… 인텔의 지분참여는 이익을 나눠달라는 이야기로밖에 들리지 않는군요. 하다못해 장사꾼도 상대의 이익을 배려해서 오퍼를 내는데 이건 좀 일방적인 것 같은데요?"

대한의 부정적인 반응에 안보수석의 표정이 일그러졌다. 그러나 대한은 어서 통역하라고 천연덕스럽게 눈짓을 했다. 통역을 듣고 난 라이자가 씩 웃으며 말했다.

"뭐 예상했던 반응이군요. 그럼 이렇게 이야기를 하죠. 미래그룹의 기술과 미국의 자본이 합쳐지면 일부 특정기술에 한정되어 있는 미래그룹의 영향력이 대대적으로 확장될 기회를 가지는 겁니다. 미국의 지원을 업고 세계를 무대로 시장을 확대할 수 있다는 거죠. 진정한 윈윈전략이 되는 겁니다."

얼핏 들으면 동반자로서 함께 가자는 이야기, 하지만 그건 동등한 입장의 강자들 사이에서나 통하는 이야기였다. 한미관계처럼 한쪽으로 심하게 추가 기운 상태라면 동업은 고양이에게 맡긴 생선이 될 터였다. 그가 대답을 삼킨 채 물끄러미 라이자의 얼굴을 넘겨다보자 이한우가 툭 말을 더했다.

"남북통일을 적극적으로 지원하겠다는 미국대통령의 전언을 가져왔네. 경제, 군사 등 모든 면에서 말이야. 김정일이 죽고 없는 북한을 신속하게 흡수 통합하는 것일세. 내 임기 중에 내놓을 수 있는 최고의 카드가 될 거야. 남북통일! 멋지지 않은가?"

대한은 미간에 깊게 골을 파며 환하게 웃는 이한우와 라이자의 얼굴을 번갈아 쳐다보았다. 너무나 위험한 이야기를 너무나 쉽게 꺼내고 있었다. 정말 멋진 이야기지만 현실과는 엄청난 괴리를 보였다. 상식선에서 생각해도 김정일 유고 상황에서 밀어붙이는 남북통일은 또 한번의 국지적 대리전을 의미했다. 미국과 중국은 무기를 팔아 경기를 활성화하고 우린 다시 폐허에서 시작해야 할 것이었다. 그가 차분하게 대답했다.

"지금 대답할 수 있는 사안이 아니군요. 심각하게 생각해보겠습니다."

대답은 이한우와의 담판이 끝난 다음에나 나올 터였다.

라이자는 이후로도 한참을 한미 무역역조 문제와 미군 주둔비용과 재래식 무기 보충부품구매 등 한미간의 현안을 장황하게 거론한 뒤, 밤늦게야 청와대를 떠났다. 기억해두라는 의미일 터였다. 라이자와 안보수석이 자리를 뜨고 커피 두 잔이 다시 들어오자 이한우가 정말 예상 밖의 이야기를 꺼냈다.

"내가 어리석어 보이나?"

"예?"

"자네도 내가 미국에 붙어서 나라를 팔아먹는다 싶은가 말일세."

"……!"

대한은 목젖까지 솟아오르는 비명을 필사적으로 찍어 눌렀다. 야당 대통령 후보를 적극적으로 지원하는 그가 현 정부에 다소 적대적이라는 건 대통령도 잘 알고 있는 사실, 그러나 한 나라의 대통령의 입에서 나라를 팔아먹는다는 이야기까지 나올 줄은 몰랐던 것이었다. 이한우가 다시 말했다.

"내가 미국을 앞장세워 북진을 거론하는 이유는 뭘까?"

대한이 차분한 목소리로 대답했다.

"듣겠습니다."

"그래. 자세가 좋군. 듣기를 잘하는 게 지도자의 첫 번째 덕목이야. 한번 들어보게. 보통 한반도 통일의 모델로 독일의 통일과정을 이야기하는 사람들이 많지? 사실 독일은 외세의 개입 없이 멋지게 통일을 이뤘어. 당시 서독의 콜 수상은 나처럼 미국과의 공조를 중요시했지만 통일 과정에는 미국을 끌어들이지 않았지. 아마 미국을 끌어들었다면 다 쓰러져가는 소련이라도 분명히 통독에 반기를 들었을 거야. 하지만 서독은 미국을 후원세력으로 그냥 남겨둠으로써, 영국과 프랑스는 물론 소련도 통독과정에 손을 대지 못하게 했지. 그리고 서독군이 신속하게 동독에 진주해 단기간 내에 동독 군대의 무장을 해제시켰어. 무장한 군부가 반기를 들면 일이 복잡해지는데, 서독일군은 전광석화 같은 부대 전개로 군부의 반발을 절묘하게 피해낸 셈이야."

"그렇게 알고 있습니다."

"그런데… 거기엔 사람들이 모르는 위험한 함정이 있네. 동북아시아에서 한국의 비중은 유럽에서 독일이 가진 비중과는 판이하게 다르거든. 누군가 이야기한 대로 잘해야 네덜란드쯤 될까? 그럼 말이야. 만일 네덜란드와 벨기에가 분단국가라 치고 이제 통일하겠다고 하면 주변국의 반응이 어떨까?"

"물론 좋지는 않겠죠."

"당연하지. 모르긴 몰라도 아마 결사반대일 거야. 주변국이 독일, 영국, 프랑스일세. 명실 공히 유럽의 3강이지. 어찌어찌 통일을 인정한다고 해도 절대 주변국을 적대하지 않겠다고 통사정을 하고 정치, 경제적으로 수없이 많은 양보를 한 뒤에나 가능할 거야."

누가 봐도 당연한 이야기, 대한은 고개만 주억였다.

"자. 그럼 이제 우리 주변국을 보세. 미국, 중국, 일본, 러시아. 네덜란드보다 훨씬 더하지. 진짜 세계의 4강이야. 이 친구들이 가만히 있을 리가 없지. 우리의 통일을 바라는 나라는 그 중 하나도 없으니까. 그런데 말이야. 한미연합사는 한미상호방위조약을 근거로 탄생했어. 한국이 공격을 받았을 때 한미 양국의 군사적 대응을 규정한 조약이야. 그러니 북한내전의 경우 남한에 대한 도발이 아니니까 한미연합사가 개입하는 것은 타당성이 없다고 봐야겠지. 그리고 한미연합사가 북한 내전에 개입하게 되면 중국과 러시아는 한미 양국이 전쟁을 유도했다고 우기면서 군사적 개입을 시도할 수 있어."

이한우는 잠시 말을 끊고 식어버린 커피를 한 모금 마신 뒤 다시 말했다.

"이런 저런 조건을 맞춰 볼 때 북한에 내전이 터지면 합참 주도로 한국군이 단독으로 개입하고 미국은 뒤에서 방패막이가 되어주는 것이 좋지. 그런데 나는 미군을 앞에 세우려 하고 있어. 이상하지 않은가?"

"말씀하십시오."

"이유는 간단해. 난 지난 5년 동안 줄곧 한미공조를 강화하는데 전력을 투구했어. 어쨌거나 지금 세계를 지배하는 건 미국이고 그들의 눈 밖에 나서는 죽도 밥도 안 된다는 판단이야. 그리고 중국은 아직 미국을 상대로 전면전을 벌일 만큼 성장하지 못했어. 안 그런가?"

"100%는 아니지만 어느 정도는 동의합니다."

"내 보기엔 최소한 70% 이상은 돼. 중국과 러시아 지도부가 미치지 않고서는 미국이 앞장선 싸움에 군사적으로 개입하기는 어렵지. 미국이 중동에서 마음껏 총질을 하는 것도 그런 맥락이라고 보아도 돼. 입으로야 당연히 난리를 치겠지만 절대 진짜 총을 뽑지는 못해. 결국 누가 봐도 승률이 높은 도박이 되는 거야. 난 미국이 전향적으로 나오는 지금이 아니면 통일을 이룰 기회는 다시없다는 판단을 하고 있네. 물론 그게 최선의 선택인지 아닌지는 역사가 심판하게 되겠지만 말이야."

대한은 이야기를 멈춘 이한우를 물끄러미 건네다본 뒤 조용히 입을 열었다.

"도박이란 단어를 너무 쉽게 쓰시는군요. 국운을 건 대사에 도박이란 단어는 가당치 않습니다. 또 어찌어찌 통일을 이룬다고 해도 우리는 지난 2010년 기준으로도 600조가 넘는 엄청난 통일비용을 감당할 방법이 없습니다. 통일 시점이 내년이라고 봐도 800~900조는 간단히 넘어갈 겁니다."

통일비용은 두 나라가 단일 경제권으로 통합할 수 있을 만한 수준으로 한쪽을 성장시키는 데 필요한 비용, 현재 한국정부가 보유한 자산 전체의 2배가 넘는 엄청난 자금을 단기간에 쏟아부어야 한다는 의미였다. 대한이 말을 이었다.

"김정남이 죽고 없는 지금 북한 지도부가 남한에 도움을 요청하리라는 보장은 있습니까? 만일 김정일이 살아 있다면요? 이미 하나의 나라로 인정된 국가에 군대를 보내는 일이 명분 없이 진행될 수는 없습니다. 무리해서 임기 내에 통일을 이루겠다는 생각은 버리십시오. 우린 아직 준비가 되어 있지 않습니다."

"쓸데없는 소리. 그건 100년이 지나도 똑같이 나올 이야기야. 북한은 이미 시한폭탄일세. 당장 내일 내전이 일어난다고 해도 전혀 이상할 것이 없는 상황이야. 우리가 손을 내밀면 어느 쪽이든 무조건 달려들게 되어 있어. 싸움은 이기고 봐야 하니까. 그리고 난 남북통일을 위해서라면 미국의 협조를 얻기 위해 무슨 짓이든 할 각오가 되어 있네. 필요하다면 미래그룹을 쥐어짜서라도 미국과 공조를 할 생각이야. 그러니 그냥 따라와주게."

"휴… 말씀이 심하시군요. 그리 쉽게 쥐어짜지지는 않을 건데요?"

대한의 도전적인 말에 이한우가 긍정을 표했다.

"물론 그건 맞아. 레임덕이라는 말이 괜히 나온 것도 아니고… 자네도 만만한 사람이 아니니까. 게다가 새 법안 때문에 이태식 후보와 통화를 하면서 슬쩍 떠봤더니 자네에겐 거의 무한신뢰를 보내더군. 내 듣기로 정치입문 때부터 자네와 돈이 오간 것 같던데… 아닌가?"

"변호사 사무실에 출자를 한 거라면 그렇습니다. 하지만 정치를 시작하신 이후에는 공식적인 정치자금이 지원되었을 뿐입니다."

협박인가 싶어 기분이 상했지만 일단은 차분하게 말을 받았다. 당장 언성을 높일 필요는 없었다. 이한우가 가소롭다는 듯 피식 웃었다.

"그래? 뭐 그렇겠지. 뭐 어쨌든 이태식 후보가 자네를 경외하다시피 한다니 어쩔 수 없이 이렇게 따로 자리를 만든 게야. 아무리 나라도 다음 대통령과 싸우고 싶지는 않거든. 그게 아니라면 벌써 파주에 세무공무원들이 새카맣게 떴겠지? 6개월이면 회사 하나 엉망으로 만드는 건 전혀 어려운 일이 아니야. 후후."

이한우의 의미심장한 미소를 건네다 보면서 대한은 미간에 내천자를 그렸다. 물론 완전히 틀린 이야기는 아니다. 워낙 변수가 많은 상황이라 어차피 정답은 없다. 어쩌면 이한우의 말처럼 무대포의 초강수가 차라리 나을 수도 있다. 위험부담이 너무 큰 발상이란 것만 빼면 말이다. 그리고 새삼 상대를 욕할 이유도 없다. 상대나 자신이나 각자가 생각하는 최선을 위해 뛰는 거니까.

그의 손에는 아직 원용해라는 카드가 아직 남아 있지만 이미 상대는 마음을 결정했고 원용해 카드를 꺼내놓는다고 해도 말이 통할 상대가 아니었다. 남은 방법은 하나였다.

에라 모르겠다 싶어진 그가 대놓고 성질을 부리기 시작했다.

"마음대로 하시죠. 어차피 내가 가진 걸 다 내줘야 한다면 내가 직접 미국정부와 딜을 하는 편이 낫겠습니다. 어디 누가 이기나 한번 해보죠. 미국이 전향적으로 나오는 이유가 '미국이 대통령을 지지'하기 때문이라고 착각하지는 않으시겠죠? 알다시피 미국정부는 미국인보다는 미국기업을 위해 뛰는 조직입니다. 미국에게 '당신'의 가치는 이미 바닥에 가깝다는 걸 기억해두세요."

그의 폭탄선언에 이한우의 표정이 순식간에 변해버렸다. 대한이 입에 올린 '당신'이라는 단어보다 '가치'라는 단어에서 이한우는 더 심각한 타격을 입었다. 타의 추종을 불허하는 정보력을 가진 미국이라면 차기 대통령 선거의 결과 정도는 이미 정확하게 예측하고 있을 터, 미래그룹이 적극적으로 협상에 나선다면 향후 활용도가 떨어지는 이한우보다는 얼마 후면 대세를 장악하게 될 대한과 직접 얼굴을 맞대는 것이 훨씬 효율적이라는 걸 누구보다 잘 알고 있었다. 안 그래도 힘을 잃어가고 있는 자신은 공중에 떠버린다는 이야기였다. 당혹스런 표정의 이한우의 미간에다 대한이 마지막 비수를 꽂았다.

"임기가 몇 달 안 남은 대통령을 보수 언론이 얼마다 더 지원할 거라고 생각합니까? 제가 언론에 대고 떠들기 시작하면 박통 때처럼 암살이라도 하시겠습니까?"

"뭐…뭐라고?"

시종 여유롭던 이한우의 눈매가 격하게 일그러졌다. 대한이 거칠게 말을 이었다.

"대통령께서는 대통령이 원하는 대로 하시라는 이야기입니다. 저는 저대로 힘닿는 데까지 막겠다는 이야기고요."

대한이 거침없이 말을 이어가는 동안 줄기차게 대한의 얼굴을 노려본 이한우가 어렵게 입을 열었다.

"그럼 왜 나를 만나자고 했지? 원하는 게 뭔가?"

"나름대로 대통령께 도움이 될 만한 제안을 하려고 했습니다. 하지만 이야기가 쉬워진 것 같군요. 간단히 이야기하죠. 퇴임 후에 감방에 들어앉을 생각이 아니시면 입 닥치고 국으로 가만히 앉아 계십쇼. 8천만이나 되는 민족을 사지로 몰아넣을 어처구니없는 잡생각 같은 건 당장 집어치우라는 이야기입니다. 앞으론 내가 직접 미국정부와 협상에 들어갈 겁니다. 대답이 됐나요?"

이야기를 끝낸 대한은 거칠게 의자를 박차고 일어나 곧장 집무실을 나섰다. 이놈의 더러운 성질 때문에 일이 복잡해져버렸지만 지금은 생각하고 싶지 않았다. 등 뒤에 남겨 놓은 이한우는 얼핏 보기에도 치밀어 오르는 분노를 찍어 누르기 위해 필사적으로 심호흡을 하고 있었다.

자정이 넘어서야 청와대에서 돌아온 대한은 즉시 발 빠르게 움직였다. 한밤중에 내려진 지시에 안 그래도 비상대기 중이던 비서실은 폭탄을 맞은 것처럼 바빠지기 시작했다. 새벽이 되기도 전에 라이자 장관과의 개인 면담이 추진되었고 인텔과의 초전도체 기술이전 협상팀에는 유례없이 적극적으로 협상에 임하라는 회장의 구두지시가 떨어졌다. 미래소재에는 프로젝트가 종료된 나노페인트와 자동차용 수소엔진, 신형 장거리 레이더킬러 미사일 '도요' 등 자잘한 5개 신규 아이템을 정리해 보고하라는 명령을 내렸고 아영에게는 SU-47 베르쿠트 설계 및 실험 데이터를 미국에 넘겨줄 수 있도록 핵심기능 일부를 빼고 정리하게 했다. 베르쿠트의 경우 자칫 러시아와의 분쟁으로 이어질 가능성은 있지만 일단은 무시해버렸다. 미국 국방성 정도를 낚으려면 제법 쓸 만한 미끼가 필요했다.

분주하게 움직이는 미래그룹의 분위기는 곧바로 미국 정보기관의 안테나에 잡혀 미국대사관에 전해졌고 개인면담 요청을 받은 라이자는 즉시 파주로 달려왔다.

"재미있게 됐군요."

미래시티에서 서울로 이어지는 국도변의 한적한 한식집에 마주앉은 라이자의 첫 번째 대답이었다.

"그러니까 초전도체 기술이전을 올해 안에 마무리하고 내년에 미래정밀이 미국 방위산업체 클럽에 가입하는 조건으로 중국이 북한 내전에 개입하지 못하도록 견제해달라?"

"미군이 '북상하지 않는다'는 전제가 먼저입니다."

"흠… 이거 아무래도 한국정부의 의도와는 많이 다른 것 같은데요?"

당연한 질문, 대한이 미소를 머금은 채 답했다.

"간단히 생각하십쇼. 현 정부와 다음 정부는 가는 길이 많이 다를 겁니다."

"호오… 선거에서는 이긴다고 확신하는 모양이군요."

"물론 전쟁 같은 극적인 돌발 변수만 없다면요. 미국에서도 이미 아는 이야기 아닌가요?"

라이자는 흥미롭다는 듯 연신 고개만 끄덕였다. 대한이 말을 이었다.

"아시다시피 기업의 생명인 보유 신기술을 개인 업체에 무상으로 공개할 수는 없습니다. 그러나 상황에 따라 현재 진행중인 5개 대형 프로젝트의 기초 스펙과 용도를 미 국방성에 공개하고 국방성이 원하는 부품을 납품하도록 조치하겠습니다. 또한 개별 기업들이 원할 경우 합리적인 가격으로 기술을 이전할 것입니다. 특히 보잉과 록히드, NASA에는 상당한 도움이 되리라고 예상합니다. 마지막으로 인텔과의 초전도체 기술이전 계약은 다음달 말까지 마무리하고 10월에는 본격적인 인수인계작업을 시작하겠습니다. 만일 무난히 합의가 된다면 일시불이었던 지불 조건 일부가 로열티

형태로 조정될 겁니다. 여기까지가 내 제안입니다."

이야기를 다 듣고 난 라이자가 고개를 갸웃했다.

"흠… 얼핏 파격적인 것 같기는 한데… 뭐 하나 정확히 눈에 보이는 것이 없군요. 실체가 없는데 어떻게 믿지요?"

역시 예상된 질문, 그의 대답은 즉시였다.

"귀국 국방성과 체결할 MOU 초안을 작성하도록 조치했습니다. 내일 대사관으로 공식 송부될 테니 그걸 기본으로 생각하십시오. 그리고 그 증명으로 MOU 체결과 동시에 러시아 실험기체 SU-47의 기체도면 및 디테일 스펙, 실험 데이터를 모두 귀국 국방성에 넘겨드리겠습니다."

대한의 말에 라이자는 순간적으로 바짝 당겨 앉았다. 아무리 군사적인 사안에 대해 깊숙이 알 수 없는 외교관이라도 전진익 기체 수호이-47의 존재를 모르지는 않았다. 가장 최근에 개발된 러시아 전투기 수호이-47 베르쿠트, 만일 도면과 디테일 스펙, 실험 데이터 등 전반적인 데이터를 얻는다면 수호이를 비롯한 현존하는 모든 적대국 항공기의 장단점을 고스란히 손에 쥔다는 뜻이었다. 가뜩이나 기울어져 있는 피아간 항공세력의 추가 완전히 넘어오는 상황을 의미하기도 했다. 만에 하나 미래그룹의 미국 방산업 편입이 불발된다고 해도 그것만으로 충분한 보상을 받는 셈이었다. 라이자의 반응은 뻔했다.

"정말이오? 그게 한국에 있다는 거요?"

"대신 제가 베르쿠트의 정보를 빼내기 위해 투자한 자금의 일부는 부담하셔야 합니다. 비행제어, 통합제어, 무장제어, 데이터 링

크 체계까지 깨끗이 정리해서 넘겨드릴 생각입니다."

라이자는 마른침을 삼키며 심호흡을 했다. 하늘에서 뚝 떨어진 것처럼 어느 날 갑자기 등장한 말도 안 되는 풍백이라는 전진익 전투기의 실체가 드러나고 있었다. 풍백은 베르쿠트의 개량형이라는 판단, 사실과는 완전히 다른 오해지만 라이자의 입장에서는 충분히 설득력이 있는 논리였다. 라이자가 침묵하자 그가 다시 말을 이었다.

"전 미국을 적으로 생각한 적 없습니다. 앞으로도 척을 지고 싶은 생각 없고요. 따지고 보면 미국이 먼저 저를 적으로 돌렸습니다."

눈을 휘둥그레 뜬 라이자가 다소 과장스런 동작으로 말했다.

"그럴 리가요. 미국은 기업인을 적으로 삼지 않습니다."

"후후. 장관께서는 당연히 그렇게 말씀하셔야겠지요. 하지만 귀국의 대문자들로 표기되는 기관의 기관장들은 아니더군요. 인정하시긴 어렵겠지만 최근엔 회사난입 시도에다 저와 제 동생에 대한 암살기도까지 있었습니다. 뭐 내가 미국의 이익에 해가 된다고 판단했을 테니 탓할 생각은 없습니다."

"앞으론 편해지겠지요. 피아구분이 바뀌니까 말입니다."

절묘하게 피해가는 대답, 역시 노련한 외교관이었다. 그가 다시 웃었다.

"후후. 앞으론 좀 편하게 살아도 되겠군요. 이제 내 이야기는 끝났습니다. 공은 넘어갔으니 판단은 그쪽의 몫입니다. 아! 한 가지 더. 향후 미국정부에서 이한우 대통령을 지원한다는 식의 공식적인 멘트가 나오지 않도록 해주십시오. 저와 이 대통령은 어제부로 완전히 갈라섰으니까요."

엷게 미소를 보인 라이자가 잠시 시간을 둔 다음 결론을 내렸다.

"좋습니다. 나쁘지 않은 조건이군요. 하지만 대통령과 직접 상의해야 할 사안입니다. 며칠 시간을 주십시오."

"그러시죠. 다음 주에 제가 뉴욕을 방문할 예정이니 거기서 뵙는 게 좋겠습니다."

"아! 그래요? 그거 잘됐군요. 그럼 입국하실 때 연락 주십시오. 시간을 맞춰보십시다."

"자. 이제 드시죠. 입에 맞으실지 모르겠습니다."

가볍게 고개를 끄덕인 대한은 손짓으로 식사를 권하며 이야기를 마무리했다. 일단 절반은 성공한 셈이었다.

오후 3시로 예정되어 있던 기자회견은 대한이 늦게 나타나는 바람에 10여 분쯤 지체된 다음, 김용석 미래투자개발 사장의 주재로 시작됐다. 북한 인력의 할흐골 송출에 관련된 장문의 발표가 끝나자 기자들의 손이 벌 떼처럼 일어났고 몇 사람 순서를 정해 질문과 응답이 빠르게 이어지고 있었다.

대한은 기자회견장이 한눈에 내려다보이는 2층 VIP룸에 아영, 유민서 두 사람과 나란히 앉아 기자들의 질문에 귀를 기울이고 있었다. 조금이나마 편안해진 표정, 잠시 대한의 눈치를 본 유민서가 팔짱낀 팔을 살짝 두들기며 조심스럽게 입을 열었다.

"저… 오빠. 아까 라이자 장관하고 이야기는 잘 끝났어요?"

"그래. 일단은 그런 셈이다. 무엇보다 미끼가 혹할 만했으니까."

"뭐였는데?"

"우리 건 아니야. 모르는 편이 낫다."

"힝… 알았어요. 그렇다면 그런 줄 알아야지 뭐. 그런데…….''

"그런데?"

"미래정밀이 미국 방산업체가 된다니까 자꾸 신경 쓰여요. 그거 꼭 해야 돼요?"

유민서의 표정은 심각했다. 형식적인 일이지만 한국의 방위산업체가 미국 국방성의 지시를 받는다니까 아무래도 신경이 쓰이는 모양이었다.

"너무 신경 쓰지 마라. 사실 이름만 거는 거야. 정보공개도 일부만 하게 될 거고. 아마 연말쯤 해서 연구원 상호 파견 같은 귀찮은 일이 좀 생길 수도 있긴 한데… 보안등급을 낮게 조정하면 큰 문제는 없을 거다. 몇 달만 참아라. 그 이후엔 털어내 줄게."

"넵! 알았어요."

몇 달이라는 소리에 유민서의 표정은 금방 밝아졌다.

기자회견장에 시선을 고정한 대한은 한동안 꼼짝도 하지 않은 채 기자회견을 주시하다가 갑자기 아영을 불렀다.

"아영아. 이제 시작해야 할 것 같다. 플랜 B, 그 녀석들 교육 단단히 시켜라."

"최양익, 박성렬 두 사람?"

"그래. 연습한대로 NASA 위성을 이용해서 해킹하는 거지만 이번엔 슬쩍 흔적을 남겨라."

"흔적을 남기라고?"

"그래. 우린 쏙 빠지고 프랑스 해커들이 타겟이 되도록 해야 돼.

목표는 중국군부가 사용하는 모든 군사위성과 단둥, 다롄, 선양, 베이징, 상하이, 항저우다. 내가 사인을 내는 즉시 전면적으로 가동할 수 있게 준비해라."

"알았어."

"그리고 민서야. 정밀에 남아 있는 발사대하고 미사일 재고는 다음주 중에 전부 미래시티로 올려 보내라. 그리고 월말까지 생산라인을 24시간 풀가동해라. 최대한 증산을 해야 돼. 그리고 나서 넌 조용히 파리하고 타이베이에 좀 다녀와야겠다. 이연수 중령하고 미래포스 병력 몇 사람 데리고 다녀라. 이 중령에겐 이야기해 놨다."

"파리? 타이베이?"

"그래. 파리에서는 달라이라마, 타이베이에서는 민진당 당수 시에謝長廷를 만나고 와."

"뭘 주고 오면 되는 거야?"

"뭘 준다기보다는 '중국 흔들기'라고 생각하면 정답일 거다. 자세한 건 아영이가 정리해줄 거다. 너나 나나 다음주 안에 모든 준비를 끝내고 본사에서 대기해야 돼. 난 그 사이에 뉴욕엘 다녀와야겠다."

빠르게 이야기를 끝낸 대한은 그대로 눈을 감고 생각에 잠겼다. 남은 시간은 17일, 할 일은 여전히 산더미였다.

낚시

　난생처음 발을 디디는 뉴욕, 그러나 서울거리와 크게 다르다는 느낌은 없었다. 그저 고층빌딩의 숫자가 조금 더 많다는 생각뿐이었다. 대한과 아영은 택시를 잡아타고 곧장 맨해튼 이스트 강변에 있는 유엔 빌딩으로 직행했다. 과거의 화려했던 위상은 많이 가라앉았으나 아직도 국제분쟁 중재기관으로서의 명맥은 유지하고 있는 세계의 법정, 38층짜리 현대식 건물은 어딘지 고압적인 느낌이었다.

　택시에서 내리기가 무섭게 정문 근처에서 서성이던 30대 중반쯤으로 보이는 여자가 두 사람을 향해 달려왔다.

　"어서 오세요. 김 회장님. 통화했던 김인숙 서기관입니다."

　"아! 반갑습니다. 총장님은 계시죠?"

　"네. 두 분을 기다리고 계십니다. 들어가시죠."

　퀸즈와 브루클린이 한눈에 내려다보이는 38층 사무실은 예상과 달리 아담했다. 재선에 성공한 사무총장 안상문의 편안한 얼굴이 전면유리창을 가득 채운 푸른 하늘과 겹쳐졌다.

"시간 내주셔서 감사합니다. 총장님. 이쪽은 김아영 부회장입니다."

다가선 그가 손을 내밀자 안상문은 손을 맞잡으며 사람 좋게 웃었다. 다소 마른 체형이지만 푸근함이 묻어나오는 얼굴, 내일모레 70이라는 나이가 믿겨지지 않을 정도의 홍안이었다.

"별 말씀을. 요즘은 나보다 김 회장이 더 유명인사 아닙니까? 그런데 실제 얼굴을 보니 젊다는 게 정말 실감이 나는군요. 대한민국의 복이야. 복. 하하하. 자자. 앉읍시다. 이거 내가 실례를 했군요."

너털웃음을 터트린 안상문이 서둘러 자리를 권했다. 순간 아영의 말이 전송되었다.

—디지털 도청기 둘. 무력화 실시. 지향 도청 방어 시작.

그는 고개만 표시나지 않을 정도로 살짝 끄덕이면서 소파에 자리를 잡았다. 이어 아영이 나란히 앉자 안상문이 말을 이었다.

"초전도체 기술이전 협상단을 데리고 방미했다고 들었소만."

"그렇습니다. 협상단은 산타클라라에 있는 인텔 본사로 직접 들어갔습니다. 전 내일 워싱턴으로 날아가서 라이자 장관을 한 번 더 만나본 뒤에 산타클라라로 갈 생각입니다."

"흠… 괜히 뉴욕으로 날아온 것은 아닐 테고… 날 만나려고 일부러 온 건가요?"

"그런 셈입니다."

"좋습니다. 그럼 들어보십시다."

대한은 배석한 서기관을 슬쩍 쳐다보고 안상문을 돌아보았다. 안상문이 서기관에게 말했다.

"잠시 자리를 비워주겠나?"

"네."

서기관은 재빨리 방을 나섰다. 문이 닫히는 걸 확인한 안상문이 말을 이었다.

"그나저나 대단한 배짱이로군요. 김 회장. 국무부와 전향적인 이야기가 오간다는 이야기는 들었지만 아직도 적대적인 세력이 많아요. 몸을 좀 사리세요."

대한의 입가에 미소가 감돌았다. 예상대로 안상문은 그에게 대단히 호의적이었다. 최근 미래그룹으로부터 비롯된 한국의 약진이 안상문의 재선에 큰 도움이 된 때문일 터였다. 그가 가볍게 머리를 숙였다.

"감사합니다. 총장님. 충분히 신경 쓰고 있습니다."

"좋아요. 어느 정도 확신이 있으니 들어왔겠지. 이제 이야기를 들어보십시다."

대한이 가볍게 목례를 하면서 본론을 꺼냈다.

"지금부터 말씀드리는 건 대한민국의 국운이 걸린 중대사입니다. 어떤 일이 있더라도 비밀을 지켜주셨으면 합니다. 방에 있는 고성능 도청기 두 개는 무력화했습니다."

그가 도청기의 존재를 거론하자마자 재빨리 자리에서 일어난 아영이 서가書架 한쪽의 사전을 꺼내 사전 표지 비닐을 뜯어냈다.

안상문이 급히 소파에서 엉덩이를 떼며 제지하려 했지만 대한의 만류로 그냥 물러앉았다. 몇 초 지나지 않아 아영의 손에서 손톱만한 송신기가 탁자로 떨어졌다. 워낙 사이즈가 작아서 그냥 책상 위에 던져놓아도 신경을 쓰지 않으면 모를 정도였다. 아영은 연이어 벽에 걸린 대형 모니터 뒤쪽을 뒤져서 유사한 형태의 도청기를 하나 더 걸어내 탁자로 가져와서는 둘 다 자신의 찻잔 속에다 떨어뜨려버렸다. 말없이 상황을 지켜본 안상문의 눈썹이 심하게 치켜떠졌다.

"일주일에 한번씩 벌레 청소를 하는데 벌레? 그것도 2개나?"

"청소하는 사람이 벌레를 들여오면 이야기가 틀려지죠. 여긴 미국입니다."

"머리 아파지는군. 알겠소. 신경 쓰지. 이제 시작합시다."

"아직 비밀을 지켜달라는 부탁에 대답을 안 하셨습니다."

"난 유엔사무총장이기 이전에 한국인이오. 그런 걱정은 하지 말아요."

"감사합니다. 믿겠습니다. 아시다시피 최근 북한의 형편이 아주 좋지 못합니다."

"그런 것 같더군. 안 그래도 국제 적십자사를 통한 식량지원 확대를 검토하고 있는 중이오. 곧 대안이 나올 겁니다."

"사실 식량보다는 김정일의 유고가 의심됩니다."

"유고? 김정일이 죽었다는 이야기요?"

"그런 것 같습니다. 그리고 말씀드리기 조심스럽습니다만… 쿠데타 조짐이 보입니다."

"쿠데타? 그런 보고는 없었는데? 미국정부에 의해 필터링 된 정보들이라 100% 신뢰하기는 어렵지만 쿠데타 정도의 사안이 보고

되지 않을 리가 없소."

안상문의 표정은 순간적으로 굳어졌다. 유엔에도 별도의 정보조직은 당연히 있다. 그러나 대부분 CIA나 FBI 등 미국 정보부서 요원들을 파견 받아 운용하는 상황이다보니 정보의 신빙성 문제는 언제나 상존했다. 최근 안상문의 사무총장 재선이 확정되면서 고등판무관실, 정보처리실, 기후변화특사 등 중요부서 중진에 한국인들이 꾸준히 전진배치 되고는 있지만 아직도 100명 조금 넘는 숫자가 유엔에 들어와 있을 뿐이었다. 유엔에 대한 재정지원부분에서 한국과 비교도 되지 않는 필리핀도 1,000여 명의 인력이 유엔에서 활동하는 것을 생각하면 한국인의 유엔 진출은 아직도 미미한 실정이었다. 현실적인 문제, 뉴욕은 미국 안에 있었다.

안상문이 정보조직 수장들의 얼굴을 차례차례 떠올려보는 사이 대한이 다시 말했다.

"정정이 워낙 위태롭습니다. 김정일 친위세력의 역쿠데타도 시도되는 것 같고요. 이대로 두면 무조건 내전입니다."

"흠… 내전이라… 누가 봐도 심각한 일이긴 하지만 북한 내부의 일이라면 내가 마땅히 도울 방법이 없어요."

"물론입니다. 총장께 부탁드리고 싶은 건 한 손 거들어달라는 것뿐입니다."

"거든다?"

"누가 됐든 김정일 부자 제거에 성공하고 정권장악에 성공하면 중국에 손을 벌릴 가능성이 높습니다. 정권유지를 위해서는 당장 국민들을 먹여 살려야 하니까요. 북한군부의 요청이 있으면 중국은 못이기는 척 하면서 손을 내밀 겁니다."

"충분히 가능한 이야기로군. 중국이 장기적으로 북한을 흡수 병합하려 한다는 건 이미 알려진 이야기니까."

"그렇습니다. 가장 안 좋은 건 군부가 둘로 갈라져 내전으로 치닫는 겁니다. 인명피해도 심각할 뿐더러 어떤 방식이든 중국군이 남진하게 될 겁니다."

"그렇겠지. 중국군의 남진이라… 결국 중국이 남진하지 못하게 막아달라는 이야기인 모양인데… 현실적으로 어려운 이야기로군."

무겁게 고개를 끄덕인 안상문은 팔짱을 끼면서 등받이에 깊숙이 몸을 기댔다. 현실적으로 유엔에서 중국을 견제할 방법이 없다는 판단, 새삼스런 무력감이 사지로 흩어져 내렸다. 잠시 창밖을 내다보며 길게 한숨을 내쉰 안상문이 갑자기 생각났다는 듯 고개를 돌렸다.

"그런데… 대통령께서도 아시는 일인가요?"

안상문의 질문에 대한이 씩 웃었다.

"저와 대통령과의 문제는 이미 알고 계시지 않습니까? 미국 정보계통에서도 충분히 이야기가 돌았을 텐데요?"

"대략 듣기는 했는데… 북한 내전에 관련된 사안인지는 몰랐지요."

"교과서 같은 이야기이긴 합니다만… 사실 어떤 이유를 가져다 붙이더라도 당장 북진은 불가합니다. 지금으로선 중국의 개입을 차단한 상태에서 북한 내부에서 자체 해결을 유도하는 것이 최선이라는 판단입니다."

그의 단호한 말에 안상문이 급히 상체를 일으켜 세우며 물었다.

"대통령께서 정말 북진을 거론하셨다는 이야기요?"

"그렇습니다. 국무성에 따로 회의결과를 알아보셔도 됩니다. 미국과 한국정부는 북한의 내전을 전제로 미군을 앞장세운 전격전을 상정한 것 같더군요."

간결한 대답, 안상문은 털썩 상체를 눕히며 신음소리를 냈다.

"끄응… 이게 도대체 무슨 소리야. 그게 정말이라는 이야기야? 보고를 듣고도 설마 그러랴 했는데… 그렇다고…….."

넋이 나간 사람처럼 한동안 횡설수설 혼잣말을 중얼거린 안상문이 천천히 고개를 가로저으면서 말을 이었다.

"하지만 중국과 미국은 유엔의 권위 밖에서 노는 국가들이오. 입으로만 떠드는 게 소용이 있겠소?"

일단 긍정적인 반응, 대한은 내심 쾌재를 불렀다. 최소한 북진에 있어서만큼은 안상문도 그와 의견을 같이했다. 누가 뭐래도 순조로운 출발인 셈이었다. 그가 잘라 말했다.

"꼭 그렇지만도 않습니다."

"복안이 있소?"

"달라이라마와 타이완 야당 당수를 공식적으로 만나주십시오."

"달라이라마? 타이완?"

"만일, 생각대로 일이 추진된다면 달라이라마 쪽에서 며칠 내로 총장께 면담을 요청할 겁니다. 즉시 승인하시고 이달 안에 최대한 빨리 만나시되 티베트의 독립을 지원한다는 식의 정치적인 이야기는 꺼내지 마십시오. 그저 공개적으로 만나서 편안한 대담을 나누시면서 최근에 벌어진 중국 소수민족의 학살문제를 심각한 논조로 거론해주십시오. 그냥 막연한 이야기라도 좋습니다. 그거면 됩니다."

"인권문제라… 뉴스거리를 만들어 달라는 정도인데 사실 못할 건 없겠지. 타이완은?"

"비슷합니다. 아시다시피 이번 선거에서는 하나의 중국을 반대하는 야당의 승리가 점쳐집니다. 당연히 양안의 긴장은 높아질 거고요. 총장께서 민진당 총재를 만나보시는 것만으로도 중국은 충분히 긴장할 겁니다."

"그것도 어렵지 않은 일이긴 한데… 이 시점에서 중국을 자극하는 게 잘하는 짓인지는 신중하게 생각을 해야 할 부분이요."

안상문의 목소리는 상당히 걱정스러웠으나 대한의 표정에는 전혀 변화가 없었다.

"사연이 깁니다. 그저 제2차 한국전쟁을 막기 위해서라고 이해해주십시오. 이달 28일을 전후해서 짧게라도 티베트와 타이완이 다시 시끄러워졌으면 싶습니다."

"흠……."

안상문은 낮게 침음성을 흘렸다. 당혹스럽다는 의미, 그러나 그의 생각과 빠르게 동화되고 있는 것만은 분명했다. 조금만 더 시간을 투자하면 깔끔하게 보조를 맞출 수 있을 것 같았다.

이후로도 1시간 넘게 북한실정에 대해 긴 대화를 나눈 대한은 안상문이 자신을 도울 거라는 확신이 선 뒤에야 유엔 건물을 빠져나왔다. 첫 번째 목적은 나름 성공적으로 마무리, 이제 워싱턴으로 날아가야 했다.

대한은 곧장 공항으로 이동해서 워싱턴으로 이동하려 했으나 차를 태워주기로 한 김인숙이 발목을 잡았다. 안상문에게 500만 달러 상당의 아프리카 의약품 원조를 약속해서인지 사무국 부담으로 맨해튼의 일급 호텔에서 하루를 묵어가도록 조치했다는 것이었다. 예약된 호텔은 맨해튼 트라이베카 지역에 새로 생긴 그리니치 호텔의 스위트룸, 영화배우 로버트 드 니로가 지은 것으로 더 유명한 그리니치 호텔의 스위트룸은 개인 사우나와 벽난로, 서재까지 갖춘 최고급 객실이었다. 1박에 무려 1,300달러씩이나 하는 방이어서 다소 부담스러웠지만 안상문의 성의이니 그냥 묵으라는 김인숙의 말에 한쪽 눈을 감아버렸다.

"이제 나가시죠?"

방까지 따라온 김인숙은 두 사람이 가방을 내려놓기가 무섭게 뉴욕 시티투어를 권했다. 안내를 하라는 안상문의 지시를 받고 나온 상황이니 꼭 가야 한다는 이야기, 대한은 선선히 승낙했다. 아직 시간도 일러서 호텔방에서 시간을 죽이는 것보다는 뉴욕을 한바퀴 돌아보고 한식당에서 저녁을 때우는 것도 나쁘지 않다는 생각이었다. 시차에 적응하기 위해서도 낮에 자는 건 곤란했다.

일단 호텔을 나선 세 사람은 맨해튼의 이름난 건물 몇 개를 눈요기 삼아 돌아보고 이스트 빌리지에 있는 한식당에서 간단하게 저녁을 먹었다. 김인숙이 아영에게 자꾸 식사를 권하는 불편함은 있었지만 그런대로 만족할 만한 시간을 보낸 셈이었다.

김인숙과 다음날 만날 약속을 하고 저녁 9시쯤 호텔로 돌아온 두 사람은 또 다시 엉뚱한 방문객에게 시간을 뺏겨야 했다.

"안녕하십니까. 김 회장."

"누구시죠?"

엘리베이터 앞에서 두 사람을 막은 건 정장의 60대 사내와 비교적 젊은 수행원 두 사람이었다. 그의 반문에 사내가 말했다.

"이거 섭섭하군요. 나 마이클 레딘이오."

마이클 레딘은 미국의 강성우익 네오콘 중에서 가장 급진적인 인물로 네오콘의 거점인 아메리칸 엔터프라이즈 연구소와 군수자본의 대명사인 칼라일 그룹을 마음대로 좌지우지하는 인물이었다. 레이건 정부시절 국무장관 헤이그의 고문으로 활동했으며 현재까지도 이라크 침공 등 지난 20여 년간 세계를 뒤흔든 네오콘 정책의 상당수가 그의 작품이었다. 민주당 정권이 들어서면서 그 세가 다소 가라앉았지만 아직도 미국의 실세는 네오콘이며 네오콘의 실세는 레딘을 비롯한 유태인 군수업자였다.

아영이 간단하게 마이클 레딘의 이력을 전송했지만 대한은 슬그머니 고개를 갸웃했다.

"미안하군요."

의도적인 모르쇠, 당황하기도 했으련만 레딘의 표정은 평온했다. 하지만 분위기는 일순 딱딱해질 수밖에 없었다. 레딘의 수행원이 재빨리 끼어들어 그를 소개했다.

"칼라일 그룹 고문이자 엔터프라이즈 연구소 상임고문이십니다."

"아! 그렇군요. 몰라 뵈어서 미안합니다. 레딘 씨. 그런데 무슨 일이시죠?"

"잠시 시간을 내주시지요."

레딘이 정중하게 말했지만 대한은 아주 떨떠름한 표정으로 말을 받았다.

"글쎄요. 보시다시피 우린 오늘 뉴욕에 도착했고 지금 막 호텔에 들어왔습니다. 내일 아침 비행기로 워싱턴에 가야 하니 좀 쉬어야 합니다."

"휴… 이거 역시 녹록치 않은 사람이로군요. 이렇게 이야기합시다. 딕 체니 전 부통령이 기다리십니다. 클럽에 들어오기로 했으니 상견례는 해야죠?"

라이자와 만난 지 겨우 4일, 네오콘 상층부는 이미 상세한 합의 내용까지 파악하고 있다는 뜻이었다. 아무래도 이쪽의 분위기를 파악하고 싶다는 이야기일 터, 만나서 좋을 일은 없다. 그러나 마이클 레딘 정도의 거물이 직접 나와 성의를 보인 마당이니 한 번쯤 얼굴을 맞대는 것도 나쁘지는 않을 것 같았다. 어차피 당분간 적으로 만들어서는 곤란한 상대였다. 그가 가라앉은 목소리로 말했다.

"긴 시간을 내드릴 수는 없습니다."

레딘은 대한의 미지근한 반응에 혀를 내둘렀다. 자신만 해도 전 세계의 모든 기업인들이 어떻게든 한번 만나보기를 간절히 원하는 유명인사 중 하나였다. 더구나 딕 체니의 이름이면 서방 기업인 전체를 불러 모을 수도 있었다. 그런데 눈앞의 젊은 동양인은 귀찮다는 듯 흰소리를 하고 있었다. 짜증스러웠지만 회장단에게 데려오겠다고 큰 소리를 친 이상 일단 데려가고 보아야 했다. 레딘이 말했다.

"팔라스 호텔에 와 계십니다. 제 차로 모시죠."

"부탁드리죠."

팔라스 호텔 최상층 팬트하우스에는 전직 부통령 딕 체니와 현직 세계은행 총재 폴 월포위츠가 나란히 앉아 있었다. 선량한 인상이지만 두 사람 다 전직 국방장관, 수천만의 목숨을 전쟁의 불길 속에 몰아넣은 네오콘의 진면목을 보여주는 셈이었다. 대한과 아영이 들어서자 월포위츠가 자리에서 일어나 두 사람에게 자리를 권했다. 대한을 방까지 안내한 레딘은 나가고 없었다.

"앉으시오. 김 회장."

"김대한입니다. 이쪽은 김아영이고요."

"아시겠지만 이쪽은 딕, 나는 폴이오."

가볍게 목례를 한 두 사람이 소파에 앉자 체니가 느릿하게 입을 열었다.

"생각보다 젊으시군. 동생 분은 대단한 미인이시고."

"감사합니다."

대한은 짧은 인사로 말을 잘라버렸다. 본론으로 들어가라는 의미, 체니가 희미하게 웃었다.

"우리와 발을 맞추겠다고 했다면서요?"

"그런 셈입니다. 혼자서 버티기에는 여기저기 힘에 부치는 일이 많더군요."

"잘 생각하셨소. 혼자 헤쳐나가기엔 세상이 너무 험하지. 김 회장은 충분한 자격을 갖췄어요. 최근엔 우리도 문호를 개방하는 쪽으로 방향을 정해서 일본에서도 10여 분이 뜻을 모았지요. 한국인으로서는 최초가 되는군."

"그렇습니까?"

"일본의 경우엔 회장단까지 올라온 분이 아직 없소. 하지만 김 회장은 회장단에 들어설 자격이 충분한 것 같군. 협조가 잘됐으면 좋겠어요."

"그래야겠지요. 그런데……."

"그런데 뭡니까?"

"솔직히 최근 미국의 국가정책 입안과정에서 완전히 밀려난 네오콘과 제가 협조해야 할 이유를 모르겠습니다. 대통령이나 민주당과 합의를 해야 하는 것 아닌가 싶군요. 라이자 장관도 민주당 측 인사들을 소개시켜준다고 했으니까요."

그의 무시하는 듯한 말투에 체니가 씩 미소를 머금었다.

"우리가 입안과정에서 밀려났다? 물론 그렇게 보일 수도 있겠지. 하지만 국방과 자금이 우리 손에 있는 이상 대통령도 우리를 함부로 홀대하지 못해요. 귀하와 합의에 나선 라이자 장관을 비롯해서 유임된 요인도 상당수 있으니까."

"그런가요?"

"정치는 돈으로 하는 거지. 돈이 없으면 당연히 죽도 밥도 안 되는 거요."

대한은 말없이 고개만 끄덕였다.

"미국 신보수주의의 뿌리는 깊어요. 미국을 움직이는 건 대통령이 아니라 네오콘이라는 걸 꼭 명심하시오. 그리고 김 회장이 내놓는 자료들은 우리가 먼저 검토하게 될 거요. 대통령에겐 그걸 검증할 능력이 없어요."

"그럴까요?"

"게다가 올해 말이면 대통령 선거요. 오배넌 대통령이 민주당 후보로 다시 나와 재선을 노리겠지만 유권자들은 겨우 3년만에 미국 경제를 완전하게 박살내버린 오배넌을 재선시키지 않을 것이오. 결국 우리가 다시 백악관에 입성하게 될 거요. 그리고……."

자신만만한 목소리가 계속 이어졌다. 체니는 당내 경선에서 압승을 거둔 공화당 럼스펠트 후보가 대통령 선거에서 승리하리라 확신하고 있었다. 최근 곤두박질친 미국의 경제 여건을 보면 충분히 가능한 이야기이기도 했다. 한동안 체니의 자화자찬을 듣기만 한 대한이 어렵게 말이 끊어지는 타이밍을 잡아 용건을 확인했다.

"이제 왜 절 만나자고 하셨는지 듣고 싶군요. 좀 피곤해서요."

체니는 다시 빙긋이 웃었다.

"그렇겠군. 그럼 간단히 이야기하지. 이왕 우리와 손을 잡기로 한 이상 오배넌 측에 많은 걸 내주지 말라는 이야기요."

'응?'

의외의 제안, 대한은 급히 머릿속에서 계산기를 두드렸다. 일단 파고들어갈 만한 틈은 발견한 셈, 제아무리 한국이 경제적으로 눈부신 발전을 거듭한다고 해도 아직은 미국이라는 거인과 정면으로 충돌하기에는 무리가 있다. 군사적인 부분은 물론이고 경제적으로도 한국 경제에 미치는 미국의 존재감은 엄청나게 컸다. 당장 미국 경제가 주저앉으면 한국 경제도 같이 무너지게 될 것이 뻔했다. 결국 남는 방법은 두 세력 사이에서 줄타기를 하면서 기초공사를 위한 시간을 버는 것이었다. 그런데 네오콘이 자진해서 미국의 권력 투쟁에 끼어들 여지를 만들어준 셈이었다. 그가 자리에서 일어서며 차분하게 대답했다.

"신중하게 생각해보겠습니다."

턱없이 비싼 호텔을 달랑 잠자는 데만 사용한 대한은 돈이 아깝다는 생각에 아침 일찍 호텔 온천에 들러 몸을 푼 뒤에야 로비에 대기하던 김인숙의 차를 타고 공항으로 직행해 워싱턴행 비행기를 탔다. 그리고 짧은 비행, 피곤하기는 마찬가지였다.

워싱턴 공항에 내린 대한은 일단 테이크아웃 커피부터 사들고 공항 출구로 향했다. 오전 11시 10분, 라이자와의 약속은 오후 6시이니 시간적인 여유는 충분했다. 느긋하게 회전문을 빠져나오는 순간, 아영이 팔짱 낀 손에 살짝 힘을 줬다.

"11시 방향. 무장했어. 권총."

"응?"

대한은 급히 눈을 돌렸다. 아영이 무장을 입 밖에 냈으니 정복 경찰관이 아니라는 이야기, 도로가에 나란히 선 검은 정장의 사내 둘이 눈에 들어왔다. 시선은 정확히 그를 향하고 있었다. 얼핏 보기에도 정부기관요원의 냄새가 폴폴 날렸다.

그는 곧장 방향을 바꿔 정장들을 향해 걸어갔다. 확실히 해두는 편이 마음 편하다는 생각, 그가 가까이 다가가자 둘 중 조금 키가 큰 쪽이 자연스럽게 앞으로 나섰다. 대한이 사내 앞에 서면서 말했다.

"내게 볼일이 있으시오?"

"어서 오십시오."

"에?"

"두 분을 모셔오라는 명령을 받았습니다."

"누구 명령이죠?"

"그건 말씀드릴 수 없습니다. 가시죠."

사내의 목소리는 친절했지만 다분히 고압적이었다. 대한이 픽 웃었다.

"누군지는 몰라도 내가 그냥 따라갈 것 같다고 하던가요?"

사내의 눈빛이 일순 흔들렸다. 구체적인 지시를 받지는 못한 모양이었다. 사내가 말했다.

"그냥 따라오시죠."

역시 고압적인 대사, 대한의 미소가 짙어졌다.

"웃기는군. 가자. 아영아."

그가 아영에게 돌아서자 사내는 반사적으로 그의 어깨를 잡으려 했으나 대한의 반사신경은 접촉을 용납하지 않았다. 허공에다 헛손질을 한 사내가 다급하게 말했다.

"백악관입니다."

대한은 움찔 걸음을 멈추고 돌아섰다.

"백악관?"

점입가경, 판은 점점 재미있어지고 있었다.

"미국에 날아온 비행기삯은 뽑을 모양이네. 후후."

그가 한국말로 중얼거리자 아영이 가볍게 팔짱을 끼며 말했다.

"가볼 거야?"

"대통령이 초대한 거라면 가봐야지. 점심값 굳겠다."

씩 웃은 대한이 사내에게 신분증 제시를 요구했다.

"신분증 좀 봅시다."

"존 말론. 경호실 의전팀장입니다."

사내는 서둘러 대통령 경호실 신분증을 꺼내 눈앞에 내밀었다. 얼굴과 신분증의 사진을 대충 확인한 그가 고개를 끄덕였다.

"갑시다."

그의 대답을 들은 사내가 서둘러 손을 흔들자 가까이 있던 검은색 리무진이 재빨리 다가와 멈춰 섰다. 두 사람이 올라타기가 무섭게 리무진은 곧장 공항을 빠져나와 시내도로를 달리기 시작했다.

리무진은 백악관의 이스트 윙 입구에 멈췄다. 도어맨이 서둘러 문을 열고 대한이 차에서 내리자 문 옆에 서 있던 정복군인이 거수경례를 했다. 백악관 소속 리무진이니 외국 정부인사쯤으로 생각한 모양이었다.

두 사람은 나란히 안으로 들어가 금속 탐지기를 통과한 다음 해병 장교의 안내에 따라 긴 복도를 느긋하게 걸었다. 복도에서 가장 눈에 띄는 건 전직 미국 대통령들의 초상화, 이어 엉성한 조각품 몇 점과 아메리카 대륙 개척시대의 유물들이 길게 진열되어 있었다. 아메리카 인디언 종족 말살을 위한 잔혹한 살육의 증거들을 자랑스럽게 내놓은 모양새, 기분은 별로 좋지 않았다. 그가 낮게 중얼거렸다.

"재미있네. 이러면 미국이 엄청나게 크고 멋진 나라라는 환상을 가지게 된다는 걸까?"

아마도 위압감을 주기 위해 동쪽으로 들어와 대통령 집무실이 있는 서쪽까지 걷게 하는 모양이었다. 미국이 가장 좋아하는 심리전의 일환일 터였다. 그런데 아영의 반응이 더 걸작이었다.

"일본인들처럼 심각한 아메리카 콤플렉스를 가진 사람들이 지나간다고 가정하면 충분히 가능할 거 같은데?"

상상을 초월하는 일본인의 미국인에 대한 콤플렉스는 상당히 많이 알려진 사실이지만 막상 아영의 입에서 그런 이야기를 들으니 기분이 묘했다. 무려 100년이 지난 다음 세기에도 일본인의 미국 콤플렉스는 끈질기게 이어진 모양이었다. 그가 아영의 옆구리를 슬그머니 감싸 안으며 말했다.

"난 네 말이 더 재미있다. 인석아. 후후."

"내가 뭘? 사실이잖아?"

"아니야. 그냥 웃었어. 일본인에 대한 평가는 웬만해서 달라지지 않는 모양이다. 후후."

고개만 갸웃하는 아영에게 콤플렉스 부분에 대한 자신의 생각을 이야기하는 사이 일행은 전임 대통령의 이름이 매달린 회의실들이 줄줄이 이어진 웨스트 윙으로 들어섰다. 잠시 후, 여러 개의 방문 중 하나에서 걸음을 멈춘 장교가 노크를 하고 재빨리 비켜섰다. 이어 문이 조금 열리면서 40대 중반쯤으로 보이는 짙은 화장을 한 여자 보좌관이 열린 문틈으로 얼굴을 내밀었다. 대한의 아래위를 쓱 훑어본 여자가 밖으로 나오며 차갑게 말했다.

"들어가시죠. 김 회장."

회의실은 예상보다 작았지만 가운데 놓인 큼직한 회의탁자는 제법 고급스러웠다. 신문지상에서 낯익은 오배넌의 얼굴이 회의탁자 건너편에 보였고 그 옆으로는 안보보좌관 핸슨이 나란히 앉아 있었다.

"어서 오시오. 김대한 회장."

간단한 인사와 소개가 오가고 두 사람이 자리에 앉자 오배넌이 어색한 웃음을 머금은 채 입을 열었다.

"급히 모셔 오라고 해서 미안하오."

대한은 가벼운 목례로 대답을 대신했다. 오배넌이 말을 이었다.

"최근 우리 정부와 많은 일들이 일어난 것으로 알고 있는데… 미국정부가 의도한 바는 아니라는 걸 우선 정확히 해두고 싶소. 솔직히 우리로서도 예상치 못한 문제가 계속 이어져서 당혹스런 입장이오. 물론 현재 한반도의 상황에 우려되는 점도 많고 말이오. 더구나 최근엔 한국정부의 의도와는 달리 한국국민이 가지고 있는 미국에 대한 반감도 갈수록 증폭되는 것 같아서 여러모로 우려가 됩니다."

"……."

특별히 할 말이 없는 주제, 대한은 그냥 말을 삼켜버렸다. 오배넌이 다시 말했다.

"어제 유엔 사무총장과 딕을 연이어 만난 것으로 알고 있어요."

"그렇습니다."

대한은 사실대로 대답을 해버렸다. 어차피 미국정보기관의 눈을 피하기는 어렵다는 판단, 상대가 알고 있는 사실을 굳이 부인할 필요는 없었다. 오배넌이 물었다.

"이유를 물어도 되겠소?"

"미국에 들어온 김에 안부나 물을까 싶어 뉴욕을 먼저 들렀는데

덕 체니 부통령이 절 찾아왔습니다. 전 오늘처럼 그냥 따라갔을 뿐이고요. 방산클럽에 합류한 걸 환영한다는 이야기더군요."

그의 두리뭉실한 대답에 오배넌이 슬쩍 핸슨과 시선을 맞추며 말을 이었다.

"합류를 환영한다라… 웃기는군. 미국도 대통령 선거를 코앞에 둔 건 알고 있겠지요?"

"예."

"그런데… 선거전이 이대로 진행되면 우리가 상당히 불리해요. 국내경기가 워낙 좋지 않아서 말이오. 그래서 뭔가 특단의 조치를 구상하고 있는데… 길이 잘 보이질 않는군요."

"그런가요?"

역시 짧은 단답형의 대답, 답답한 표정이 된 핸슨이 재빨리 끼어들었다.

"지난 15년 동안 계속 엇박자가 나던 미국과 한국의 정책이 같은 흐름을 가져갈 수 있는 좋은 기회요."

핸슨의 말은 사실이었다. 지난 15년 동안 미국에서 보수파라고 할 수 있는 공화당이 백악관에 들어서면 한국은 진보 성향의 정당이 정권을 잡았고 미국에서 민주당이 승리하면 한국은 어김없이 보수 정당이 청와대로 입성했다. 말 그대로 절묘한 엇박자, 결국 지난 15년의 한미 공조는 그저 공허한 메아리 속에서 한 발자국도 앞으로 나가지 못하는 극히 어정쩡한 모습이었다. 핸슨의 논리는 연말에 있을 한국의 대통령 선거에서 야당이 승리할 가능성이 높은 만큼, 미국에서도 오배넌이 재선되는 것이 서로에게 유리하다는 이야기였다. 핸슨이 말을 이었다.

"협조합시다. 대신 한국의 숙원사업인 남북통일을 한국이 원하는 방식으로 지원하겠소."

대한은 선선히 고개를 끄덕였다.

"당연히 그럴 수 있겠죠. 하지만 방법이 문제일 겁니다. 아시다시피 전 일개 기업인일 뿐입니다. 한계가 있습니다."

"하지만 영향력은 막강하죠."

"……."

"라이자 장관의 이야기대로라면 북한문제에 미국이 간접적으로 지원사격을 하는 조건으로 초전도체 기술이전, 미래의 5개 주력 프로젝트 관련자료, 러시아 전투기 SU-47 베르쿠트 설계도 및 실험 데이터를 넘겨주기로 했소. 맞습니까?"

"그런 셈입니다."

"솔직히 김 회장 입장에선 거북한 일이 아닐까 싶습니다만……."

"당연하겠죠."

"해서 우리 제안은 이렇습니다. 조지아나 앨라배마 주에서 김 회장이 원하는 만큼의 토지를 20년간 무상 대여하는 조건으로 51:49의 한미 합자회사를 만드는 겁니다. 물론 미래가 51%입니다. 초전도체나 베르쿠트 관련 자료야 어쩔 수 없지만 나머지 5개 주력 프로젝트는 그 합자회사에서 양산을 추진합시다. 우린 대규모 투자유치에 성공한 것으로 발표할 수 있고 미래그룹은 기업정보 유출을 막을 수 있습니다. 솔직히 미래그룹의 대규모 투자발표라면 민주당 선거 캠프는 한숨을 돌릴 수 있어요."

대통령이 노리는 것은 간단했다. 미래가 대규모 투자를 발표하게 되면 해당지역의 대통령 지지도는 수직상승하게 될 것이고, 투자를 유치하기 위한 로비가 이어지면서 캠프의 선거자금 확보에도 청신호가 켜지는 등 호재가 줄을 이을 터였다. 핸슨이 말을 이었다.

"대신 김 회장이 원하는 대북정책은 우리가 정부차원에서 확실히 지원하겠소."

대한은 침묵한 채 잠시 갈등했다. 합의는 라이자와 했지만 따지고 보면 기본적으로 미국 국무성 장관과 한 약속이다. 대통령이 오배넌이니 그와 한 약속이나 다를 것이 없다. 그러나 네오콘과의 관계가 문제였다. 일단 오배넌의 재선이 확실하다면 고민할 이유는 없지만 럼스펠트도 여러모로 만만한 상대는 아니었다. 결국 누가 대통령 선거에서 승리하느냐가 관건, 어쩌면 그가 어느 쪽을 지원하느냐에 따라 상황이 180도로 바뀔 수도 있었다. 오배넌이 말을 받았다.

"사실 현재 미국의 불황은 미래그룹이 만들어 놓은 것이라고 해도 과언이 아니오. 쉽게 생각나는 것 몇 가지만 생각해볼까요? 초전도체 비메모리 실용화, 폐유전 활성화, 이산화탄소 포집기, 하이드레이트, 대규모 식량기지 구축, 거기다 방위산업의 판로축소. 무슨 소리인지는 알겠지요?"

대한은 오배넌의 날카로운 눈매를 건네다 보며 희미하게 웃기만 했다. 오배넌이 느릿느릿 말을 이었다.

"지난 몇 년간 미래그룹의 행보는 거의 미국의 주력산업을 타겟으로 했다고 해도 과언이 아니었소. F-35 성능에 의문점을 만들어 놓은 것도 마찬가지고 말이오. 이제 이 정도에서 선을 그읍시다. 미국을 영원한 적으로 돌릴 생각이 아니라면 이만 총구를 거두시오."

식량산업과 선진기술을 바탕으로 고수익을 창조하던 미국의 밥상에다 미래가 숟가락을 꽂은 셈이니 미국의 입장에서는 이래저래 짜증스러운 상황일 터였다. 일부 영역만 앞으로 빠져나간 상황이라면 힘으로 찍어 누르거나 경제적 압력으로 자연스럽게 해소할 수 있지만 대한의 공격은 거의 전방위에 걸친 무차별 폭격이었다. 여기서 더 몰아붙이면 진짜 총구를 내미는 파국을 볼 가능성도 없지 않았다. 어차피 북한문제 때문에라도 한 템포 쉬어가는 여유가 필요한 시점이었다. 대한이 차가운 목소리로 말했다.

"미국에 총구를 겨눈 적은 없습니다. 미래그룹의 정상적인 기업활동이 미국이 추구하는 세상과 충돌을 빚은 것뿐입니다. 솔직히 미국이 좀 더 분배에 신경을 썼다면 이런 일은 없었을 겁니다. 환경문제를 비롯해 원유, 식량 등 거의 모든 부문에서 미국은 약소국은 물론 동맹국도 신경 쓰지 않았습니다. 세계의 경찰이라는 명분으로 마음에 안 드는 나라들에 총질하는데 바빴어요."

오배넌이 정색을 하며 말을 받았다.

"과거를 끌어내 시간 끌지 맙시다. 부시가 이끈 공화당 정부도 미국이란 나라의 연장선에 있소. 실수가 있었다고 해도 내가 그걸 인정할 수는 없어요."

깔끔한 반응, 대한은 내심 감탄사를 터트렸다. 눈앞의 상대는 과거 집권했던 공화당을 탓하지 않고 미국 역사의 연장선에서 현직 대통령인 자신의 위치를 찾아내고 있었다. 일국의 대통령이라는 신분 때문에 선선히 잘못을 인정하지는 못하지만 최소한 선악은 구분한다는 이야기였다. 오배넌이 다시 말했다.

"사실 미국은 자본의 논리에 의해 돌아가는 나라요. 어렵사리 민주당이 정권을 잡았지만 아직 4년이 채 안됐고 정책 시스템을 근본적으로 수정하는 건 시간이 걸리는 일이오. 시간이 더 필요하오."

어느 정도는 지난 정부의 실수를 인정한다는 의미, 대한 역시 과거를 탓하고 싶지는 않았다. 그의 어조가 조금 부드러워졌다.

"글쎄요. 시간이 주어진다고 해서 미국이 바뀌리라고 생각하지는 않습니다. 국가가 자국민을 최우선으로 하는 건 바뀔 수 없는 부동의 가치니까요. 미국도 마찬가지고 한국도 마찬가지입니다. 저 역시 한국의 이익에 반하지 않는다는 전제가 되면 누구와도 서슴지 않고 손을 잡을 겁니다."

"제안을 받아들인다는 뜻으로 생각해도 되겠소?"

핸슨이 기회를 잡았다는 듯 바짝 다가앉으며 말을 채갔으나 대한의 시선은 여전히 오배넌에게 가 있었다. 대한이 가라앉은 목소리로 말했다.

"조건이 있습니다."

"이야기하시오."

"사실 네오콘과 적대하는 것은 저로서도 큰 모험입니다. 따라서 대통령께서 재선에 성공할 수 있다는 확신이 필요합니다. 확신이 서면 무제한으로 대통령의 대선 캠프를 지원하겠습니다. 현금지원도 마다하지 않을 겁니다. 물론 북한의 급변에 미군이 개입하지 않는다는 확답과 중국의 남진을 견제할 구체적인 복안도 필요합니다."

오배넌이 기다렸다는 듯 허리를 펴며 목소리를 키웠다.

"그건 내가 해야 할 일이지. 타미플루의 진실이면 되지 않을까?"

"타미플루의 진실?"

타미플루는 1997년 럼스펠트가 회장으로 있던 질리드 컴패니가 개발한 조류독감 치료제였다. 당시 국방장관이던 럼스펠트는 미국 정부에 압력을 가해 전인구의 20%에 해당하는 타미플루를 구매, 비축하도록 유도했고 이어 대부분의 서방국가에 타미플루 비축을 유도해 수십 억 달러에 달하는 수익을 챙겼다.

그러나 일본과 스위스에서 우울증과 자살 등 극단적인 부작용이 수차례 확인되었고 최근에는 그 효과마저 의심받고 있는 실정이었다. 핸슨이 재빨리 말을 이어받았다.

"1997년 당시 질리드 컴패니는 미국정부와 FDA에 수천만 달러의 뇌물을 쏟아 부어 심각한 부작용이 있는 의약품을 대규모로 구매하도록 유도했습니다. 타미플루를 복용한 뒤 우울증에 시달리는 피해자의 숫자만 족히 수백을 헤아립니다. 이미 구체적인 증거와 증인을 확보한 상황이며 지금으로선 터트릴 시점만이 문제입니다. 지금처럼 우리가 일방적으로 몰리는 상황에서는 치졸한 모함으로 치부되겠지만 대등한 조건이라면 치명적인 스캔들이 될 겁니다."

대한은 아영의 얼굴을 슬쩍 돌아보았다. 확인하라는 의미, 고개를 한 번 끄덕인 아영은 조용히 검색에 들어갔다. 대한이 말했다.

"만일 내가 투자를 결정한다면 합작대상은 어디죠?"

"연방은행이 될 거요."

"연방은행이라··· 어차피 유태자본이군요."

미국 연방은행은 시티은행, BOA, J.P.모건 등 미국의 5대 은행과 마찬가지로 유태 재벌이 지배했다. 전임 대통령 부시에 대해 부정적이었던 유태인 금융가들이 민주당을 지지하면서 오배년의 당선을 이끌어냈고 이번 선거에서도 역시 오배년의 지지기반을 이루고 있었다. 기본적으로 유태인은 오래 상종할 인간들은 못되지만 네오콘을 견제하는 데는 최선의 패였다. 여기저기서 서로 얽히고 설켜 있어서 상대를 필생의 숙적으로 돌리기는 어려웠다. 그가 잠시 생각을 정리하는 사이 아영이 해킹 결과를 전송했다.

─사실이야. 피해자의 숫자는 차이가 좀 있지만 타미플루의 부작용만으로도 럼스펠트를 대권경쟁에서 밀어낼 가능성이 있어.

그는 가볍게 고개를 끄덕이고는 핸슨을 돌아보았다.

"FDA가 비축한 타미플루 샘플을 구하고 싶군요. 우리 병원에서 상세한 검사를 거친 뒤 데이터를 확보해드리겠습니다."

대한의 말에 오배년과 핸슨 두 사람의 얼굴에 순간적으로 미소가 번졌다. 제안을 받아들인다는 의미나 다를 것이 없었던 것이었다.

"당장 준비하겠습니다. 고맙소."

핸슨이 대답, 대한의 말이 거침없이 이어졌다.

"5년에 걸쳐 최소 10억 달러를 출원하도록 하겠습니다. 최초 투자는 2억 달러, 연방은행도 준비하도록 조치하십시오. 구체적인 시기와 방법은 귀국 후에 서면으로 통보하겠습니다. 공식적인 발표는 5월 26일 오전 8시, 미국 시간에 맞춰 동시에 하지요. 그리고……."

대한이 번갯불에 콩 구워먹듯 신속하게 대안을 정리하는 사이 핸슨은 입을 떡 벌린 채 그의 얼굴을 쳐다보기만 했다. 아무런 검토도 없이 앉은 자리에서 10억 달러 출자를 결정하고 일주일 이내에 공식발표를 한다는 건 목적을 위해 10억 달러 정도는 버리는 패로 써도 좋다는 의미였다. 최근 달러화의 가치가 많이 떨어지긴 했지만 무려 10억 달러를 버리는 패로 사용한다는 건 미국 대통령 아니라 대통령 할아버지라도 쉽게 결정할 수 있는 일이 아니었다. 오배넌이 눈앞의 젊은 동양인에게 목을 매는 이유를 이제야 알 것 같았다.

오배넌이 고개를 가로저으며 말했다.

"타미플루에 대해서도 이미 알고 있었던 모양이로군. 당신 정말 무서운 사람이야."

대한은 그저 의미심장한 웃음만 내보였다. 그리고 또 다른 질문.

"중국을 견제할 복안 정도는 이미 세워놓으셨겠지요?"

오배넌은 양손을 슬쩍 들어 보였다. 졌다는 뜻.

"이거 정말 할 말이 없군. 그렇소. 김 회장을 데려오라는 명령을 내릴 때부터 기본적인 구상은 끝나 있었소."

"그럼 됐습니다. 캠페인용 실탄이 필요한 시점이 되면 따로 연락을 주십시오. 참! 라이자 장관은 어떻게 할까요? 형식적이지만 만나긴 해야겠지요?"

핸슨이 대답했다.

"일단 저쪽이 모르게 진행해야 하니 만나는 게 좋겠지요. 블레어하우스에서 기다리십시오. 라이자 장관에겐 우리 쪽에서 장소변경을 통보하지요."

블레어 하우스는 타국의 국빈이 방문했을 때 숙소로 쓰는 영빈관 같은 곳, 대한에게 그 블레어 하우스를 쓰라고 하는 건 나름 시사하는 바가 컸다. 그러나 대한은 그냥 자리에서 일어나며 정중하게 거절의 뜻을 밝혔다.

"감사합니다. 하지만 26일까지는 네오콘 실세가 이쪽의 상황을 정확히 모르는 편이 낫습니다. 외부 숙소를 쓰면서 시간에 맞춰 라이자 장관을 만나보겠습니다."

오배넌도 뒤따라 자리에서 일어섰다.

"그 편이 나을 수도 있겠군. 고맙소. 구체적인 투자계획이 입안되면 다시 한번 만나십시다."

백악관을 나선 대한은 곧장 윌라드 인터컨티넨탈호텔로 직행했다. 라이자와 만나기로 한 장소, 라이자가 예약해둔 방은 호텔 최상층에 있는 최고급 팬트하우스였다.

두 사람은 호텔에 가방만 내려놓고는 곧장 호텔을 나섰다. 명품 상점들이 몰려 있는 거리에서 유민서에게 줄 선물 몇 가지를 고르고 아영에게 섹시한 옷도 입혀보면서 느긋하게 시간을 보낸 그는 거리에서 간단하게 점심을 때운 뒤, 제법 묵직한 보따리를 들고 호텔로 돌아왔다.

라이자가 도착할 때까지 쉴 생각이었다. 그러나 호텔 로비에서 또 다른 불청객에게 발목을 잡혔다. 로비에서 얼쩡거리는 짧은 머리의 사내들을 노려본 대한이 한숨을 내쉬며 중얼거렸다.

"이거 미국에 오는 건 정말 생각을 오래 해야겠다. 괌 공항에서 만났던 녀석이지?"

아영이 고개를 끄덕였다.

"맞아. 클렌저 대령. NSA소속."

"젠장. 귀찮네."

대한은 입맛을 다시면서 엘리베이터로 향했다. 클렌저의 부하들이 앞을 가로막은 건 예상대로였다. 어깨들 사이로 클렌저의 짜증스런 얼굴이 빠져나왔다.

"반갑소. 김대한 씨."

"누구…신지?"

대한은 눈을 가늘게 뜨며 모르쇠를 놓았다. 클렌저가 의뭉스럽게 웃으며 말했다.

"괌 공항에서 뵙지 않았나요? CID 클렌저 대령입니다."

"아. 그렇군요. 그런데 웬일이십니까?"

"에드워드 소장 피습 건 수사가 아직 종결되지 않았습니다. 몇 가지 물어볼 말이 있어서 왔습니다. 잠깐 같이 가시죠."

"같이 가자? 영장은 있소?"

클렌저가 이빨을 드러내며 웃었다.

"영화를 너무 많이 보셨군요. 임의 동행에 영장은 필요 없습니다."

"라이자 장관과 약속이 있어서 동행해드릴 수는 없겠군요. 안녕히 가시오."

라이자의 이름이 거론되자 일순 미간을 좁혔지만 클렌저는 그냥 물러설 기세가 아니었다.

"약속시간까지 호텔에 모셔다드리죠."

"약속이 한 시간도 남지 않았소. 현실적으로 불가능해요. 그리고 난 분명히 싫다고 했습니다. 조용히 물러서시죠."

대한의 단호한 거절에도 클렌저는 꿈쩍도 하지 않았다. 오히려 옆에 선 부하들에게 눈짓으로 강제동행 명령을 내리고 있었다. 대한은 순간적으로 봉투들을 내려놓고 몸을 비틀어 다가서는 CID 요원 둘을 간단히 밀쳐냈다. 가볍게 한 발 물러선 그를 요원들이 빙 둘러쌌다. 거구 6명에게 완전히 포위된 모양새, 다행히 아영에게 다가선 둘은 마구잡이로 달려들지는 못하고 있었다. 로비 출입구를 슬쩍 돌아본 그가 서슬 퍼런 목소리로 말했다.

"내 동생에게 손대면 너희들도 무사하지 못해."

상황이 급박해지자 로비가 어수선해지면서 엘리베이터 주변으로 사람들이 몰려들었고 기자인 듯한 두 사람이 다급하게 카메라 플래시를 터트리기 시작했다. 동양인인데다 평범한 청바지와 티, 야구모자에 선글라스까지 쓴 채 조용히 숨어다닌 상황이어서 그를 알아보지 못했다가 이제야 그의 존재를 눈치챈 모양이었다. 사람들의 시선을 의식한 클렌저가 목소리를 높였다. 주변사람들에게 들으라는 식이었다.

"테러리스트는 얼마든지 영장 없이 체포할 수 있소. 따라오지 않으면 무력을 쓰겠소."

대한이 픽 웃으면서 나직하게 말했다.

"미친놈. 미국은 국무성 장관이 테러리스트도 초청하나?"

대한이 욕설을 입에 담자 클렌저의 얼굴이 험악하게 일그러졌다. 대한의 입장에서는 로비 출입구로 들어서는 사람의 얼굴을 확인하고 시작한 의도적인 도발, 클렌저 역시 시비를 걸러 온 셈이니 분위기는 단번에 살벌해질 수밖에 없었다. 클렌저가 언성을 높였다.

"뭐야? 미친놈?"

"아이들이 낄 자리가 아니다. 찌그러져 있어."

대한의 거침없는 막말에 클렌저의 손이 부들부들 떨리기 시작했다. 얼핏 참으려고 노력하는 것 같았지만 인내의 시간은 길지 못했다.

"빌어먹을 자식!! 연행해! 연방요원 모독, 공무집행 방해다!"

대한은 성큼 다가서 손을 뻗치는 요원 하나의 팔을 단숨에 잡아채 꺾어버렸다. 요원은 허공을 한 바퀴 회전하더니 대리석 바닥에다 머리부터 처박았다. 눈 깜짝할 사이에 벌어진 일, 반사적으로 달려드는 다른 놈을 피해 몸을 트는 순간, 클렌저가 권총을 빼들었다.

"이런 개자식이! 체포한다! 움직이지… 컥!!"

클렌저는 말을 채 끝내지도 못하고 삽시간에 등 뒤로 막 열린 엘리베이터 속으로 처박혔다. 어찌 말려볼 시간도 없는 무시무시한 속도, 아영이 눈앞에 있었다. 총구가 대한을 향하기가 무섭게 전투모드로 바뀌어버린 아영이 대한의 어깨를 뛰어넘은 것이었다. 대한이 짧게 소리쳤다.

"아영아. 그만!!"

다시 도약하던 아영은 눈부신 동작으로 돌아섰다. 그러나 아영의 서슬에 놀란 CID 요원들은 주춤주춤 물러서고 있었다. 총기는 모두들 빼든 상태, 그러나 두 사람의 신분을 대략이나마 아는데다 비무장이다보니 대놓고 겨누지는 못하고 있었다.

"이…이런 X팔! X같은… 체포해!!"

로비에 흐르던 팽팽한 긴장감은 잠깐 닫혔던 엘리베이터문이 다시 열리면서 와르르 깨졌다. 클렌저가 엘리베이터에서 기어나온 것이었다. 놈은 입안 가득한 핏덩이와 깨져나간 이빨을 뱉어내며 욕설을 쏟아냈다. 이어 클렌저가 주섬주섬 권총을 찾아 주워드는 순간 누군가 다급하게 고함을 내질렀다.

"그만해!! 이게 무슨 짓이오!!"

기다리던 사람의 개입, 한국까지 라이자와 동행했던 국무부 차관 앤더슨이었다. 허겁지겁 달려온 앤더슨이 벽에 기대 일어서는 클렌저의 손에서 급히 권총을 끌어내렸다. 앤더슨이 다시 소리쳤다.

"당신 누구야? 국무부 손님에게 무슨 짓을 하는 거야?"

"넌 또 뭐냐? 비켜! 저놈은 테러리스트란 말이다!"

"테러리스트? 이 사람이 미쳤나? 난 국무부 차관 폴 앤더슨이다. 당신 소속이 어디야?"

지지 않고 소리를 지르던 클렌저가 앤더슨의 얼굴을 힐끗 돌아보고는 슬그머니 권총을 내렸다. 뒤늦게 앤더슨의 얼굴을 알아본 모양이었다. 하지만 흥분이 가라앉지 않는 듯 완전히 꼬리를 내리지는 않았다.

"난 공군 CID 클렌저 대령입니다. 저것들은 괌에서 에드워드 소장을 공격한 테러리스트로 극악무도한 놈들입니다. 지금 연방요원을 모독하고 구타까지 했습니다. 현행범으로 연행할 생각입니다."

앤더슨이 급히 대한의 얼굴을 돌아보고는 짜증스럽게 말했다. 기자들의 카메라 플래시는 연신 터지고 있었다.

"테러라니!! 당신 지금 장난하나! 저 사람은 한국의 미래그룹 회장이야! 국무부의 초청으로 입국한 사람에게 폭력을 행사하고 그것도 모자라 권총을 들이대? 지금 이 자리에서 옷 벗을 생각인가?"

초청이라는 말에 움찔한 클렌저가 한풀 꺾인 목소리로 말했다.

"저자는 에드워드 소장 피격사건의 1급 용의자입니다. 테러리스트가 워싱턴 거리에서 활보하도록 놔둘 수는 없습니다."

"심각한 사람이로군. 자네 상관이 누구야? 레이인가?"

앤더슨은 대번에 공군 총사령관 레이 제퍼슨 대장의 이름을 들먹여버렸다. 클렌저의 얼굴에 불만스런 표정이 번졌다. 그가 다시 말했다.

"자네가 틀렸어. 정중하게 사과드리게. 국무부 손님에게 허튼 짓을 한 것만으로도 자네는 영창감이야."

"……."

"어서!"

앤더슨의 고함에 마지못해 앞으로 나선 클렌저는 대한의 시선을 외면한 채 불퉁스럽게 말을 던졌다.

"사과드립니다."

씩 웃은 대한이 앤더슨을 돌아보며 말했다.

"영 사과 같지 않군요. 그래도 치료비는 드리죠."

"저희가 처리하겠습니다. 신경 쓰지 마십시오."

앤더슨에게 가볍게 목례를 한 대한은 느릿하게 요원들을 밀어내고 엘리베이터 쪽으로 움직였다. 이어 떨어뜨린 종이백들을 집어드는 사이 아영이 재빨리 엘리베이터문을 열었다. 그가 안으로 들어서면서 앤더슨에게 물었다.

"오셨나요?"

"곧 도착하십니다."

"기다리겠습니다."

대한은 엘리베이터문이 닫힐 때까지 피범벅이 된 클렌저의 얼굴에다 시선을 던졌다. 왠지 다시 보게 될 것 같은 느낌, 악연은 쉽게 끊어지는 법이 없었다.

라이자가 팬트하우스에 도착한 것은 로비에서 소동이 벌어진 지 정확하게 40분이 지나서였다. 수행원들은 팬트하우스 밖에 남겨둔 채였다. 라이자가 정장 재킷을 벗어 소파 등받이에 걸쳐놓으며 말했다.

"좋지 않은 일이 있으셨다고요?"

"그렇습니다. CID 소속 요원이 의도적으로 시비를 걸어오더군요. 아마 절 억류하는 게 목적이었을 겁니다."

라이자가 난감한 표정을 지었다.

"휴… 어딜 가나 군인들은 생각이 똑같군요. 모든 걸 힘으로 해결하려고 하니 원…….."

"아직 하급기관까지 현안 전달이 끝나지 않아 생긴 불상사겠지요. 오늘은 앤더슨 차관 덕에 무사히 해결됐습니다만 차후엔 다시 이런 일이 생기지 않게 단속해주셨으면 합니다."

"미안합니다. 김 회장."

"자… 그건 그렇고. 이제 본론에 들어갑시다. 제가 백악관에 불려갔던 건 아시겠지요?"

단도직입적인 이야기에 잠시 당황한 표정을 지었지만 라이자는 곧바로 수긍했다. 만만한 상대가 아닌 만큼 솔직할 필요가 있다는 생각이었다.

"그렇습니다."

"사실 대통령으로부터 새로운 제안이 있었습니다."

"새로운 제안이요?"

"예. 하지만 저로선 받아들이기 어려운 제안이었습니다. 어차피 지금으로선 확답을 드릴 수도 없었고요. MOU는 정상적으로 체결할 겁니다. 물론 미국 측에서 더 이상의 이의가 없을 경우죠. 초전도체 기술이전 계약은 9월까지 마무리, SU-47 자료 인계 역시 이달 27일을 기준으로 국방성에 전해드릴 겁니다. 다만 나머지 5개 프로젝트의 경우엔 사안별로 약간의 조정이 필요할 것 같습니다."

"조정이요?"

"별 것 아닙니다. 어차피 MOU에 기록된 일정과는 차이가 없으니까요. 국방성에 대한 정보공개도 정상적으로 이루어질 겁니다."

대한은 모든 걸 잘라 말했다. 어차피 현지공장에서 양산에 들어가면 정보공개는 피할 수 없는 일이고 공개시점을 며칠 늦추는 것도 MOU의 대일정과는 전혀 상관없었다. 라이자의 표정에 잠시 의아한 빛이 떠올랐으나 금방 가라앉았다. 라이자가 서류가방을 탁자 위에 올려놓으며 말했다.

"지금 서명하시겠습니까?"

"가능하다면요. MOU 최종본은 가져오셨습니까?"

"가져왔습니다. 체결 기념식을 치르지 못해서 못내 아쉽군요. 후후."

대한은 그냥 마주 웃으며 라이자가 넘겨주는 결재판 하나를 받아 아영에게 넘겨주었다. 어차피 대북정책까지 기록된 MOU를 외부에 공개할 수는 없는 노릇, 기념식 같은 건 생각도 할 수 없었다.

신속하게 내용을 훑어본 아영이 결재판을 돌려주며 고개만 까딱했다. 대한은 더 볼 것도 없다는 듯 재빨리 서명을 하고 결재판을 교환했다. 마지막 서명을 끝낸 라이자가 환하게 웃으며 말했다.

"원만하게 합의가 이루어져서 다행입니다. 향후 미국과의 동반자 관계가 더욱 진전되길 기대하겠습니다. 물론 북한과의 일도 의도한 대로 풀려가길 빌겠습니다."

"감사합니다. 장관님."

"그럼 편히 쉬시다 돌아가십시오. 호텔을 비롯한 일체의 경비는 국무부가 부담할 겁니다."

라이자는 미련 없이 자리에서 일어섰다. 낚시 종료, 이제 준비는 끝난 셈이었다.

미국에서 돌아온 대한은 은행 2곳과 태연건설 인수 작업을 점검
하면서 바쁘게 며칠을 보냈다. 그리고 5월 27일 저녁, 미국정부의
발표와 동시에 연방은행과 미래그룹의 대규모 합작투자를 발표한
직후, 미래그룹 원년멤버들을 모두 유태현의 집으로 불러들였다.

유태현을 비롯해 유민서와 한명석, 이태식, 미래투자개발 김용
석, 미래조선 안상일 등 미래그룹의 핵심 중의 핵심만 모인 자리,
이미 공인이 되어버린 이태식의 참석은 다소 부담스러웠지만 사안
이 사안이니만큼 이태식도 상황을 파악하고 있어야 한다는 판단에
따른 것이었다.

대통령 후보인 이태식의 입장을 배려해 장소를 유태현의 혜화동
저택으로 바꾸고 비공식 모임으로 전환했지만 대문 밖에는 미래그
룹 사장단의 회합을 눈치챈 기자들 수십 명이 진을 친 채 내부의

동정에 신경을 곤두세우고 있었다. 이미 미국 연방은행과의 합작 투자 건으로 매스컴은 불난 호떡집처럼 달아올랐고 특히 초전도체 기술이전 계약까지 한꺼번에 발표되는 바람에 미래그룹이 다국적 기업화 되는 것이 아니냐는 성급한 예측까지 나돌고 있었다.

거실의 분위기는 무겁게 가라앉았다. 지난 4년을 거의 매일 얼굴을 마주하다시피 한 사람들이라 가족 같은 편안한 분위기여야 했지만 모두들 대한의 표정에서 무언가 심상치 않음을 느낀 것이었다. 유민서가 차를 돌리고 대한의 옆자리로 돌아와 앉자 대한이 모두를 죽 돌아본 다음 차분하게 입을 열었다.

"바쁜 시간 내주셔서 감사합니다. 오늘 모임에서 거론될 이야기는 모두가 무덤까지 가지고 가셔야 하는 사안입니다. 그만큼 중요하다는 뜻이며 그래서 이태식 후보까지 이 자리에 모셨습니다. 사실 지난 4년 동안 불철주야 고생하신 여러분 덕에 미래그룹은 꾸준히 확장일로를 걸어왔습니다. 특히 국제사회에서의 미래그룹과 대한민국의 위상이 많이 바뀌었습니다. 이젠 그 누구도 함부로 대할 수 없는 위치까지 격상되었죠. 그러나 아직은 우리가 가진 한계가 있습니다. 다들 아시겠지만 적은 인구와 빈약한 지하자원으로 인해 대외 경쟁력을 갖춘 하나의 경제단위가 되지 못한다는 것이죠."

대한이 논하는 건 최소인구 1억을 기본으로 하는 자체시장을 가진 단위경제였다. 미국, EU, 일본 등 규모가 큰 시장과 대등한 입장에서 무역협상에 임할 수 있는 기본적인 요건이기도 했다. 잠시 말을 끊은 그가 찻잔을 슬쩍 입에 댔다가 내려놓으며 말을 이었다.

"이제 우린 그 한계를 없앨 기회이자 미래그룹의 첫 번째 변곡점을 눈앞에 두었습니다. 본의 아니게 모두에게 비밀로 했던 일입니다만 이제 모두가 상황을 인지하시고 준비를 해야 할 시점입니다. 사실 전 이번 미국 출장에서 유엔사무총장을 만나러 갔습니다. 그런데 엉뚱한 만남들이 이어지더군요."

대한은 미국 대통령과의 기본적인 합의사항, 김정일의 사망과 북한의 현재상황, 네오콘 실세들과의 만남, 한국 대통령의 복안, 그룹이 준비해왔고 앞으로 해야 할 사안들에 대해 빠르고 간단하게 요약, 설명했다. 물론 사람 이름과 거사일은 빼버렸지만 그것만으로도 거의 전쟁에 준하는 폭탄선언이었다.

안 그래도 심각하던 거실의 분위기는 아예 땅속으로 들어가고 있었다. 비현실적으로 느껴질 만큼 사안의 규모나 무게감이 엄청나다보니 숨소리조차 들리지 않았다.

가장 먼저 정신을 수습한 유태현의 헛기침이 한동안 유지되던 침묵을 깨트렸다.

"크흠. 흠. 그러니까 회장님의 의도는 북한의 쿠데타를 직접 지원하고 중국을 압박해서 개입을 저지한다? 이런 뜻입니까?"

"그렇습니다. 어르신. 지금으로선 북한의 우리 파트너가 잘해주기를 비는 수밖에 없습니다. 만일의 경우에 대비해서 치우와 미래포스를 광량만에 대기시키고 여차하면 무력을 투사할 생각입니다."

"무력투사요? 자칫 심각한 문제로 비화될 수 있습니다."

무력이라는 단어에서 유태현의 표정이 극단적으로 심각해졌지만 대한은 단호했다.

"오랫동안 신중하게 생각하고 내린 결론입니다. 어차피 우리 파트너가 실패하면 북한의 내전은 남북한의 극단적인 대립이나 중국군의 남진으로 끝이 납니다. 군부가 정권을 장악할 경우 어딘가에 적을 만들어 민간의 눈을 흐려야 하는 건 만고의 진리니까요. 아시다시피 가장 만만한 건 역시 남한이고요. 군부는 절대 중국에 등을 돌리지 못합니다. 만에 하나 내전으로 번지게 되면 더 심각합니다. 단동의 중국군이 남하하는 건 시간문제가 되겠지요."

그가 잠시 말을 끊었지만 모두를 찍어 누른 무거운 침묵은 사라지지 않았다. 그가 말을 이었다.

"결국 전제조건은 하나뿐입니다. 만일 단 한번의 무력투사로 일을 마무리할 수 있다는 판단이 서면 난 주저 없이 밀어붙일 겁니다. 쿠데타의 성공을 전제로 모든 것을 준비하십시오. 쿠데타 직후 최우선으로 식량과 자금 지원이 선행될 겁니다. 미래투자개발은 일주일 이내로 20만 톤 규모의 옥수수와 쌀이 북한으로 들어갈 수 있도록 준비하시고, 미래금융은 100억 달러 상당의 자금을 확보하십시오. 올해 안에 현금 및 현물 투자를 통해 개성과 평양에 들어갈 겁니다. 정밀과 조선, 소재연구소는 만일의 사태에 대비해서 모든 생산라인의 가동률을 최대한으로 늘려 잡으십시오. 제 입에서 해제라는 이야기가 나오기 전까지는 24시간 가동을 유지하세요. 최대한 재고를 늘려놓으십시오. 그리고 향후 미래그룹의 잉여자금 투자는 상당기간 북한에 집중될 겁니다. 회사별로 추진해야 할 구체적인 사안은 일일이 설명 드리지 않겠습니다. 이상입니다. 질문 있으시면 하세요."

"회장님."

일사천리로 할 말을 마친 대한이 소파 등받이에 상체를 기대자 이태식이 조심스럽게 입을 열었다. 아무리 대한을 깊이 신뢰한다고 해도 사안의 중요성을 감안하면 그냥 넘어갈 일은 아니었다.

"말씀하십시오."

"쿠데타군이 일거에 평양을 장악한다고 해도 지방군벌이 중국의 개입을 요청하면 일이 걷잡을 수 없이 확산될 수 있습니다. 중국이 개입하지 못하게 할 별도의 복안이 필요할 것 같은데……."

"자세한 말씀을 드릴 수는 없습니다. 하지만 거사일을 전후해서 최소 2주 정도는 중국정부가 외부상황에 신경 쓸 여력이 없게 될 겁니다. 우린 그 안에 모든 상황을 끝내야 합니다. 단, 한국군의 북진은 절대 없어야 합니다. 이태식 후보께서는 이점에 유념하셔서 정치권의 움직임에 신경을 써주시기 바랍니다."

"흠… 그럼 쿠데타가 성공했다고 전제하고 통일에 부담이 없을 정도로 북한을 성장시키는데 시간이 얼마나 걸릴 걸로 생각하십니까?"

"글쎄요. 최소 10년은 봐야겠지요. 이태식 후보께서 재임하시는 동안 많은 협조를 해주셔야 할 겁니다. 그리고……."

두 사람의 질문과 대답은 30여 분 이상 길게 이어졌다. 다른 사장단과는 입장이 많이 다르기 때문, 그리고 마지막 결론도 이태식이 냈다.

"일단 알겠습니다. 회장님의 생각이 굳어진 이상 말릴 수는 없을 것 같군요. 회장님을 믿겠습니다."

"고맙습니다. 자… 이제 급한 이야기는 전부 거론된 것 같군요.

이왕 오셨으니 모두들 식사라도 같이 했으면 좋겠지만 상황이 너무 급박해서요. 그리고 제 동생과 약혼녀의 음식솜씨가 워낙 꽝이어서 모시지도 못합니다. 후후."

"하하하."

유민서가 새빨개진 얼굴로 그의 옆구리를 꼬집었지만 농담의 효과는 있었다. 처음으로 일행의 얼굴에 웃음이 떠올랐다. 그가 다시 말했다.

"모두들 돌아가셔서 필요한 조치들을 취해주십시오. 이태식 후보께서는 조금 기다렸다가 따로 나가시는 편이 좋을 것 같군요."

"그러지요."

이태식을 제외한 전원이 집을 나서자 대한은 서둘러 자신의 차를 빼내 합참이 있는 용산으로 방향을 잡았다. 최소한 최문식만큼은 상황을 알아야 한다는 판단, 여차해서 북진명령이 내려오더라도 최문식 선에서 가로막아야 했다.

그의 차가 혜화동을 빠져나올 무렵 전화벨이 울렸다. 모르는 번호라 잠시 갈등하다가 전화를 받았다.

"여보세요."

—청와대 보안회선입니다. 김대한 회장님. 잠시 기다려주십시오.

대통령의 전화. 내키지는 않았지만 받는 편이 마음 편할 터였다. 몇 초 기다리자 이한우의 느릿한 목소리가 흘러나왔다.

—김대한 회장?

"말씀하십시오."

—곧 미국 연방은행과 미국에 합작투자를 한다고?

"어쩌다보니 그렇게 됐습니다."

―뭐 이렇게 되면 이번엔 내가 보기 좋게 한방 맞았군. 하지만 이대로 끝이라고는 생각하지 말게.

"무슨 말씀이십니까?"

―대한민국 대통령은 아직 나일세. 방위산업 기지의 해외이전이 라면 언론이 부정적으로 나올 수도 있어. 그리고 5년이 안 된 법인 이라 그런지 세무조사는 아직 한 번도 안 받았더군.

어조는 부드러웠지만 담긴 의미는 최악, 잠시 상대의 의도를 생 각한 대한이 단도직입적으로 말했다.

"이제 와서 제게 그런 협박이 통하리라고 생각하시면 또 곤란한 상황을 맞게 되실 겁니다. 외부적으론 대통령께서 지난 4년 반 동 안 줄기차게 외치신 한미 동맹을 위해 미국의 요구를 미래그룹이 따라가는 모양새입니다. 앞뒤가 잘 안 맞으실 텐데요? 그냥 말씀하 시죠. 원하시는 게 뭡니까?"

어차피 군에 신형무기를 공급하기 위해 지극히 정상적인 회계처 리를 해왔기 때문에 세무조사 따위는 겁나지 않았다. 굳이 따진다 면 지하자금 활성화 과정과 해외에서 송금한 초기자금의 출처가 문제라면 문제였다. 그나마도 아영이 은행기록을 완전히 헤집어 놓아서 현재의 계좌추적 기술로는 정확한 출처를 찾아낼 수 없었 다. 지금으로선 그저 귀찮을 뿐, 그러나 이한우의 입장에서 보면 몇 년 동안 M&A를 비롯해 줄기차게 사세확장을 해온 대기업이 비 자금 조성을 안 했으리라고는 생각할 수 없을 터였다. 이한우가 말 했다.

—이만 타협하세.

"타협이요?"

—지금 아니면 다시는 기회가 없지만 여건이 따라와주지 않으니 어쩔 수 없지. 오늘 시간이 되면 잠깐 보세.

대한은 갸웃했다. 일단 전향적인 단어들, 하지만 이한우가 꺼낼 카드는 이미 사라지고 없었다.

"선약이 있습니다."

—회의는 끝나지 않았나?

당연히 이쪽의 움직임을 감시하고 있다는 뜻, 그렇다고 만날 생각은 없었다. 그가 잘라 말했다.

"당분간은 시간을 내기 어렵습니다. 죄송합니다."

—그럼 할 수 없지. 보안회선이니 지금 내 생각을 간단히 말해주겠네. 생각해보게. 일단 국방위원회 장성들에게 기회를 줄 생각일세. 김정일 위원장을 체포, 구금하고 국방위원회 7인의 집단 지도 체제로 정권을 장악하게 하는 게야. 이들을 남측이 지원하는 시나리오가 최선이 될 걸세. 우린 당분간 북한을 지원하면서…….

'쿠데타?'

대한은 슬그머니 미간을 좁혔다. 처음엔 김정남이고 이번엔 국방위원회. 이한우는 분명 북한 어딘가에 자신의 비선秘線을 꽂아놓고 있었다. 이러면 쿠데타에 역쿠데타가 터지는 셈이었다. 문제는 시점, 보안회선이긴 하지만 이한우는 도청의 위험을 무릅쓰고 굳이 전화로 자신의 생각을 늘어놓고 있었다. 급하다는 이야기였다. 그가 물었다.

"군부가 대세를 장악할 가능성이 있다고 생각하시는 겁니까?"

─전화로 할 이야기는 아닐세. 듣기로 지난번 미래그룹이 제안한 할흐골 인력송출 제안을 심의하는 자리에 김정일과 그 자식들이 참석한다더군.

'젠장!!'

대한은 내심 비명을 내질렀다. 국방위원회의 늙은 여우들도 원용해가 김정일 명의로 소집한 국방위원회 확대회의를 노린다는 뜻, 도통 얼굴을 내밀지 않던 김정일이 회의석상에 나타난다는 소식에 군부가 기지개를 켜는 모양새였다. 하지만 왜? 국방위원회 장성들은 김정일을 죽일 이유가 없다. 당장은 군대를 손에 쥐고 있지만 김정일이 없으면 그들의 권력도 모래성이다. 그렇다면? 분명 다른 이유가 있다. 만일 원용해 등 친위기관으로부터 김정일의 신병을 넘겨받는 시도라면? 가능성은 충분했다. 군부로서는 친위기관들에게 이리저리 끌려다니는 답답한 상황을 일거에 해결할 절호의 기회이기도 했다. 그러나 국방위원회 장성들이 김정일의 건강에 대해 확신할 수 없다는 걸 고려하면 그것도 이상했다. 굳이 지금 총을 들 이유가 없었다. 남은 결론은 하나였다.

'제기랄! 이 양반이 꼬셨다는 이야기잖아!'

정권을 장악한 북한군부가 남측과 손을 잡고 체제를 흔든다? 턱도 없는 시나리오였다. 남측과 손을 잡기엔 늙은 장성들에게 잃을 것이 너무 많다. 더구나 오랜 세월 김일성과 김정일에 길들여진 군부가 중국을 포기하는 건 정말 어려운 선택일 터였다. 그리고 세를 결집시키기 위해선 외부의 적도 필요하다. 역시 남한이 최선의 선택, 다른 복안을 가지고 있지 않다면 이한우는 헛물만 켜게 될 것이었다. 하지만 이한우는 멍청한 사람이 아니다. 분명 또 다른 의미가 있었다.

'왜 내게 이런 이야기를 하지? 다른 복안? 뭐지? 일단 처음부터 다시 생각하자. 애당초 이 양반의 생각은 한미 연합군의 북상이다. 그 전엔 뭐가 있지? 윽!!'

갑자기 목구멍으로 쓴 물이 울컥 솟아올라왔다.

'내전!!'

처음부터 거론되었던 이한우의 전제조건, 이한우는 지금 북한의 내전을 유도하고 있었다. 한국군 단독으로라도 북상할 빌미를 만들겠다는 생각, 일단 한국군이 북상하고 포탄이 날기 시작하면 대한에겐 선택의 여지가 없었다. 빙빙 돌아왔지만 답은 하나였다. 이한우는 대한에게 미리미리 미국을 끌어들이라는 이야기를 하고 있었다.

"심각하게 생각해보겠습니다."

대한은 신경질적으로 말하고 전화를 끊었다. 이젠 시간과의 싸움, 가속 페달을 밟는 오른발에 저절로 힘이 들어갔다.

최양익은 무지막스럽게 페달을 밟았다.

"속도 좀 줄여 인마!!"

어시스트 핸들을 양손으로 움켜쥔 박상렬이 길길이 악을 썼지만 최양익은 속도를 줄일 생각이 없었다. 무려 3주만에 아영의 직접호출을 받은 판이라 아예 들리는 게 없었다.

오래간만에 숙소에서 늘어지게 잠을 자던 휴일 늦은 저녁이었다. 소개해주겠다는 여자도 마다하고 하루 종일 방바닥을 뒹굴며 귀차니즘의 진수를 보여주던 최양익은 아영의 전화를 받고는 용수철처럼 튕겨져 일어나 박상렬을 두드려 깨워 본사로 직행했다. 미래시티 초입에 있는 두 사람의 숙소와 본사 건물까지는 사내용 전기차로 10분 거리였지만 5분도 안 돼 후문 초소에 도착했다. 본사 건물 지하로 이어지는 입구, 미래시티에서 가장 심한 보안검색이 이루어지는 곳이었다.

초소 근무자에게 인사를 하고 곧장 차를 세운 다음 거의 달리다시피 서둘러 방탄유리로 만들어진 회전문을 통과했다. 완공한 지 불과 6개월밖에 안된 시설인데도 방어를 최우선으로 하다보니 투박하다는 느낌이 먼저였다. 문 양쪽에 선 무장한 미래보안시스템 직원들 사이를 지나 마주보이는 엘리베이터로 다가갔다. 엘리베이터는 전부 12개, 가장 왼쪽 엘리베이터 스위치 옆에 있는 직사각형의 판에다 양손을 올리고 정면 벽에 있는 반투명 렌즈에 시선을 고정했다. 양손 손가락, 손바닥 지문과 안구 및 얼굴 윤곽까지 확인하는 시스템, 엘리베이터 문이 열리며 낮은 기계음이 흘러나왔다.

—최양익 실장님. 반갑습니다.

이어 박상렬이 신원을 확인하고 엘리베이터에 올라탔다.

지하 50m까지 일직선으로 내려온 엘리베이터는 두 사람을 완전히 다른 분위기의 동공에다 내려놓고 그 입을 닫았다. 완전히 밀폐된 장방형 공간은 엘리베이터를 중심으로 정면, 좌우 3개의 출입문이 전부였다. 정면 출입문 앞에서 다시 한번 신분확인이 이루어지고 나자 대형 모니터들로 둘러쳐진 익숙한 대형 상황실이 모습을 드러냈다. 상황실 중앙에는 대한과 아영이 나란히 서 있었다. 최양익이 기세 좋게 말했다.

"저희들 왔습니다! 회장님!"

대한이 고개도 돌리지 않은 채 심드렁하게 말을 받았다.

"앉아라."

"네. 회장님."

찔끔한 최양익은 얼른 꼬리를 내리고 재빨리 자신들의 의자에 엉덩이를 붙였다. 두 사람이 컨트롤 패드를 양손에 끼우자 대한이 말했다.

"에일리언 프로젝트 기억하지?"

최양익이 대답했다.

"당연하죠. 어제도 리허설 했어요."

"좋아. 작전승인이다. 오늘 밤 12시부터 작업을 시작한다. 내일 5월 31일, 새벽 2시를 전후해서 단둥, 다롄, 선양, 베이징, 상하이, 항저우 여섯 개 도시의 가능한 모든 전산시스템을 다운시키는 거다. 전력도 건드릴 수 있는 곳은 당연히 공급중단이다. 대략 도시 기능의 20% 정도만 망가트리면 될 거야. 최소한 15일 이상 정상적인 가동이 이루어지지 않아야 해. 신중하게 모니터링해서 살아나는 곳이 없도록 해라. 특히 군사시설은 시스템 자체를 완전히 죽여서 전산계통을 통째로 바꾸지 않는 한 재가동이 불가능하게 만들도록. 연습한대로 프랑스가 타겟이 되도록 흔적은 남겨야 한다."

"다시 설명하실 필요 없습니다. 한 달 넘게 준비했고 허점도 없습니다."

"그래. 수고해라. 앞으로 15일 동안은 자는 것도, 식사도 교대로 해야 할 거다."

대한은 양손으로 두 사람의 머리칼을 한꺼번에 헝클고는 아영에게 가자는 시늉을 했다. 이어 대한과 아영이 상황실 문을 나서는 순간 두 사람의 투닥거리는 소리가 들려왔다.

"야! 이 멍청한 놈아. 봤으면 이야기를 해봐야지!"

"젠장! 회장님이 옆에 있는데 어떻게 말을 꺼내냐? 그리고! 말이 안 나오는 걸 어떻게 해!"

"에라이 붕신아!"

아마도 아영에게 차 한 잔이라도 마시자는 이야기를 못 꺼낸 것에 대한 핀잔일 터였다. 엘리베이터에 올라탄 대한이 픽 웃자 아영이 말했다.

"들었어요?"

"그래. 저놈 너한테 푹 빠져 있더라. 후후."

그가 웃자 아영이 은근한 눈빛을 보내며 반문했다.

"오빠는 아니야?"

"야야. 그렇게 보지 마라. 자꾸 덮치고 싶단 말이다."

"덮쳐도 돼. 호호."

"으이그… 내가 말을 말아야지. 후후."

마주보고 웃음을 터트리는 사이 엘리베이터가 지상에서 멈췄다. 서둘러 회전문을 빠져나온 대한이 갑자기 생각났다는 듯 물었다.

"이제 준비는 대충 끝난 거지?"

"그런 셈이야. 우리 할 일만 남았어."

사실 지난 이틀은 정말 정신없이 지나갔다. 27일 밤, 최문식을 방문해 간단히 상황을 설명했고 최문식은 흔쾌히 그의 제안을 수락했다. 대응조치는 최대한 축소했다. 일단 미래정밀에 남아 있던 미사일 재고 146기를 미래금융의 세금 선납형태로 넘겨주고 최문식은 대테러훈련을 핑계로 30일부터 일주일간 서부전선과 수도방위사령부와 공군에 갑호비상을 거는 선으로 대응을 마무리했다.

28일은 미국정부가 중국에 대한 무역 최혜국 대우철회를 검토한다는 발표가 신문지상을 가득 메웠다. 이어 20여 종의 신발류와 아동용 장난감에서 인체에 유해한 물질이 발견되어 전량 리콜한다는 발표와 타이완에 항모 니미츠가 기항하는 큼직큼직한 이벤트가 줄줄이 이어졌다. 거기에다 백악관 대변인은 티베트에서 체포 및 처형당한 사람들의 숫자가 5,000명이 넘으며 아직도 심각한 인권침해 상황이 곳곳에서 벌어지고 있다는 강력한 비난 멘트를 토해냈다. 오배넌의 화려한 쇼맨십이 빛을 발하는 셈이었다.

느닷없이 뒤통수를 맞은 중국은 당연히 반발했다. 하지만 마땅한 대응 방법을 찾지 못해 당황하는 기색이 역력했다. 이어 29일은 유엔사무총장 안상문이 1면 톱을 장식했다. 달라이라마와 타이완 민진당 당수 시에를 잇달아 만나 중국에 쓴소리를 쏟아낸 것이었다. 애당초 대한의 요청은 티베트 인권문제를 약간 거론하고 시에와는 그저 편안한 대담을 나눠달라는 것이었으나 안상문은 한 발짝 더 나가 대담 중에 티베트가 독립한다면 독자적인 국가를 이끌 수 있겠느냐는 식의 무시무시한 질문을 던졌고 시에에겐 차기 총통 선거에서 승리한 뒤, 유엔 가입을 추진하면 적극적으로 지원하겠다는 말을 더해 평지풍파를 만들어버렸다.

결국 각국 대사관들은 줄줄이 비상이 걸렸고 중국 관영방송과 미국 언론의 원색적인 말싸움이 연일 이어지는 가운데 30일은 미래그룹과 인텔의 초전도체 기술이전 협상이 급물살을 탄다는 뉴스가 SBC를 통해 공중파를 탔다. 단 사흘, 미국의 선공으로 시작된 세계 최강국 미국과 중국의 불화는 안 그래도 복잡한 국제정세를 한 치 앞도 내다볼 수 없는 짙은 안개 속으로 일거에 내몰아버렸다. 그리고 하루하루 시간이 갈수록 상황은 걷잡을 수 없이 악화되고 있었다.

아영에게 운전대를 넘겨주고 조수석으로 올라탄 대한이 목을 몇 번 돌려보며 말했다.

"일단 치우 격납고로 가자."

"미사일 적재작업 마무리되는 거 확인하려고?"

"그래. 새로 탑재할 물량이 140기나 돼서 시간이 더 걸릴지도 모르잖아."

"자정이면 미래포스가 쓸 침투용 헬기 탑재까지 모두 끝날 거야. 걱정 마."

"그래. 안다. 그래도 미래포스 탑승할 때는 현장에 있어야 하니까 일단 가보자."

"응."

아영은 더 이상 이의를 달지 않고 곧장 시동을 걸었다.

격납고는 바쁘게 움직이고 있었다. 미사일 장착은 모두 끝났지만 헬기 탑재에 시간을 뺏기는 모양새였다. 그러나 작업은 끝나가고 있었다. 격납고에 도착해 탑재 상황을 둘러보는 사이 먼저 탐사선 안으로 들어갔던 아영이 서둘러 돌아나왔다. 아영의 손에는 위성전화가 들려있었다. 십중팔구 원용해의 전화, 그는 마른침을 삼키며 전화를 받았다.

"여보세요."

긴장으로 목소리가 살짝 떨려나왔다. 제아무리 배짱이 두둑한 대한이라도 한민족의 미래가 걸린 중대사를 눈앞에 둔 상황에서 긴장되지 않는다면 거짓말일 것이었다.

—원용해요.

"준비는 끝나셨습니까?"

—거사시간은 오전 4시가 될 기요.

"어쩔 수 없겠지요. 여기도 끝났습니다. 추가 공중지원이 필요하면 언제든 좌표를 통보해주십시오. 즉각, 그리고 흔적 없이 지원하겠습니다."

국방위원회 장성들도 회의석상을 노린다는 이야기를 전해들은 원용해는 즉시 계획을 변경했다. 정보를 장악한 보위사령부의 수장답게 원용해도 어느 정도는 눈치를 채고 있던 상황이어서 이야기는 쉬웠다.

원용해의 2안 역시 간단했다. 새벽에 김영남을 비롯한 국방위원회 제1부위원장 조명록을 비롯한 김일철, 리용무, 김영남 등 핵심 장성들의 저택에 대한 선제공격이었다. 김영춘, 연형묵, 리을설 등

위원직을 겸임한 친중국계 장성들도 마찬가지였다. 어차피 군부 실세의 저택들이 대동강변 부자동네인 의암동과 은덕촌에 모두 몰려 있어서 인민무력부 경무부 1개 중대만 깨트리면 상황 끝이라는 판단이었다. 일단 대세를 장악하면 포섭한 부위원장 양형섭, 김영대 두 사람과 일반 위원 리철봉, 리광호, 태형철 등 5명과 함께 국방위원회를 장악하는 수순을 밟을 생각이었다. 공산당 서열에서는 홍성민 총리 등 내각의 인물들이 상당수 상위를 차지하고 있지만 그 영향력은 무시해도 좋을 만큼 미미했다. 원용해가 단호한 목소리로 말했다.

—그럴 일은 없어야디. 다시 연락하갔소.

"행운을 빕니다."

대한은 전화를 끊고 시간을 확인했다. 밤 11시, 장비 탑재는 거의 마무리가 됐고 이제 중무장한 미래포스 대원들이 격납고로 들어와 정렬하기 시작했다. 남은 시간은 정확하게 5시간, 반만년 역사의 마지막 갈림길이 서서히 그 모습을 드러내고 있었다.

원용해는 대동강을 따라 북상하는 보위사령부 계호戒護대대의 선두에 서 있었다. 승부처는 무조건 은덕촌이라는 판단, 일단 저격여단장이 포섭된 이상 다른 곳은 문제가 생기더라도 추가 병력투입으로 충분히 수습이 가능했지만 은덕촌은 달랐다. 아차 실수해서 한두 명만 빠져나가도 대규모 내전을 피하기 어려웠다.

시내의 군부대와 방송국 등 중요 거점은 리광철 차수와 오형무 대외연락국장이 직접 지휘하는 저격여단 병력이 투입됐고 평양방위사령부는 태형철 차수가 굳건히 장악하고 있었다. 평양 외곽에서 명령을 기다리는 김일철 차수 휘하의 3군단 7사단 병력이 평양으로 들어오려면 가장 먼저 평방사 소속 경비단 병력과 저격여단의 저항에 부딪히게 될 터였다. 사실 일의 성패는 저격여단이 국방위원회가 눈치채지 못하게 평양으로 들어올 수 있느냐는 부분이었는데 보위사령부의 정보차단과 저격여단의 무시무시한 침투능력이 모든 것을 해결해버렸다. 사실상 혁명은 반 이상 성공한 셈이었다.

텅 빈 거리를 무인지경으로 20여 분을 달려 은덕촌 초입에서 선도차를 정지시키고 부대의 정비를 기다렸다. 새벽 3시 45분, 시간은 충분했다. 마지막 트럭이 도착했다는 보고가 들어올 무렵, 도로변의 숲에서 온몸을 새카맣게 도배한 군관 두 사람이 뛰어나왔다. 보위사령부 제7부 소속 기술부 중좌, 소장급 이상 장성이나 외국군 사대표단의 도청을 책임지는 부대여서 은덕촌은 사실 제집이나 마찬가지였다. 그의 얼굴을 확인한 군관이 서둘러 거수경례를 했다.

"통신, 전기 모두 차단했습네다. 사령관동지."

"수고했다. 대기하라우."

"예! 동지!"

중좌는 재빨리 숲으로 스며들었다. 그가 무전기에 대고 말했다.

"2대대 준비 끝났나?"

─끝났습네다!

2대대는 은덕촌을 완전히 포위하는 역할이었다. 그가 직접 지휘하는 1대대가 은덕촌 내부를 장악할 것이었다. 원용해가 자신만한 목소리로 낮게 소리쳤다.

"좋다. 현재시간 03:59, 작전 개시! 3중대는 하차해서 진입로를 차단하라. 1, 2중대하고 본부중대 트럭은 따라오라우!"

—알갔습네다!

"가자."

운전병은 대답을 생략하고 즉시 가속을 시작했다. 지휘차가 낮은 경사를 힘겹게 차고 올라가자 경무부 바리케이트가 나타났다. 초소는 느닷없는 정전으로 상당히 혼란스런 모습이었다. 그가 차를 세우자 초소 군관이 허겁지겁 달려와 거수경례를 붙였다.

"근무 중 이상 없습네다! 사령관동지!"

지난 2개월 간 이틀이 멀다하고 직접 순시를 돌던 초소여서 의심 같은 건 아예 없었다.

"수고한다. 정전인가?"

"그렇습네다! 동지! 갑작스런 상황이라 알아보는 중입네다!"

"멍청한 간나들. 근무자들 모조리 집결시키라우!"

"네!"

긴장한 표정으로 부동자세를 취한 군관은 다급하게 초소 근무자들을 집결시켰다. 근무자 8명이 정렬하자 원용해가 가볍게 손가락을 튕겼다.

등 뒤에 정렬해 있던 본부중대 군관이 앞으로 나서며 소리쳤다.

"총 내려놓으라우!"

"네?"

"말 못 알아듣간? 내려놔! 간나새끼들아!"

철컥!

본부중대 병사들이 총기 안전장치를 풀고 근무자들을 조준했다. 기겁을 한 근무자들이 허겁지겁 총을 내려놓았다.

"체포하라우!"

병사들이 재빨리 달려들어 근무자들을 묶기 시작하자 경무부 숙소의 어둠 속에서도 고함 소리가 터졌다. 2중대 병력이 벌써 숙소로 난입한 모양이었다. 불침번까지 모조리 불러냈으니 제압하는 건 시간문제일 터였다.

"모조리 묶어서 숙소에다 처넣어라! 저항하면 사살하라우!"

"네! 사령관 동지!"

원용해는 1개 분대를 초소에 남겨놓고 직접 은덕촌 영내로 걸음을 옮겼다. 은덕촌은 5층짜리 호화판 빌라 6개 동으로 이루어진 작은 단지, 2개 중대면 모든 건물을 차단하고도 남았다. 물론 그 6개 동에 사는 사람들의 면면이 문제라면 문제일 터였다. 조명록을 시작으로 김일철, 리용무, 김영남. 더 말할 것도 없이 북조선 전체를 쥐락펴락하는 군부 최고의 실력자들이었다. 하지만 이제 그 늙은 이들 모두가 그의 손아귀 안에 있었다. 그가 소리쳤다.

"모조리 끌어내! 가족들도 마찬가지다!"

병사들이 건물 현관을 열어젖히고 뛰어드는 순간, 느닷없는 고함과 함께 날카로운 총성이 터졌다.

쾅!! 카카캉!

먼저 권총, 그리고 AK소총의 뾰족한 연사음이었다.

"젠장!"

원용해는 급히 총성이 들려온 곳으로 달렸다. 대동강이 내려다

보이는 가장 동쪽 건물, 건물 현관에는 낯익은 노인의 시체가 피투성이가 된 채 쓰러져 있었다. 국방위원회 제1부위원장이자 군 총정치국장 조명록, 하필 현관 앞에 나와 있었던 모양이었다. 총을 쏜 본부중대 소좌가 다급하게 말했다.

"차수 동지가 먼저 권총을 쐈습네다."

정말 아이러니컬한 상황, 김정일이 떠난 북조선의 실질적인 1인자이자 북조선 공산당 전체 서열 2위의 고관이 일개 하급군관의 손에 사살당한 것이었다. 그는 씁쓸하게 웃을 수밖에 없었다. 어차피 일은 벌어졌고 저항하면 죽어야 했다.

콰쾅! 쾅!

각 빌라의 현관 자물쇠를 폭파하는 소리, 총성과 비명소리도 끊이지 않고 들려왔다.

"수고했다. 계속해!"

"네! 동지!"

소좌가 놀란 토끼처럼 현관 안으로 달려 들어갔다. 이어 수십 명이 병사들 손에 이끌려 현관 밖으로 끌려나왔다. 뒤늦게 조명록의 사망을 확인했는지 끌려나온 조명록의 가족들이 비명을 질러대기 시작했다.

"종간나새끼들! 이러고 무사할 거 같아! 모조리 죽여버리갔어!"

원용해는 차분하게 권총을 빼들고 양팔을 잡힌 채 고래고래 소리를 지르는 조명록의 큰아들 앞으로 다가가 이마에 총구를 들이댔다. 하지만 놈은 지지 않고 고함을 질렀다.

"쏴보라우! 간나새끼!"

그는 주저 없이 방아쇠를 당겨버렸다.

쾅!

시범 케이스, 뒤통수가 터져나간 놈은 비명도 지르지 못한 채 풀썩 주저앉았다. 아비의 후광으로 정치국 위원까지 해먹던 쓰레기 같은 자였다. 아비가 죽은 이상 굳이 살려둘 이유가 없었다.

총성과 동시에 아비규환에 가깝던 건물 앞이 순간적으로 조용해졌다. 그가 고함을 질렀다.

"쌍! 닥치라우!! 지금부터 떠드는 간나는 남녀를 불문하고 모조리 갈겨버리갔어!"

하지만 총성은 간간이 계속 터져나오고 있었다. 고위직 군인이 많다보니 집안에 총기를 가지고 있는 자들이 많다는 이야기였다. 10여 분이 더 흐르자 1중대장이 다급히 달려왔다.

"전원 끌어냈습네다. 그런데 두 사람이 없습네다."

"뭐야?"

원용해의 인상이 급격하게 찌푸려졌다. 국방위원회 위원 전원과 그 자식들에게까지 미행을 붙여놓은 상황, 전원의 위치를 정확하게 확인하고 작전을 시작했다. 그런데 그 중 둘이 사라져버린 것, 자칫 심각한 문제가 될 수 있었다. 그가 급히 물었다.

"누구냐?"

"김일철 차수와 둘째아들 김상호 대좌가 집에 없습네다!"

김일철이라면 더 큰 문제, 평양 외곽까지 진출한 7사단이 움직일 수도 있다는 이야기였다.

"제기랄!! 찾아라! 주변 숲을 다시 뒤지고 능라도까지 모조리 차단하고 찾아내!"

짜증스럽게 소리친 원용해는 서둘러 장내정리와 수뇌부를 남산으로 압송하도록 명령하고 차로 돌아왔다. 그래도 김일철의 나머지 가족들을 손에 넣었으니 최악의 상황은 면할 수 있다. 하지만 권력 앞에서는 부모자식도 없다는 것이 만고의 진리, 이 밤 안에 놈을 찾아내야 했다. 지휘차에 올라탄 그가 입술을 깨물며 말했다.

"남산으로 가자우."

남산은 김정일의 집무실이 있는 곳, 보위사령부와 호위총국이 통제하는 실질적인 북조선의 두뇌였다. 일단 남산 지하벙커로 들어가 본격적으로 군부장악을 시작할 요량이었다.

같은 시각, 치우는 평양에서 서쪽으로 정확히 110km 떨어진 서해의 캄캄한 바다 위에 유령처럼 떠 있었다. 상황실 화면에는 신형 스파이로봇 반딧불이 보내오는 적외선 영상이 떠올라 있었다. 평양상공에 띄워놓은 탐사기체를 통해 전송되는 실시간 영상이었다. 화면을 죽 돌아본 대한이 기지개를 켜며 중얼거렸다.

"이거 쓸 만하네."

반딧불은 이른바 바이오미믹스라고 불리는 나노기술과 경량에너지흡수기술의 총아로, 불과 2mm짜리 초소형 비행체였다. 기존 NASA가 화성탐사에 사용한 비행체의 크기 3인치나 현재 NSA가 사용하는 스파이 비행체의 1cm에 비하면 엄청나게 발전한 모델이었다. 충전방식 역시 획기적으로 개선되어 태양빛에 의존해 충전하는 NSA모델과 달리 미세한 자기장 속에서도 충전이 가능한 신형이었다. 쉽게 언제 어디서든 충전이 가능해 거의 무제한으로 원하는 정보의 전송이 가능하다는 이야기였다. 다만 크기 때문에 날씨의 영향을 많이 받는 문제와 스캔 범위 및 이동거리, 데이터 전송거리가 비교적 짧다는 것이 단점으로 남아 있었다. 스캔범위는 반경 100m, 데이터 전송거리는 500m가 최대였다. 그가 입맛을 다시며 말끝을 흐렸다.

"쩝… 이거 김일철이 문제될 것 같은데…….."

"7사단 주둔지로 보내볼까?"

아영이 컨트롤 패널 앞으로 다가가며 되물었다. 그는 잠시 화면을 노려본 다음 결정을 내렸다.

"그래야겠다. 수방사 쪽 반딧불을 7사단으로 빼자."

"알았어. 일단 회수해서 이동해야 하니까 10분쯤 걸릴 거야."

"서둘러라. 만약 7사단에 김일철이 합류했으면 일이 커진다. 빨리 손을 써야 된다."

아영이 컨트롤 패널을 조작하는 사이 대한은 위성전화로 원용해를 호출했다. 원용해는 즉시 전화를 받았다. 잔뜩 긴장한 목소리였다.

—원용해요.

"수고하셨습니다."

—잘 안 됐소. 김일철이가 행방불명이야.

"들었습니다. 약 8분 후부터 7사단 주둔지 감시에 들어가겠습니다."

—가능하겠소?

"가능합니다. 일단 군부장악을 서두르십시오."

—알겠소.

원용해는 다소 풀어진 목소리로 대답하고 전화를 끊었다.

김일철은 남포로 이어지는 청년영웅대로를 노려보며 담배를 빼물었다. 새벽 4시 25분 왕복 10차선의 대로는 짙은 어둠 속에 갇혀 있었다. 만경대를 막 지나친 트럭은 비명을 내지르며 속도를 올렸다. 지난 며칠간 집안에 설치된 도청기를 모두 찾아내 한꺼번에 걷어낸 상황이어서 보위부의 미행을 떼어내는 건 크게 어렵지 않았다. 언제나 타고 다니던 자신의 벤츠를 은덕촌 주차장에 놔두고 평상복 차림으로 경비대의 눈을 피해 몸만 빼내는 정도로 간단하게 미행을 따돌릴 수 있었다.

절묘하게 은덕촌을 빠져나온 그는 우선 며칠 전 강변에 숨겨놓은 7사단 경보여단 1개 소대병력과 합류한 다음, 보위부 요원이 새카맣게 깔려 있는 능라도와 주체사상탑을 피해 멀리 우회해 남포의 3군 7사단 주둔지인 강서시 외곽을 향해 신속하게 남하했다. 이제 7사단에 합류해 밤새 부대를 시내로 밀고 들어오기만 하면 쿠데타는 성공이었다. 그가 차분하게 작전계획을 정리하는 사이 운전대를 잡은 김상호가 턱을 한쪽으로 비틀며 말했다.

"이상하지 않습네까?"

"뭐가?"

"아무리 생각해도 어제 오늘 호위총국 간나들이 너무 조용했습네다."

김일철이 무겁게 고개를 끄덕였다.

"기래. 기러고 보니 기런 거 같군. 하디만 미행은 한동안 더 심했디. 내일 위원장동지가 대회장에 나오신다니까 보위부가 신경 쓰는 걸 기야. 무려 1년 반만에 나오시는 기야. 그럴 수도 있어. 잊어버리라우."

은덕촌은 이미 난리가 났지만 7사단을 지휘하기 위해 미리 은덕촌을 빠져나온 두 사람은 현지의 상황을 전혀 모르고 있었다. 그저 시내의 분위기가 심상치 않다는 것만 어렴풋이 느낄 뿐이었다. 김상호가 고개를 끄덕였다.

"알갔습네다. 7사단이 코앞까지 와 있는 건 저것들도 아니까 조심하갔디요."

"그럴 기야. 어쨌든 내일부터는 저 보위부 종간나새끼들 설치는 꼴 더 안 봐도 될 기야. 어서 가자우."

김상호는 몇 마디 더 묻고 싶었지만 그냥 입을 다물었다. 곧 7사단 주둔지이자 3군단 세력권이니 도착한 다음, 사태를 정확하게 파악할 생각이었다. 그러나 상황은 마음대로 흘러가지 않았다. 멀리 산허리로 번쩍이는 경광등이 보인 것이었다. 도로가 차단되어 있다는 의미, 느낌이 좋지 않았다. 그가 속도를 줄이자 김일철이 말했다.

"나도 봤다."

"그냥 돌파할까요?"

"아니다. 아마 7사단을 견제하기 위해서 배치한 평방사 기계화부대일 기야. 아무리 경보부대라도 1개 소대로는 돌파할 가능성이 없다고 봐야디. 내가 여기 있다는 것도 내일 아침까지는 알려지면

안 돼."

"그럼 우회하갔습네다."

"그러자."

김상호는 서둘러 트럭을 도로변으로 빼냈다. 뒤따르던 경보여단 트럭도 재빨리 따라붙었다. 요행히 빠져나갈 구멍은 있었다. 낮은 능선을 끼고 강남시로 빠지는 샛길이 나타난 것이었다. 비좁은 도로라 속도를 내기가 어려웠는데 몇 분 달리기도 전에 불청객이 따라붙었다. 미리 준비하고 있었는지 어느새 전조등 10여 개가 빠르게 접근했다.

"간나새끼들!"

자신도 모르게 욕설을 입에 담은 김상호는 등줄기가 서늘해지는 걸 느꼈다. 상대는 호위총국 보위사령부, 정보를 취급하는 자들이니 이쪽의 쿠데타 계획을 알고 있을 수도 있다는 생각이 떠오른 것이었다. 만일 그렇다면 놈들은 아예 두 사람을 노리고 대기하고 있었다는 뜻, 한가하게 달리기 시합을 할 때가 아니었다. 그가 무전기를 집어들고 말했다.

"양 소좌! 놈들을 막으라우! 무조건 따라오지 못하게 해!"

―네! 동지!

잠시 후 허술한 민가를 끼고 돌자 뒤차가 순간적으로 멀어졌다. 그는 필사적으로 트럭을 가속했다. 여기서 잡히면 온 가족이 숙청 대상, 최소한 3군단에 합류해서 반전의 기회를 만들어야 했다.

순간 폭음이 귓전을 때렸다. 재빨리 고개를 돌렸다. 조금 전에 지나온 민가 근처에서 시뻘건 불길이 솟구쳤다.

"염병!!"

이제 상황은 확실해졌다. 상대는 앞뒤 가리지 않고 공격을 시작했다. 두 사람을 노리고 있다는 이야기, 그나마 배후에 남은 병력이 7사단 최강의 경보여단 병력이니 최소 30분 이상은 시간을 벌어줄 것 같았다. 일단 30분이면 차단지역을 벗어나는데 충분한 시간이었다. 김일철이 이빨을 갈아붙이며 소리쳤다.

"개자식들! 원용해 이 종간나새끼! 내레 절대 기냥 안 두갔어!! 전화 어딨어?"

김상호가 서둘러 휴대전화를 꺼냈다. 전화를 넘겨받은 김일철은 곧장 3군단장 이상철 대장을 호출했다. 보위부의 감청이 걱정됐지만 이미 통신보안을 따질 계제가 아니었다. 이상철은 기다렸다는 듯 곧바로 전화를 받았다.

―부위원장동지!

"기래. 나야. 어디 있나?"

―강서에서 7사단을 점검하고 있습네다.

"잘됐군. 지금 즉시 지원부대를 보내라우. 내레 그리 가고 있어."

―무슨 일이 있습네까?

"호위총국 간나들이 청년대로를 차단했음메! 지금 추격대도 따라붙었어! 내레 3번 도로로 내려가니끼니 그리 보내라우!"

―알갔습네다!

"그리고 군단 전체에 비상을 걸으라우! 내 이 종간나들을 모조리 갈아마셔……. 응? 저… 저거?"

김일철은 이야기를 끝내지 못했다. 그의 시선은 2시 방향에서 비스듬히 날아드는 가느다란 오렌지색 섬광에 가 있었다.

"어…어……."

두 사람이 마지막으로 내뱉은 말은 그냥 '어' 하는 비명이었다. 눈 깜짝할 사이에 날아든 섬광은 순간적으로 트럭 앞 유리창을 박살냈고 다음 순간에는 이미 온 세상이 시뻘건 화염으로 변해 있었다.

콰앙!!

귀청을 찢는 섬뜩한 폭음이 아득하게 느껴졌다.

남산 지하벙커에 자리를 잡은 원용해는 일선부대에서 시시각각 전해지는 소식에 신경을 곤두세웠다. 일단 고위직 국방위원회 위원 전원을 사살하거나 감금했으니 가장 큰 고비는 넘긴 셈이었다. 남은 문제는 용케 은덕촌에서 달아난 김일철, 청년대로를 차단한 평방사의 보고대로라면 놈은 남포로 이어지는 국도에서 저격여단에게 쫓기고 있었다.

처음부터 일이 틀어진 모양새라 하늘을 찌르던 자신감도 조금씩 가라앉고 있었다. 일단 체포나 사살이 최선이지만 자칫 놓칠 경우 3군단에 합류한 김일철에게 새 정부의 상당한 지분을 내주고 타협을 시도해야 할 가능성이 높았다. 물론 권력에 환장한 노인과의 타협이 어려운 일은 아니지만 향후 한동안 강하게 밀어붙여야 할 사회개혁 작업에 상당한 걸림돌이 될 것이 분명했다. 원용해가 미간을 좁힌 채 중얼거렸다.

'귀찮게 됐는데…….'

사실 원용해에게 각급 방송국과 관공서를 장악하는 건 손바닥

뒤집는 것보다 쉬운 일이었다. 애당초 방송국과 관공서에는 보위사령부 요원들이 24시간 상주했기 때문에 병력충원만으로도 방송통제까지 간단하게 끝이었다. 하지만 총과 탱크를 가진 군부는 완전히 달랐다. 아차하는 순간에 모든 것이 뒤집힐 수 있다. 현재까지는 순조롭게 국방위원회와 평양을 장악했지만 싸움은 이제 겨우 시작, 지방에서 거의 봉건영주나 마찬가지로 무소불위의 권력을 휘두르는 지역사령관들이 아직도 건재했다. 이들을 잡음 없이 틀어잡으려면 명분이 우선이었다. 명분을 쥐면 김일철도 어쩔 수 없이 따라오게 될 터였다.

'이게 최우선이갔다……'

아침 방송에 발표할 성명서를 꺼내 내용을 다시 검토하는 사이 위성전화가 걸려왔다. 전화에선 낯익은 목소리가 흘러나왔다.

—접니다.

"새로운 건 아직 없소. 청년대로에서 추격전이 벌어지고 있소. 곧 잡을 기요."

—이제 신경 쓰지 마십시오. 두 사람은 사망했습니다.

원용해가 자리에서 벌떡 일어섰다.

"확실합네까?"

—확실합니다. 그런데… 놈이 3군단장과 통화하는 것을 막지 못했습니다. 7사단이 움직이니 대비하십시오.

"제기랄! 알갔소. 서두르지."

원용해는 급히 전화를 끊고 평방사령관 태형철 차수에게 전화를 걸었다.

—태형철이오.

"문제가 생겼습네다."

—문제?

"금방 김일철이는 사살했는데… 이자가 죽기 직전에 3군단장과 통화를 한 모양입네다. 7사단이 북상합네다."

—젠장! 머리 아프게 됐구만기래.

"일단 김일철이가 죽었으니끼니 대세는 장악했습네다. 리광철 차수와 상의해서 24시간만 평양진입을 막아주시라요. 뒷일은 알아서 처리하겠습메."

—알갔소. 수고하기요.

전화를 끊은 원용해는 서둘러 상황실을 나섰다. 김일철이 죽었다는 사실 하나만으로 자신감은 완전히 회복됐다. 상황은 손 안에 들어왔고 이제 그의 진짜 전공인 심리전을 시작할 시간이었다.

대한은 함교 위에 올라서서 원유처럼 검게 달빛을 반사하는 서해바다의 새카만 수면을 말없이 내려다보았다. 사실 차분하게 가라앉은 밤바다는 생소하고도 멋진 경험이었다. 외부로 흘러나오는 빛을 모두 차단한 치우는 밤과 완전히 동화되어 새카만 수면과 함께 검은 빛을 뿜어냈고 멀리 수평선 너머 해안선은 부옇게 일어나 있었다. 그가 중얼거렸다.

"일단 한 고비는 넘었네."

나란히 난간에 기대선 아영은 대한의 혼잣말을 받지 않았다. 대한이 다시 물었다.

"김일철이는 확실히 죽은 거지?"

"응. 금방 탐사기 사진으로 다시 확인됐어. 대공미사일을 유도한 거야. 생존자는 없어."

"7사단은?"

"3번국도상에서 저격여단하고 대치중이야."

"일단 상황을 정확히 모르니 바로 총질은 못하겠지. 이제 며칠이 관건이겠네."

대한은 한쪽 손으로 벌건 눈을 부비면서 기지개를 켰다. 이틀밤을 꼬박 샌 마당이니 피곤하지 않다면 거짓말이었다. 아영이 슬쩍 뒤로 돌아가 그의 어깨를 주무르며 말했다.

"그럴 거야. 오빠 내려가서 쉬어. 사태진전이 있으면 깨울게."

"그래. 일단 내려가자. 좀 쉬었다가 아침에 조선중앙TV인가? 그 거까지 보고 철수하자."

통제실로 내려온 대한은 조종석 시트를 완전히 눕히고 눈을 붙였다. 원용해의 발표가 있을 아침 8시까지는 새로운 진전이 없을 거라는 판단이었다.

'오늘 새벽 4시 경 김정일 국방위원장이 피격되셨습네다' 라는 말로 시작된 조선중앙TV의 뉴스는 현대사회에서 언론이 얼마나 중요한 역할을 하는지를 적나라하게 보여주고 있었다. 오형무 대외연락국장이 직접 읽어내린 장문의 발표는 군사위원회의 일부 사악한 반역도당들이 김정일 국방위원장의 암살을 주도했으며 김정일은 현재 모처에서 어려운 수술을 받고 있으나 중태라는 이야기,

그리고 조명록, 김영남, 김일철 등 군사위원회와 군부의 고위장성 20여 명과 그 가족들이 전원 체포되었다는 이야기로 끝을 맺었다. 물론 김정일 위원장이 병상에서 일어설 때까지 양형섭, 리철봉, 태형철, 오형무 등 현역장성 7명이 집단지도체제로 국방위원회를 이끌 것이라는 내용도 포함되어 있었다.

"절묘하게 끌어다 넣는군."

발표를 보고 난 대한의 첫 번째 감상이었다. 사건의 1보로는 나름대로 깔끔했다. 저녁 무렵이나 내일 아침쯤 새 집권층의 구상이 구체화되겠지만 당장은 꼭 필요한 만큼만 정보를 공개하면서 자신이 대세를 장악했음을 대외에 공포한 셈이었다. 3군단 사령관 이상철의 이름이 거론되지 않은 것도 인상적인 행보였다. 이상철에게 슬쩍 퇴로를 열어주고 반응을 기다리는 모양새였다. 아영이 말했다.

"이상철이 반기만 들지 않으면 오빠가 손대지 않아도 잘 끌고 갈 것 같아."

"아직 몰라. 이상철이 세를 모으기 시작하면 시끄러워질 거야. 확실히 무력화 시켜야 할 것 같다. 그건 그렇고 중국 상황은 어때?"

"최양익, 박성렬 두 사람이 너무 심하게 들이댄 거 같아. 6개 도시의 통신은 완전히 두절된 상황이고 전력공급도 상당히 불안정해서 도시기능 파괴가 예상보다 심각해졌어. 중국계 통신회사들을 너무 적극적으로 공격해서 피해범위가 예상보다 10%이상 확대된 셈이야. 중국계 통신회사들은 당분간 회복이 불가능할 것 같아."

"일이 커졌네."

"응. 그리고 새벽 3시 기준으로 군사위성들만 기능을 정지시켰는데 엉뚱하게 두 사람이 베이징 통신기지에 투입한 에일리언 바이러스가 주취안, 시창, 타이위안, 원창 4대 우주센터 전체로 전이되는 통에 상업위성들에도 문제가 생겼어. 시스템 복원에 최소한 72시간은 걸릴 거야. 따라서 현재 6개 도시에서 무슨 일이 일어나는지를 알려면 직접 들어가거나 위성사진으로 확인하는 수밖에 없어."

"쩝… 우리 경제에 미칠 영향이 걱정은 된다만… 그 정도면 중국은 당분간 젖혀놓아도 되겠네. 그럼 남포 3군단하고 7사단에다 EMP 한 방씩 날려주고 바로 철수하자. 진짜 문제는 한국에 있어."

"MEMP-1, 2 한 발씩으로 할게. 전차들도 기동을 한 시간이니까 지금이 최선일 거야."

고개를 끄덕인 그는 아영이 발사를 준비하는 동안 원용해에게 전화를 걸었다. 다소 흥분한 목소리가 흘러나왔다.

―원용해요.

"수고하셨습니다. 이번 주 안으로 말씀드렸던 본격적인 식량지원이 시작될 겁니다. 투자유치 발표 시기는 사령관의 판단에 맡기겠습니다."

―알겠소.

"그리고 잠시 후 09시 정각에 3군단 사령부와 7사단 주둔지에 자기폭풍이 일어날 겁니다. 야포와 소총을 제외한 대부분의 장비가 사용불능이 됩니다. 진압여부는 사령관께서 판단하십시오."

원용해는 몇 초 짧게 침묵을 지켰다. 어쩌면 이쪽의 능력에 불안감을 느끼지 않았을까 싶을 정도의 음울한 침묵이었다. 그가 슬쩍 헛기침을 하자 원용해가 차분하게 말을 이었다.

—여러 가지로 도움을 많이 받는군기래. 역시 우리 편이 힘이 세다는 건 기분 좋은 일이야. 깨끗하게 처리하디.

"위원장님의 신병문제는 언제쯤 발표하시겠습니까?"

—최대한 늦추면서 시간을 벌어야디. 열흘 정도로 생각하고 있음메.

"그렇게 알고 있겠습니다. 변동사항이 있으면 연락 주십시오. 전이만 철수하겠습니다. 중국은 물론이고 남한, 미국과 적대하지 않겠다는 발표도 서두르셔야 합니다."

—알고 있소. 또 연락합세.

"예. 이만."

그가 전화를 끊자 아영이 말했다.

"현재시간 08시 54분 발사준비 완료. 비행시간을 고려하면 지금 발사해야 돼."

"쏴라."

대한은 기지개를 켜면서 심드렁하게 발사를 명령했다. 성질 같아선 직접 상륙해서 깨끗하게 정리해버리고 싶었지만 북한의 싸움에 더 이상 개입하는 건 멍청한 짓이었다. 오랜 세월 주체사상에 젖어 있는 북한 사람들에게 남한의 성급한 개입은 엉뚱한 부작용을 만들어낼 수도 있었다. 사실 이 정도만 해도 아주 순조로운 출발이었다. 아영이 컨트롤 패널로 돌아앉으며 나직이 복창했다.

"발사!"

하얀 연기를 끌고 솟구치는 오렌지색 섬광이 개방된 함교 윈드쉴드를 대각선으로 가로질렀다.

빛과 그림자

　살얼음판처럼 위태로운 시간이 차곡차곡 흘렀다. 첫날 하루는 중국 전역의 갑작스런 통신 중단과 정전사태로 매스컴이 시끄러웠고 다음날은 북한의 쿠데타 실패 소식이 정계를 들었다 놓아버렸다. 특히 중국의 상황은 예상보다 심각했다. 통신두절로 인해 구체적인 상황은 보도되지 못했지만 대도시 6개의 혼란은 당장 폭동이 일어나도 어색하지 않을 만큼 극단으로 치닫고 있었다.

　더 섬뜩한 건 청와대의 반응이었다. 북한에 급변사태가 발생했으며 진입작전 중 수백 명이 체포되거나 사살되는 등 평양 일원에서 극단적인 혼란이 벌어졌다고 전제하면서 북한에 거주하는 우리 국민의 안전 확보를 위해 군대를 파견할 수도 있다는 논조의 성명을 내놓은 것이었다.

　당일 아침에 방송을 탄 원용해의 적극적인 대남 화해 제스처는 완전히 배제한 일방적인 성명이었다. 원용해는 중앙TV 발표를 통해 '김정일 위원장의 뜻이라는 걸 강조하면서 향후 남조선을 적대시하지 않을 것이며 단계적인 군축과 대대적인 대북 투자 유치를 위해 장관급 당국자의 만남을 제안' 했지만 청와대는 거론조차 하지 않았다. 물론 며칠만 지나면 모두 들통이 날 얄팍한 짓, 그러나 그 며칠 이내에 북진을 단행한다는 생각이라면 정보차단은 충분히 시도해볼 만한 작전이었다. 대한의 분노가 폭발한 것도 당연했다.

"네미럴! 진짜 앞뒤 없는 양반이네. 이거 지금 해보자는 거지?"

"미국이 먼저 중국을 자극한데다 중국 내정도 워낙 혼란스러우니까 진짜 기회라고 생각할 수 있어."

아영의 눈치 없는 대답에 대한이 이를 갈며 말했다.

"모든 인터넷 포털에 조선중앙TV 뉴스 동영상 올려버려라. 지금."

"응. 10분만 줘."

아영이 재빨리 자신의 방으로 돌아가자 그는 곧장 인터폰으로 비서실을 호출해 SBC 사장실 연결을 명령했다. 최근 태연건설 인수가 확정되면서 SBC 사장과 따로 만남을 가졌고 요즘은 거의 매일 전화로 보고를 하는 정도로 가까워져 있었다. 임기보장을 약속한 만큼 그에게는 남다른 친밀감을 내보이고 있었다. 연결은 금방이었다.

—서훈성입니다. 회장님.

"안녕하세요. 사장님."

—급한 일이십니까?

"그렇습니다."

―말씀하십시오.

"청와대가 위험한 도박을 생각하고 있는 것 같습니다. 8시 뉴스에 조선중앙TV 영상을 내보내주세요. 영상은 즉시 전송하겠습니다."

―위험한 도박이라면… 어제 말씀하신 북진 말입니까?

"예. 아무래도 그런 것 같습니다. 내일이면 보수신문들이 당장 찬성표를 던질 겁니다. 미리 북한의 상황을 알리고 여론몰이를 차단하는 게 최선 같아서요. 영상을 보시면 알겠지만 북한지도부는 남측에 손을 내밀고 있습니다."

―영상의 진위검증에 시간이 걸려서 당장 뉴스에 내보내는 건 무리가 있긴 한데… 회장님이 직접 입수한 영상입니까?

"그렇습니다. 북한지도부가 직접 미래그룹으로 접촉도 해왔고요."

―알겠습니다. 그럼 긍정적으로 검토하겠습니다. 영상을 보고 다시 연락드리죠.

"부탁합니다."

전화를 끊은 대한은 다시 최문식에게 전화를 넣었다. 대통령의 의도를 확실하게 파악할 생각, 최문식의 반응도 비슷했다.

―김 회장도 그런 것 같지?

"그렇습니다. 구체적인 명령이 내려온 건 없습니까?"

―데프콘 스리가 국방부의 공식적인 반응일세. 내일은 투로 올라갈 거야.

"환장하겠군요."

—아무리 그래도 며칠은 시간을 벌 수 있네. 전쟁도 준비할 시간이 필요한 거니까. 나는 나대로 안 된다고 버틸 테니까 자네도 방법을 찾아보게. 만일 대통령이 기자회견이라도 해서 선전포고를 해버리면 대책이 없어.

"알고 있습니다. 서두르죠."

전화를 끊은 대한은 다시 버튼을 눌렀다. 백악관 직통회선, 오배넌이라면 확실한 압력이 될 터였다.

이한우는 짜증스럽게 전화를 끊었다.

'개자식들!'

미국 대사의 전화였다. 엊그제까지만 해도 적극적인 지원을 약속했던 놈들이 이젠 대놓고 딴죽을 걸었다. 이유는 하나일 터였다.

'김대한 이놈!!'

어제 오후 공표된 청와대 성명 이후, 급전직하 곤두박질치던 주가는 오늘 개장과 동시에 폭등을 시작해서 끝없이 상승하고 있었다. 지난 6개월간 지켜오던 심리적 저지선 8,000포인트까지 단숨에 뛰어넘어 줄기차게 상승을 계속했다. 북한 쿠데타 실패와 김정일의 피격, 임시 지도부의 대남 화해 제스처가 해외투자가들의 기대심리를 자극했고 미래그룹의 대북 식량지원 발표가 이어지면서 주가는 천정부지로 뛰어다녔다. 원화도 꾸준히 이어오던 강세기조를 유지해서 1유로 당 950원, 달러 당 650원 선에서 조금씩 더 떨어지고 있었다.

일견 나쁠 것은 없는 상황, 그러나 문제는 이틀 전, 지인 몇 사람에게 북진에 관련된 정보를 흘렸다는 것이었다. 이틀간 무차별 매도에 나섰던 이들의 피해는 상상을 초월했고 그 영향은 고스란히 그의 지지 세력약화를 초래했다. 피해복구를 위해서라도 일을 밀어붙여야 했지만 지금으로선 요원한 이야기였다.

'답은 미래그룹을 두들겨 잡는 건데…….'

사실 미래그룹을 힘으로 누르는 건 한계가 있다. 다는 아닐지 몰라도 현재의 국가적 호황이 미래그룹으로부터 시작된 것이라는 데 이의를 달 사람은 없었다. 미래소재가 연일 내놓는 천재적인 신기술들을 모두 차치하더라도 정부의 현재 외환보유고 6,000억 달러와 맞먹는 엄청난 외화를 보유한 미래그룹을 건드리는 건 당장 섶을 지고 불속에 뛰어드는 것이나 마찬가지였다. 더구나 무슨 놈의 회사가 부채도 거의 없었다. 한마디로 꽉 막힌 절벽이었다.

민간기업 역시 폭발적인 수출증가로 인해 산업 전반이 기록적인 활황을 누리는 상황, 그런데 우습게도 정부의 입장은 완전히 달랐다. 지난 4년간 국가의 경제규모는 눈덩이처럼 커졌지만 정부가 가진 운신의 폭은 거꾸로 줄어들었다. 하루가 다르게 기업들의 규모가 커지고 변화의 속도가 빨라지다보니 정부가 가진 낡은 시스템으로는 기업들에 대한 통제가 불가능해진 것이었다. 이러다가는 미래그룹의 업적에 묻어가는 무능한 대통령의 이미지가 완전히 굳어질 판이었다.

거기다 최근엔 군대까지 대통령의 명령을 우습게 여기고 있었다. 엄청난 외화를 끌어들이는 미래그룹의 세금을 모조리 군납으로 처리해준 것이 만고의 패착, 명령을 받으면 바로 실행에 들어가는 것이 아니라 사전에 미래그룹과 상의를 하는 우스꽝스런 행태가 연일 벌어지고 있다. 이래서는 북진을 명령해도 군대가 움직이지 않을 것 같았다. 결국 남은 방법은 매스컴과 각종 국방 포럼들을 움직여 여론을 몰아가는 것, 그나마도 쉽지는 않겠지만 이제까지 북한이 해온 행태를 생각하면 속지 말라는 경고가 제대로 먹혀들 수도 있었다.

'매스컴이라……'

마음을 결정한 그가 인터폰에 손을 가져가는 순간 노크 소리가 들렸다.

"들어와."

비서관이었다.

"무슨 일인가?"

"진평 중국 대사가 찾아왔습니다. 각하."

"아! 벌써 시간이 그렇게 됐나?"

"그렇습니다. 회의실로 나가시겠습니까?"

무슨 이야기를 꺼낼지는 뻔했지만 본국의 훈령을 전한다고 했으니 나가보긴 해야 했다.

"그러지. 가세."

인도에서 한국 대사로 전보된 것을 좌천이라고 여기는 전형적인 한족 진평은 고압적인 태도로 인해 툭하면 주변의 빈축을 사는, 외교관으로 전혀 어울리지 않는 사람이었다. 두툼한 살집을 가졌지만 다소 신경질적인 인상, 아니나 다를까 오늘도 불만스런 표정을 감추지 않고 있었다. 이한우가 건너편에 자리를 잡으며 말했다.

"반갑소. 대사."

"시간 내주셔서 감사합니다."

"그래 무슨 일이시오. 굳이 나를 만나야 할 이유가 있는 겁니까?"

"본국의 상황이 여의치 못해서 텐진의 외국계 통신사를 통해 어렵게 훈령을 받았습니다."

"이야기하시오."

"어제 대통령께서 발표하신 성명서 때문입니다. 이는 명백한 북조선에 대한 내정간섭이며 만일 한국군이 북조선에서 군사작전을 감행할 경우 중국정부는 이를 침략으로 간주할 것입니다. 한국군이 북침을 감행할 경우 중국은 북조선과의 방위조약에 의거해 자동적으로 참전한다는 중국정부의 공식적인 의사를 전하러 왔습니다."

당연한 반응이자 충분히 예견됐던 이야기, 시기가 좀 빨랐을 뿐이었다. 이한우가 말했다.

"북한과 한국은 원래 한 나라요. 내정간섭은 사양하겠소."

"억지 논리는 그만두십시오. 북조선도 엄연히 국제사회가 인정한 독립국입니다. 내정이 혼란한 틈을 타 타국을 공격하는 건 분명한 침략이라는 걸 분명히 해둡니다. 이상이 중국정부가 대한민국 정부에 전하는 공식적인 메시지입니다. 토시까지 정확하게 모두 전했으니 전 이만 돌아가겠습니다."

이한우는 자리를 박차고 일어서는 진평을 잡지 않았다. 중국의 반응은 당연했고 어차피 대화가 이어지기도 어려운 분위기였다. 진평이 사라지고 나자 비서관이 재빨리 다가왔다.

"각하. 잠시 TV를 보셔야 할 것 같습니다."

"TV?"

비서관이 재빨리 TV를 켜자 꿈에라도 보기 싫은 얼굴이 고개를 내밀었다. 김대한. 짙게 화장을 한 여자 리포터가 미래그룹 기자회견장과 김대한의 사진을 배경화면으로 놓고 목소리를 높이고 있었다.

—올해 안에 20만 톤의 대북식량지원을 약속한 미래그룹이 다시 3,000만 유로 상당의 대북 투자를 결정했습니다. 또한 구체적인 투자협상을 위해 김대한 회장이 직접 이달 14일 평양을 방문하겠다고 밝혔으며 평양의 고위 당국자에게서 긍정적인 회답이 온 것으로 알려져 있습니다. 이는 북한의 정변으로 인한 정세변화에 대응한 발빠른 조치로 평가되며 국내외에서 긍정적인 반응을 이끌어 내고 있습니다. 특히 미국정부는 이번 조치에 대한 이례적인 공식 코멘트를 통해 남북한 관계의 획기적인 발전으로 평가……

"젠장!"

자신도 모르게 욕설을 입에 담은 이한우는 비서실장의 손에서 리모콘을 잡아채 TV를 꺼버리고는 테이블 위에다 강하게 집어던졌다. 테이블에서 튕겨 오른 리모콘은 문까지 날아가 배터리들을 토해냈다.

"미래그룹이 대북투자 발표를 한 시간이 얼마나 됐지?"

"3시 경이니까 1시간쯤 전입니다."

"그런데 미국정부에서 벌써 공식 코멘트가 나왔다고?"

"……."

이한우는 말을 삼킨 비서관을 날카롭게 노려보았다. 김대한이 대북투자 발표를 한 지 겨우 1시간 만에 미국정부가 코멘트를 내놨다? 시간적으로 말이 안 되는 이야기, 결론은 짜고 치는 고스톱이라는 뜻이었다. 미국은 완전히 돌아섰다. 결국 남은 카드는 하나. 그가 차갑게 말했다.

"나카토미 상 아직 서울에 있나?"

"예. 각하."

"불러들여. 즉시."

"예. 각하."

같은 시간, 기자회견과 그룹 사장단 연석회의까지 일사천리로 마친 대한은 유태현 조손을 데리고 숙소로 올라왔다. 평양행을 결행하기 전에 유태현과 몇 가지 마지막 정리를 하고 싶었던 것이었다. 거실에 자리를 잡고 아영과 유민서가 차를 가져다 놓자 유태현이 먼저 입을 열었다.

"청와대가 다급해진 모양이야. 드나드는 사람이 많더군."

"총력전이겠죠. 힘을 쓸 수 있을 만한 인맥은 모두 동원할 겁니다."

"그렇겠지. 그래도 우리 쪽에 직접적인 공세를 펴지 않아서 다행이야."

"여론을 생각하지 않을 수 없으니까요. 지금 우릴 공격하는 건 정치적 자살행위라고 생각할 겁니다."

유태현이 고개를 가로저으며 혀를 찼다.

"쯧쯧…. 그 친구 왜 그리 고집불통인지… 더 무리하지만 않았으면 좋겠는데 말이야."

"아마 필사적일 겁니다. 대선에서 지는 건 이미 기정사실이고 요 며칠 재정적으로도 너무 심하게 타격을 입었으니까요. 국정원까지 동원했더군요."

"그런가? 그럼 당분간은 몸을 사려야겠군. 어쨌거나 14일날 평양에 가겠다고?"

"예. 치우를 남포에 입항시킬 생각입니다."

"오호. 그럼 이번엔 나도 치우를 타보는 겐가?"

"그러셔야죠. 어르신하고 아영이, 민서는 저하고 같이 치우로 가시고 다른 분들은 특별기를 이용하게 할 생각입니다."

대한은 방북인원을 무려 90명으로 결정했다. 처음 상견례에 너무 많은 인원을 대동하는 느낌이 없지 않지만 원용해에게 힘을 실어주는 것과 동시에 이한우를 견제하는, 두 가지 의미가 담긴 무력시위였다. 물론 평양 도착과 동시에 현지 인프라 개선작업을 비롯한 구체적인 투자계획이 전달되면 쌍방간에 합의해야 할 일은 태산이었다. 얼핏 평양이라는 대도시 근처에 공장건설을 하는데 인프라가 무슨 문제냐고 생각할 수 있지만 문제는 전력품질 같은 작은 부분에서부터 수도 없이 발생한다. 현지의 불안정한 전력품질부터 개선하지 않으면 손바닥만한 작은 공장도 돌릴 수 없는 것이 현실이었다. 그가 다시 말했다.

"이성그룹이 가전파트 인력을 합류시키기로 했고 한대그룹은 경차 조립공장 건설 팀 인력을 파견하기로 했습니다. 우리 쪽에선 태양광 발전설비와 인프라 건설 쪽을 위주로 협상팀을 편성하는 편이 좋을 것 같습니다."

"숫자가 많겠구먼."

"그런 셈입니다. 참. 어르신께선 산업은행에 참여를 권해주십쇼."

"산업은행?"

"예. 현지에 제대로 된 은행이 필요합니다. 아직 인수 작업이 깔끔하게 끝나지는 않았지만 어차피 합류해야 할 은행이니까 먼저 참여를 검토하는 것도 나쁘지 않을 겁니다. 아시다시피 현지 화폐 유통구조가 워낙 불안정해서 본격적인 정리가 필요합니다. 북한 중앙은행과 합작은행을 검토시킬 생각입니다."

유태현은 무겁게 고개를 끄덕였다.

"하긴 손대야 할 곳이 한두 군데가 아니겠지."

"예상은 하셨겠지만 최소 2~3년은 자금을 쏟아부어야 중국의 영향력에서 벗어날 수 있을 겁니다. 어르신께서 대정부 로비도 맡아주셔야 되니까 당분간은 고생을 각오하십쇼. 후후."

"어허. 다 늙은 이 가느다란 뼈다귀를 몽땅 갈아낼 셈인가?"

"그럴 리가요. 아직 50으로도 안 보이십니다. 30년은 더 부려먹을 생각인데요? 후후후."

짐짓 엄살을 떠는 유태현을 마주보며 환하게 웃은 대한은 슬그머니 배를 쓰다듬었다.

"점심을 굶었더니 배가 고프네요. 모두들 식사하러 가죠. 이 녀석도 그렇고 약혼녀도 음식솜씨가 영 부실하니 가까운 식당으로 가야겠지만요. 후후."

대한은 양쪽에 붙어 앉은 유민서와 아영의 어깨를 감싸 안으며

자리에서 일어났다. 조금은 홀가분해진 기분, 일단 방북이 이루어
지고 본격적인 투자협상이 시작되면 대통령의 북진론은 완전히 바
람 빠진 풍선이 될 터, 돌발상황 틀어막으면서 10여 일만 버티면
그만이었다. 이제 남은 문제는 북쪽에 있었다.

　게이트를 나선 나카토미는 미로 같은 에스컬레이터를 몇 번 오
르내린 다음 보안검색대를 통과해 다시 보세구역으로 들어섰다.
보세 상점들이 늘어선 짧은 광장을 빠르게 걸었다. 숨이 턱 막힐
정도로 눅눅한 공기, 하지만 걸음을 늦추지는 않았다. 모든 사람들
이 쫓기는 것처럼 바쁘게 움직이는 일본에서는 느긋하게 걷는 것
이 오히려 더 눈에 띈다. 어수선한 상가들을 빠르게 지나쳐 그림엽
서들이 잔뜩 꽂힌 잡화 매대에서 걸음을 멈췄다.

　어제 날짜 요미우리신문을 펴들었다. 신문 1면은 대문짝만한 김
정일 위원장의 사진과 사망관련 기사로 도배가 되어 있었다. 북한
의 새로운 후계구도에 대한 턱없는 예측기사들이 난무한 건 당연
했다.

　기사에 눈길을 준 채 잠시 시간을 보내자 반대쪽 보안검색대에
서 평범한 관광객 차림의 중년사내가 오늘 날짜 요미우리신문을
왼손에 말아 쥔 채 느릿하게 걸어나왔다. 검은색 뿔테 안경이 자연
스럽게 어울리는 학자풍의 남자였다. 다가선 사내가 유창한 영어
로 말했다.

　"날씨가 어둡군요."

　"날만 어두운 게 아닙니다. 창가도 어둡죠."

나직하게 중얼거린 나카토미가 슬쩍 손을 내밀었다. 손안에는 손톱만한 USB가 쥐어져 있었다.

"말로만 듣던 마법사를 드디어 만나는군요."

악수를 하면서 자연스럽게 USB를 받아든 사내가 말했다.

"연결편을 타야 합니다. 시간 없소. 목표는?"

"평양. 사진과 관련정보는 USB에 있소. 제거하지 못해도 좋소. 신문지상에 떠들썩하도록 시끄럽기만 하면 되는 일이오."

마법사의 미간에 깊게 골이 패었다. 불쾌하다는 의미.

"20년 비선을 오픈하면서 시도하는 일이오. 실수는 없소. 비용은?"

"5억 엔. 마카오 BDA 계좌번호와 비밀번호가 별도 파일에 들어 있소. 나머지 반은 일이 끝난 뒤 같은 계좌로 송금될 거요."

사내는 고개만 끄덕해 보이고는 바로 돌아섰다. 나카토미는 사내의 뒷모습을 힐끗 쳐다보고는 온 길을 되짚어 걸었다. 얼굴 윤곽은 모두 기억했지만 소용없을 터였다. 상대는 이 바닥의 전설, 마법사였다.

남포에서 평양으로 이어지는 10차선 청년대로는 오가는 차량이 전혀 보이지 않을 정도로 한산했다. 대한과 유태현이 탄 의전차량과 에스코트 차량 2대, 뒤따르는 몇 대의 차량과 군용트럭을 제외하면 아예 차량의 흔적이 보이지 않았다. 강서시 인근 일부 도로에는 여기저기 불탄 흔적이 남아 있었고 포격에 허물어진 건물도 간간이 보였다. 3군단장 이상철을 체포하기 위한 7사단과 평방사의 짧은 교전이 만든 흔적일 터였다.

　평양 초입부터는 한국의 80년대를 연상케 하는 묵직한 규모의 건물과 도로들이 줄줄이 이어졌다. 그러나 시간은 정확히 1970년대에서 멈춰 있었다. 따지고 보면 70년대에 이만한 발전을 이루어 놓았다는 건 당시의 남한정부에겐 무시무시한 일이었을 터였다. 구소련의 붕괴와 미국의 무역압박이 이어지면서 이젠 경제라고 이야기할 만한 것도 없이 완전히 무너져버렸으나 30년 전의 눈으로 보면 막연하나마 상당한 힘이 느껴졌다.

　두 번째 찾는 평양, 의전차량은 대동강이 눈에 들어오기가 무섭게 곧장 양각도 호텔로 직행했다.

　'환영. 미래그룹 방문단의 방북'이라고 쓰인 현수막이 내걸린 호텔 로비에는 오형무가 미래그룹 기획실장 박용호와 함께 그를 기다리고 있었다. 오형무는 처음 보았을 때보다 많이 수척해진 모습이었다.

　"어서 오기요. 김 회장."

　"안녕하십니까. 사령관님. 아니지. 이제 국방위원님이시지요?"

　전 대외연락국장 오형무는 며칠 사이에 국방위원회 위원으로 승차해 있었다. 원용해와 양형섭이 제1, 제2부위원장이고 나머지 5인은 특별위원, 김정일의 장례식도 끝나지 않은 마당이라 위원장 자리는 공석으로 남겨둔 상태였다. 일단 외견상 연장자인 제1부위원장 양형섭이 공식석상의 좌장, 그러나 실질적인 권력은 쿠데타를 주도한 원용해와 오형무에게 모두 집중된 양상이었다. 리철봉, 태형철 등 군부를 장악한 고위 장성들과 얽힌 세력균형은 상당히 복잡했지만 군부 일각과 정보, 자금, 명분까지 확보한 원용해와 오형무가 압도적 우위에 있는 것만은 분명한 사실이었다. 오형무가 흐릿하게 웃었다.

"내레 이렇게 힘들 줄 알았으면 혁명 같은 거 안 했을 기요. 후후."

"나라의 기틀을 잡으시려면 어쩔 수 없겠죠. 한동안은 고생하셔야 할 것 같네요."

마주 웃은 대한이 목례를 하는 박용호와 악수를 하며 말했다.

"실무 협의는 잘 되어 갑니까?"

박용호는 90여 명의 실무진을 데리고 이틀 먼저 입국해서 사전 협상을 진행하고 있었다.

"예. 다른 건 큰 문제가 없는데 은행 쪽 합의에 시간이 걸릴 것 같습니다."

대한은 그럴 줄 알았다는 듯 고개를 끄덕여 긍정을 표했다. 북한의 화폐구성이 애매했기 때문이었다.

북한정부의 공식 환율은 달러 당 150원이지만 실제 암시장에서는 달러 당 4,100원이 넘는 높은 환율로 거래되고 있었다. 위안화 역시 크게 다르지 않아서 실제 거래되는 환율과 고시 환율은 엄청난 차이를 보였다. 시장에서도 조선은행권은 휴지조각 취급이었고 생필품을 구입하기 위해서는 대부분 외화를 직접 사용해야 했다. 결국 외화가 있어야 물건을 살 수 있다는 뜻, 배급이 기본인 북한 사회에서 돈의 의미는 남쪽과 많이 다르지만 최소한의 생필품 구매에 월 50달러는 있어야 평양 등의 도시생활이 가능했다.

그러다 보니 정부는 고육지책으로 은행에서 외화를 환전한 경우 별도의 돈표를 발행해 사용하는 우스꽝스런 상황을 만들어냈다. 그러나 돈표는 달러 당 140원으로 환전한 고급 돈이고 일반 조선은행권은 저급 화폐가 되는 극단적인 화폐 왜곡이 일어나고 있었다.

문제는 엉뚱한 곳에서 터졌다. 한국 돈과 조선은행권의 환율이었다. 조선중앙은행 측은 고시환율을 그대로 적용해서 조선은행권 10원에 한화 50원을 고집했고 산업은행 협상팀은 시장 환율대로 한화 10원 당 조선은행권 55원을 주장했다. 물론 돈표로 간단하게 해결하는 방법도 있지만 장기적으로 조선은행권과 한국은행권을 동시에 사용할 수 있는 여건을 만들어보라는 대한의 지시를 받은 협상팀은 줄기차게 조선은행권의 활성화에 포커스를 맞추고 있었다. 따지고 보면 언제 어디서든 자존심을 최우선으로 하는 북한 당국자의 입장을 헤아리지 못한 꼴이었다.

'실정을 알아도 웬만해서는 남한 돈보다 북한 돈의 가치가 낮다는 걸 인정하기 어렵겠지. 하루아침에 환율 시스템을 모조리 바꿔버릴 수도 없는 노릇이고. 차라리 한국돈을 그냥 쓰게 만들어?'

일단 원화와 돈표를 같이 사용하다가 한국시장으로 편입되는 과정을 거치는 쪽도 나쁘지 않을 것 같았다. 물론 당분간 독립적인 나라로 운영한다는 큰 그림과는 차이가 나지만 초기엔 부작용을 줄여나가는 것이 더 중요했다. 재빨리 마음을 결정한 그가 엘리베이터를 향해 걸으면서 박용호를 돌아보며 말했다.

"어려우면 그냥 돈표로 진행하라고 하세요. 시간 끌어서 좋을 일 없습니다."

박용호의 표정이 조금 밝아졌다.

"네. 회장님."

VIP룸으로 올라온 대한 일행은 뜻밖의 손님을 맞았다. 원용해가 직접 그를 찾아온 것이었다. 계획상 내일 오전에 국방위원회 별실로 명칭이 바뀐 남산동의 김정일 집무실에서 만나기로 했는데 먼저 비공식적으로 찾아온 것이었다.

대한은 유태현 등 나머지 일행을 VIP룸에 남겨두고 원용해와 단둘이 자리를 만들었다. 간단한 다과를 앞에 두고 자리를 잡자마자 대한이 먼저 입을 열었다.

"부위원장께서도 지쳐 보이십니다. 건강도 좀 챙기십시오."

원용해 역시 수척해 보였던 것, 원용해가 치열을 모두 내보였다.

"그래야디. 나보다 더 바쁜 김 회장은 멀쩡해 보여서 좀 질투가 나는군기래. 젊음은 역시 좋은 기야. 후후."

"전 기업만 신경 쓰면 됩니다. 나라를 경영하시는 입장하고는 많이 다르죠."

"이 사람아. 곧 남조선 대통령이 될 양반이 김 회장 사람이라는 건 알 사람은 다 알아. 겸손은 그만 떠시게."

"정치는 정치인의 몫입니다. 그분이 가실 길과 저와는 다르죠. 물론 부위원장님과도 다릅니다."

대한이 정색을 하자 원용해가 졌다는 표정으로 손사래를 쳤다.

"알겠네. 알겠어. 그만하디. 내레 급한 일 이야기를 좀 하러 왔어."

"일이요?"

"기래. 솔직히 예상을 완전히 뛰어넘는 엄청난 투자규모가 반갑기는 한데… 실무자들이 난색을 표명하는 것들이 많아서 말이야."

"은행 때문입니까?"

"그건 아니야. 그건 김 회장이 조금 전에 해결해줬다고 들었어."

"그럼……."

"철도 문제일세. 미래투자개발에서는 남포와 개성 일대의 토지 무료임대 건 이외에도 시베리아철도와 연결해서 부산까지 들어가는 시베리아철도 연장선 공사권을 원하더군기래."

"그렇게 알고 있습니다."

"기런데 기건 상징적인 의미가 있어서 우리로선 그냥 넘겨주긴 어려워. 토지수용을 우리가 책임지고 대신 회사지분을 일부 나눴으면 싶더군."

대한은 시원스럽게 고개를 끄덕였다.

"그렇게 하시죠. 협상팀에 지시해두겠습니다."

"고맙네. 그럴 줄 알았디."

"별 말씀을요. 또 있습니까?"

"다른 건 다 자잘한 사안이야. 내레 굳이 찾아온 이유는 따로 있네."

"말씀하십시오."

원용해는 다소 경직된 표정으로 인민복 상의 맨 위 단추를 풀었다.

"중국 때문일세. 통신은 아직 엉망이래도 전력공급이 안정되면서 어느 정도 수습이 됐다고 판단했는지 사방에서 압력이 들어오기 시작했어. 북조선에 중국이 가진 지분이 얼마나 많은지는 김 회장도 잘 알 기야."

"알고 있습니다."

"게다가 김정일 위원장 장례식에 이례적으로 원자바오 총리가 직접 날아온다더군. 군사적 개입은 시점을 놓쳤디만 북조선에 대한 영향력은 잃디 않겠다는 의도로 보이네."

"그렇겠지요."

"솔직히 우리 북조선은 아직 중국의 지원 없이 홀로서기가 어려운 실정일세. 연료문제도 그렇고 생필품 수급도 거의 불가능하네. 어떤 요구가 있을디 모르디만 수용이 쉽디 않을 기야. 중국 대사가 전한 전통문엔 미래그룹과 관련된 직접적인 요구가 있을 거라는 이야기도 나왔네. 기분이 별로 좋지 않아."

걱정스런 목소리, 그러나 대한의 반응은 당연하다였다.

"준다는 것 다 받으시고 요구도 웬만하면 수용하십쇼. 지금은 안정이 최우선입니다."

예상외의 반응에 원용해의 표정이 기묘하게 변했다. 대한의 의도를 정확하게 알 수는 없지만 기본은 장사꾼이다. 장사꾼이 이득 없이 자신의 기득권을 내준다는 건 말이 되지 않는 소리였다. 원용해가 혼잣말하듯 중얼거렸다.

"김 회장의 의도를 어떻게 받아들여야 할디 모르겠군기래."

대한은 그냥 씩 웃었다.

"후후. 아주 좋게 말하면 사심 없이 동족을 돕는 것이고 나쁘게 말하면 키워서 잡아먹겠다는 뜻입니다. 제 의도에 대해 너무 깊이 생각하실 필요 없습니다. 지금은 북조선이 든든하게 자리를 잡는 것이 부위원장님과 제 공통된 목표입니다."

"어쨌든 내레 두고두고 잊지 않겠네."

"감사합니다."

"자… 그럼 이야기는 이 정도로 끝내고… 내레 오늘 나오면서 김 회장 가족들과 식사라도 같이 하고 싶었는데… 가능하겠나?"

"물론입니다. 나가시죠."

두 사람은 기분 좋게 자리에서 일어섰다.

김정일의 장례식은 보위사령부 병력의 삼엄한 경계 속에서 조촐하게 치러졌다. 물론 김일성의 장례식과 비교한 상대적인 의미, 엄청난 숫자의 화환으로 뒤덮인 김일성광장은 수만은 족히 될 법한 조문객과 천 단위는 간단히 넘는 중무장 경계 병력으로 꽉 들어차 있었다. 북한 고위급 장성 전원과 중국 총리를 비롯한 북한과 수교를 맺은 나라의 조문사절이 참석한 마당이니 경계는 최고 수준이었다. 그런데 북한이 주적이라고 외치는 미국조차 차관보급 조문사절을 보냈는데 남한정부의 공식 조문사절은 없었다.

한번쯤 곱씹어봐야 할 일, 따지고 보면 지난 1994년 김일성의 장례식에도 남한정부는 조문사절을 보내지 못했다. 툭하면 벌어지는 색깔논쟁 때문인 셈, 20년 가까운 세월이 흐른 지금 경제력 차이도 눈에 띄게 커졌고 남침의 가능성도 거의 사라졌으니 대국적 견지에서 정부차원의 조문사절을 보내는 것도 나쁘지 않을 터, 그러나 지난 5년간 줄기차게 벌어진 색깔논쟁은 쉽게 발목을 놓아주지 않고 있었다.

"쩝… 정권 바뀌면 이놈의 국가보안법부터 어떻게 해야겠다."

대한이 김일성광장 남쪽에 있는 조선미술박물관 꼭대기 층에 올라와 처음 내뱉은 말이었다. 그냥 장례식에 참석했다가 대통령이 무슨 트집을 잡을지 알 수 없어서 통일부에 미리 방북과 조문신청을 해두었으나 무슨 이유에서인지 조문신청은 반려되어버렸다. 결국 아영과 단둘이 남아 조문에 나섰는데도 원용해에게 양해를 얻어 카메라와 외신의 눈을 피하는 어정쩡한 처지가 되어버린 것이었다.

"이상 없어."

나란히 선 아영의 보고, 아영은 치우 탐사기를 평양상공에 띄워놓고 평양인근의 부대이동 상황과 광역 무선감청 결과를 5분 간격으로 그에게 전송하고 있었다. 대한은 고개만 끄덕이고는 다시 장례식장으로 시선을 옮겼다.

재미있는 건 과거 김일성 장례식 때처럼 발버둥을 치면서 통곡을 하는 사람들이 거의 보이지 않는다는 것이었다. 정보가 철저히 왜곡, 통제된 사회였기에 가능한 이야기였지만 김일성의 장례식 때는 정말 엄청난 숫자의 주민들이 진심을 담아 그를 애도했다고 들었다. 탈북자들의 증언이니 아주 틀린 이야기는 아닐 터였다. 그러나 지금 눈에 보이는 현실은 많이 달랐다. 조금씩이지만 나름 개방이 진행되면서 상황이 달라졌음을 적나라하게 보여주고 있었다. 아영이 물었다.

"김정일의 가족들은 당분간 살아 있겠지?"

"당연히. 성질 같아서는 모조리 총살해버리고 싶지만 살려두긴 해야겠지. 엄밀히 말하면 원용해 부위원장도 친위 쿠데타를 강행한 입장이라 당장 김정일이라는 존재를 부인하면 체제유지가 어려울 거야. 부위원장 생각도 비슷한 것 같더라. 사실 그건 문제가 아냐. 앞으로가 걱정이지. 뙤놈들이 신생 북한정부를 어떻게 대하게 될……."

"서평양역에 무장병력이동이야."

아영이 재빨리 말을 잘랐다.

"뭐 이상해?"

"최소 2개 소대규모 보병, 평방사 견장 확인. 산개 속보로 남하하고 있어."

"속보?"

"09시 34분, 총격전 발생."

"젠장!"

대한은 급히 원용에게 전화를 걸었다. 장례식장에 앉아 있을 시간이지만 방법 없었다.

ㅡ무슨 일이오?

"서평양역에서 총격전입니다. 2개 소대 병력이 빠르게 남하하고 있습니다. 목표는 평양역이나 장례식장인 것 같습니다."

ㅡ뭐요?

"견장은 평방사 병력인 것 같은데 확실히 모르겠습니다. 대책을 마련하십시오."

ㅡ염병할! 알았소.

가장 앞줄에 앉아 있던 몇 사람이 급히 움직이는 모습이 눈에 들어왔다. 순간 아영이 다시 말했다.

"건너편 조선중앙 역사박물관 옥상에서 총격. 무장 경비병 2명

사망, 소음기 사용, 저격수로 판단됨. 2명"

미술박물관과 역사박물관은 광장을 가운데 두고 마주보는 건물이었다. 높이는 높지 않지만 광장의 요인을 암살하는 데는 최선의 장소였다. 물론 퇴로를 감안하지 않을 경우였다.

"소총 조립 중."

"제기랄!"

목표가 누구든 결과를 지켜볼 입장은 절대 아니었다. 그가 계단 몇 개를 한꺼번에 내리뛰며 소리쳤다.

"가자! 막아야 돼!"

대한은 광장에 들어찬 조문객들을 헤치면서 광장을 가로질렀다. 원용해에게 전화를 걸었으나 원용해는 전화를 받지 않았다. 장례식장에 외신기자들이 잔뜩 모인 상황이니 서평양의 상황을 해결하는 데 여념이 없는 모양이었다. 200~300m밖에 안 되는 거리가 한없이 길어 보였다.

역사박물관에 도착하기가 무섭게 키 높이쯤 되는 담장을 단숨에 뛰어넘었다. 그러나 병사들의 눈을 피해 바로 옥상으로 올라갈 방법은 없었다. 박물관 정면에 있던 병력 20여 명이 급히 외부로 빠져나갔으나 그래도 상당수의 병력이 남아 있어서 정면 현관으로 진입하는 건 현실적으로 무리였다. 결정은 빨랐다. 건물 뒤쪽의 작은 출입구로 다가갔다. 움찔 놀란 경비병 둘이 급히 대한을 제지했다. 얼굴을 알 리 없는 경비병으로서는 당연한 행동, 그가 손에 쥔 출입증을 내밀었으나 소위 계급장을 단 경비병은 단호하게 고개를 가로저었다.

"이건 광장과 미술박물관 출입증입네다. 여긴 역사박물관이고 요."

"압니다. 난 미래그룹 회장 김대한이오. 미술박물관 위층에서 장례식을 참관하다가 이 건물 옥상에서 총격이 벌어지는 걸 봤소. 더구나 보위부병사에게 총을 쏜 자가 저격총을 조립하는 것 같았소. 확인해야 합니다. 어서요! 급합니다!!"

저격수라는 말에 얼굴색이 달라진 상위는 급히 무전기를 통해 옥상을 호출했다. 당연히 대답은 없었다.

"여기서 기다리기요!"

상위는 무전기에다 대고 일부 병사에게 옥상을 확인하라고 명령하고는 곧장 현관 안으로 뛰어들었다. 두 사람은 상위의 말을 무시한 채 뒤따라 달렸다. 상대는 프로 저격수일 가능성이 높다. 경계병 정도로는 어림도 없었다.

두 사람이 마지막 계단을 뛰어오르기 직전에 귀청을 찢을 듯한 총성이 터져나왔다. 비좁은 계단실에 울려 퍼진 자동소총 연사음은 고통스러울 정도였다. 그러나 그것도 잠깐, 격한 비명이 고막을 때렸다. 계단실에서 위층을 슬쩍 올려다보았다. 경비병 서넛이 옥상출입구 앞에 쓰러져 있고 두 명은 문 옆에 붙어 서서 밖에다 총기를 난사하고 있었다. 고개를 내밀지도 않고 손만 내민 사격이라 상대가 맞을 가능성은 없어 보였다. 잠시 갈등한 그는 곧바로 치우비를 가동했다. 시간을 끌 여유가 없었다.

"치우비 온라인."

나란히 치우비를 가동한 아영이 뒤를 따라왔다. 화들짝 놀라 총구를 돌리는 병사들을 그대로 지나쳐 옥상으로 빠져나왔다.

타탓!

소음기에 막힌 자동화기의 총성, 아랫배가 몇 번 뜨끔했으나 신경을 꺼버렸다. 한 놈은 저격소총을 옥상 난간에 걸쳐 놓은 상태였고 환풍기 지붕 뒤에 엎드린 나머지 한 놈은 이쪽에다 줄기차게 총탄을 날리고 있었다.

순간, 저격수의 총신에서 푸르스름한 총연이 피어났다. 그의 시선이 반사적으로 장례식장을 향했다. 안 그래도 어수선하던 장례식장 앞자리는 삽시간에 난장판으로 변하고 있었다.

'제기랄!!'

그는 이쪽에다 총을 쏘는 놈은 무시한 채 일직선으로 저격수를 향해 달렸다. 놈은 힐끗 그를 돌아보고는 시선을 다시 조준경으로 가져갔다. 거리상 한두 발 더 쏠 시간은 충분하다고 판단한 모양이었다. 그러나 일생일대의 착각, 한 호흡을 들이쉰 놈이 막 방아쇠를 당기려는 순간 이미 도약한 대한의 발차기가 놈의 옆구리에 작렬했다. 놈으로서는 황당한 일일 것이었다.

"컥!"

콘크리트 난간에 머리를 박고 튀어나오는 놈의 뒤통수를 다시 발바닥으로 차내 벽에다 이마를 처박았다. 일격에 기절해버린 놈은 비스듬히 쓰러지고 있었다. 남은 한 놈은 아영의 화려한 제비차기에 허공으로 붕 떠올랐다가 바닥에다 등판을 찍었다.

"묶어!"

대한은 신속하게 소총이 들어 있던 배낭을 찢어 쓰러진 놈의 손발을 묶어버리고 아영에게 손짓을 했다. 병사들이 옥상으로 뛰어들고 있었다. 높이는 20m 남짓, 다소 무리지만 치우비를 믿어보는 수밖에 없었다. 반대편 난간을 향해 나란히 10여 미터를 달린 두 사람은 가볍게 도약해 난간을 뛰어넘었다. 낙하하는데 걸린 1초 남짓한 짧은 시간이 하염없이 길게 느껴졌다.

"탓!"

착지와 동시에 앞으로 한 바퀴 몸을 굴려 탄력을 이용해서 자연스럽게 몸을 일으켰다. 반면 아영은 착지와 동시에 용수철처럼 튕겨져 올라 그보다 한참 앞선 곳에서 중심을 잡았다. 아직은 박물관 담장 안쪽, 병사들의 눈을 피하려면 대동강 쪽으로 빠져나가야 했다. 유령처럼 담장 밑 나무둥치를 박차고 담을 뛰어넘었다.

5분쯤 강변을 우회해 미술박물관 근처로 돌아온 그는 원용해에게 위성전화부터 했다. 광장은 폭격이라도 맞은 듯 엄청난 혼란 속에 휩쓸려 있었다.

—나요.

원용해의 목소리는 심각했다. 그가 급히 말했다.

"역사박물관 옥상에 저격수를 묶어놓고 내려왔습니다. 피해는 없습니까?"

—원자바오 총리가 피격 당했네.

'헉!'

대한은 솟구쳐 오르는 비명을 필사적으로 찍어 눌렀다. 목표가 정말 엉뚱했다. 그가 멍한 상태로 말을 잇지 못하자 원용해가 다시 말했다.

─김 회장 덕인지 다행히 치명상은 면했어. 총리는 즉시 병원으로 옮겼네. 서평양은 아직 교전중이고.

천만다행한 일, 죽지는 않을 모양이었다. 그가 중얼거렸다.

"시끄러워지겠군요."

─그래. 서평양 일이야 얼마든지 덮어버릴 수 있디만 원자바오 총리가 피격된 건 심각한 문제가 될 기야. 배후 색출이 급해졌어.

"서두르십시오. 저격수들은 지금 기절해 있지만 깨어나면 흥분한 경계병사들이 자칫 죽일 수도 있습니다. 자살할 가능성도 높고요. 확실히 믿을 수 있는 부하를 즉시 역사박물관으로 보내십시오."

─그래야겠디.

─그리고 제가 역사박물관에 있었다는 사실은 비밀로 해주십시오. 제가 쓴 가면 때문에 일이 더 복잡해질 수 있습니다.

─알겠네. 그리하디. 다시 통화하세.

전화를 끊은 대한은 서둘러 광장구역을 빠져나와 우왕좌왕하는 민간인들을 따라 양강도 쪽으로 걸음을 옮겼다. 이 혼란 속에서 차량을 이용하는 건 불가능했다.

호텔로 돌아온 대한은 즉시 문을 걸어 잠그고 아영과 함께 평양 일원의 상황파악에 주력했다. 안전을 생각하면 당장 돌아가야 했지만 그냥 빠져나가기엔 평양의 상황이 너무 좋지 않았다.

"일단 일이 꼬였는데……."

김일성 광장의 혼란과 서평양역의 교전은 1시간여 만에 어렵지 않게 수습됐으나 그 여진은 지금부터 일파만파, 확대일로를 걸을 것이었다. 의문점도 많았다. 우선 요인들이 참석하는 행사장 근처의 옥상은 아무나 접근할 수 있는 곳이 아니다. 보위부 내부에서 누군가 조용히 진입할 수 있도록 손을 써주었다는 이야기였다. 일단 내부에 끄나풀이 있다.

평양방위사령부 견장을 단 병력은? 평방사는 기본적으로 쿠데타 주도 세력인 태형철 차수의 휘하, 놈들은 평방사 병력이 아닐 가능성이 높다. 그렇다면 이야기가 더 복잡해진다. 견장이야 얼마든지 만들 수 있지만 도안을 비롯해 2개 중대가 쓸 분량을 만들려면 시간을 가지고 주도면밀하게 준비했다는 이야기다.

더구나 이들은 당일, 그것도 정확하게 장례식 시간에 맞춰 열차로 진입했다. 평양역 진입이 차단됐으니 어쩔 수 없이 서평양역에서 내렸을 터, 어디가 됐든 교전을 일으킨 건 혼란을 극대화하기 위한 의도적인 양동작전의 의미가 크다. 장례식장의 경비병력을 최대한 빼내고 평양 시내에 혼란을 야기해 저격조의 탈출 가능성을 높이는 효과도 노렸을 것이다. 치우 탐사기체에 노출되는 통에 미수에 그쳤지만 나름대로 그럴듯한 시도였다.

진짜 문제는 '누가, 왜 원자바오 총리를 노렸느냐'였다. 가능성은 3가지였다.

첫째는 친위 쿠데타로 인해 몰락해버린 군부가 북한과 중국간의 불화를 유도하려 했을 가능성, 현 지도부의 입지를 약화시켜 재기를 노렸을 수도 있다.

두 번째 가능성은 중국군부와 북한의 강성 군부가 어울린 자작극, 북한에 대한 중국의 영향력을 확대하고 강성 군부가 숨을 쉴

만한 공간을 확보한다. 물론 최근 너무 커버린 원자바오을 제거하기 위한 후진타오의 강수일 수도 있다.

세 번째는 제3세력의 개입이다. 미래그룹과 북한의 합작이나 남북한의 화해무드가 달갑지 않은 세력, 일본이 될 수도 있고 미국이 될 수도 있다. 네오콘이라면 충분히 가능한 이야기니까. 마지막으로 이한우, 설마… 가능성은 극히 낮다. 아무리 미래그룹과 원수가 졌어도 북한군부와 중국이 손잡는 것만은 원하지 않을 터였다. 이한우가 원하는 건 북진, 그걸 대전제로 놓으면 중국이 북한과 가까워지는 건 당연히 최악의 시나리오다. 물론 현 지도부와 중국이 일시적으로 멀어지는 거라면 이한우가 원하는 상황일 수도 있다. 완전히 배제할 수는 없다.

거기까지 상황을 정리한 그는 강하게 고개를 가로저었다. 어느 한쪽을 지목하기엔 경우의 수가 너무 많았던 것이었다.

'변수가 너무 많다. 일단 맥을 끊었으니 반응을 기다려야 하나?'

한동안 기대있던 창가를 떠나 소파에 걸터앉아 눈을 감았다. 머릿속이 복잡했다. 조용하던 아영이 차분하게 입을 열었다. 아영은 줄곧 평양에서 해외로 전송되는 전문과 전화를 감청하고 있었다.

"살아난 중국 상업위성이 3개밖에 없어서 외신은 러시아 위성을 이용하고 있어. 어쨌든 중국 대사관이 제일 바빴는데 원자바오 총리가 안전하다는 소식이 전송된 뒤엔 잠시 뜸해졌고 일본이나 미국은 외신 1, 2보가 연속해서 나간 이후로 조용한 편이야."

"중국이야 당연하겠지. 구체적인 후속조치 같은 이야기는 없고?"

"아직 없어. 사건에 중국이 개입했다고 추정할 만한 문건이나 전통문도 없었어."

"흠… 일단 알았다. 곧 시끄러워지겠지. 반사이익은 중국이 가장 많이 챙기게 될 테니까. 그나저나 상황이 이러면 그냥 돌아가야겠다. 당장 문제가 터질 것 같지도 않고."

잠시 지켜본 결과 원용해의 대응은 신속하고 적절했다. 내란에 가까운 혼란이었지만 군에 대한 장악력은 굳건했고 민간도 새 정부에 저항하지 않았다. 이 정도면 내부적인 문제에는 충분히 대응할 능력이 있다고 보아야 했다. 그리고 모든 게 최악의 상황으로 발전해서 중국이 전쟁이나 평양 장악 등 초강경으로 나선다고 해도 최소한 통신망 회복과 군 장비 수리가 마무리될 때까지는 손을 쓰기 어렵다. 정상을 회복하려면 아직도 몇 달은 시간이 더 필요했다. 이제 투자협상이 끝난 마당이니 굳이 평양에 남아 있을 이유가 없다는 판단, 그가 길게 기지개를 켜며 말했다.

"일단 몇 시간만 더 상황을 지켜보자. 더 급한 상황은 없을 것 같다."

"알았어."

대답한 아영이 돌아앉는 순간 전화가 걸려왔다. 원용해, 대한은 세 번까지 기다렸다가 느긋하게 전화를 받았다.

—원용해요.

"좀 알아보셨습니까?"

—아직이야. 1차 조사 결과는 서평양역에서 총질을 한 간나들 소속이 공군 항공육전여단이라는 이야기야. 생포된 간나들 말로는

육전여단 양성모 소장의 명령을 받았다는 긴데… 겨우 소장 아새끼레 혼자서 이런 큰일을 벌이디는 못해. 주범은 분명히 따로 있을 기야. 일단 보위부가 여단사령부로 갔으니끼니 이 간나 데려오면 더 조사해봐야디.

"저격수는요?"

ㅡ입을 열지 않아. 하디만 머지않아 열게 될 기야. 보위부 지하취조실은 지내기 편한 곳이 절대 아니니끼니.

"저격수 주변이나 배후를 알아보시는 편이 빠를 겁니다. 박물관 옥상까지 조용히 올라가는 건 보위부의 도움 없이는 불가능합니다. 역사박물관에 배치됐던 장교와 하전사 전원의 뒷조사를 해보십시오."

ㅡ흠… 가능한 이야기로군. 해보디.

"그리고… 솔직히 현재로선 중국군부가 가장 의심스럽습니다."

ㅡ중국군부?

"정황만으로 보면 그런 셈이죠. 이런 상황에서 북조선 장성을 움직일 수 있는 건 중국군부밖에 없습니다. 어떤 방식이든 연루되어 있다고 보는 게 현실적이죠."

ㅡ…….

한참 말을 끊은 원용해가 새된 신음을 토해냈다.

ㅡ끄응… 중국도 누구냐가 문제일 기야. 당이냐 군부냐에 따라서 이야기가 틀려지고, 군부도 베이징 군구냐 선양 군구냐에 따라 대북 노선이 완전히 달라지디. 그리고 최근엔 군부에서 당으로 힘이 많이 넘어가서 당장 속을 알 수 없어. 물론 언제 어디로 추가 기

울지도 아무도 모르고.

"당연히 그렇겠죠. 저도 신경을 써보겠습니다."

—고맙네. 이제 돌아가야디?

"그래야죠. 지난 며칠간의 후의에 감사드립니다. 이번 일 깔끔하게 수습되길 빌겠습니다. 1시간 후에 출발하겠습니다."

—참! MOU체결 발표는 하루 미루세. 남포까지 갈 차는 호텔에 대기시켜놨네. 호위 병력도 대기 중일 기야.

"감사합니다. 또 뵙죠."

위성전화를 끊은 대한은 1시간 쯤 상황을 더 살피다가 특별한 문제가 생기지 않자 대충 짐을 챙겨 호텔을 나섰다. 로비 앞에 대기하고 있는 의전차량은 벤츠, 호위 병력은 중대급이었다. 원용해가 얼마나 확실하고 세심하게 대국을 장악하고 있는지를 보여주는 대목, 마음이 조금은 편해졌다. 그가 로비에 나타나자 허겁지겁 담배를 끈 군관이 재빨리 달려왔다.

"어서 타시라이요. 안전하게 모시갔습네다."

그가 곧장 벤츠로 걸어가며 말했다.

"고맙습니다. 갑시다."

지휘차량을 앞세운 벤츠는 곧장 청년대로로 들어서서 제법 빠르게 남포를 향해 달렸다. 선두에 선 군용차량의 속도가 시원치 않아서 벤츠도 크게 속도는 못 냈지만 의전 행렬은 차량 없는 도로를 시원하게 달렸다. 1시간여를 달린 행렬은 강서시 인근에서 속도를 줄였다. 곳곳에 패인 자리 때문이었다.

순간 아영이 급격하게 운전석으로 상체를 밀어 넣으며 핸들을 꺾었다.

끼이이익!!

타이어가 내지르는 비명과 아영의 고함 소리가 겹쳐졌다.

"RPG! 치우비!"

대한은 반사적으로 치우비를 가동했다. 중심을 잃은 벤츠는 도로변 난간에 부딪히면서 다시 비명을 내질렀다. 치우비 가동이 끝나는 철컥 소리가 귀청을 자극하는 순간, 핑글 돌아가는 차창 밖으로 비현실적인 장면이 스쳤다.

콰쾅!!

하얀 연기를 끌고 날아들던 대여섯 발의 RPG가 지휘차와 트럭을 한꺼번에 강타하고 있었다. 트럭은 무시무시한 섬광을 내뿜으며 순간적으로 튀어 올라 허공에서 한바퀴를 돌면서 맨바닥에 머리를 처박았다. 행렬에서 튀어나온 벤츠는 다시 한번 휘청하면서 도로를 대각선으로 크게 가로질렀다. 순간, 차 앞바퀴가 뭔가에 걸렸는지 울컥 온몸이 앞좌석 등받이에 부딪혔다. 그리고 허공으로 떠오르는 느낌, 섬뜩한 충격이 온몸을 두들겼다. 눈앞은 시뻘겋게 변해가고 있었다. RPG탄. 차량은 뭔가가 잡아당기기라도 하는 것처럼 도로 밖으로 튕겨져나와 도로변의 실개천에 거꾸로 처박혔다.

어찌해볼 사이도 없이 삽시간에 벌어진 일이라, 대한이 멍한 정신을 수습하는 데까지는 시간이 좀 걸렸다.

"오빠. 괜찮아?"

아영의 목소리, 차 밖은 온통 불길과 연기였다. 그가 억지로 자세를 뒤집으며 말했다.

"제기랄… 이게 괜찮아 보이냐? 하고 허리야. 이러다 민서한테 소박맞겠다. 빌어먹을! 왜 이렇게 스캔이 늦었어?"

"평양 인근이 온통 무장병력이야. 어제도 마찬가지고. 군복이 북한 정규군 복장인 이상 피아를 구분하는 게 사실상 불가능해. 행렬을 조준하는 걸 확인하고 나서 급히 움직인 거야."

"X팔! 방심했네. 이것들 어디 있냐?"

"북쪽으로 빠져나가고 있어. 8명, 군용차량이야. 따라잡긴 어려워."

"제기랄. 일단 나가자. 덥다."

착용시간 15분 동안 항온에 항습, 산소공급까지 완벽한 치우비지만 불길 속에 누워 있으려니 느낌상 더웠던 것이었다. 아영은 곧장 차문을 차내고 밖으로 빠져나가 그를 끌어냈다.

"빌어먹을……."

일단 치우비 가동을 중지시킨 그는 대충 냇가에 걸터앉아 담배부터 빼물었다. 새카맣게 그을린 차는 아직도 불길과 연기, 수증기로 엉망이었다.

"젠장. 이거 보통 놈들이 아니네."

전체주의 국가인 북한에서 오전엔 원자바오 총리를 저격했고 오후엔 자신을 노렸다. 아영이 없었다면 둘 다 완벽하게 성공했을 대담무쌍한 작전이었다. 다시 같은 의문, '누구냐?' 그러나 답은 여전히 오리무중 속이었다. 시간이 필요했다.

꽁초만 남은 담배를 개천에다 던져버린 그가 자리를 털고 일어서며 씩 웃었다.

"그래도 한 가지는 유리해졌다."

"뭐가?"

아영이 갸웃하자 그가 아영의 등을 펑 쳤다.

"어떤 놈인지는 몰라도 놈은 내가 죽은 줄 알거니까. 일단 치우로 가자. 원용해 이 양반한테 연락은 해줘야지."

내일은 대한민국

대한은 치우를 일반적인 항로를 벗어난 공해상에 띄워놓은 채 연 사흘 잠수에 들어갔다. 그 사흘 동안, 매스컴은 원자바오 총리 피격에 따른 북한과 중국의 대응을 1면 톱으로 뽑으면서 향후 북한 정국의 흐름에 초점을 맞추고 있었다.

사실 김정일 사망과 친위 쿠데타라는 획기적인 전기가 마련된 마당에 느닷없이 터진 대형사고였다. 지난 4년에 걸쳐 지긋지긋하게 계속되던 북한의 망나니짓도 잦아들었고 미래그룹과의 대규모 경협으로 본격적인 대화의 물꼬가 트인 상황, 이래저래 관심은 클 수밖에 없었다.

북한정부는 조선중앙TV를 통해 원자바오 총리의 피격에 유감을 표명하고, 사흘간의 1차 수사결과를 공식 발표했다. 육전여단 야전 사령부에서 자신의 권총으로 자살한 항공육전여단 양성모 소장을 배후로 지목했고 이후 책임자 처벌에 최선을 다하겠다는 발표, 하지만 중국의 반응은 싸늘했다. 제대로 된 수사결과를 내놓으라는 뜻, 누가 봐도 양성모 소장 정도의 잔챙이가 할 수 있는 일이 아니었다. 이제 겨우 자리 잡은 새 정부를 꾸려가야 할 원용해로서는 시작부터 초대형 암초를 만난 셈이었다.

대한의 행적에 대한 이야기에도 적지 않은 지면이 할애되었다. 어디서 어떻게 알았는지 피격되거나 체포된 것이 아니냐는 조심스런 추측기사가 나돌았다. 그도 그럴 것이 조문참석은 당국에 의해 거부당한 상태였고 장례식 당일 아영과 함께 단둘이 현지에 남아있었는데 귀국의 흔적이 보이지 않았던 것이다. 공해상에 숨어 있는 치우를 본 사람은 당연히 없고 이후 사흘간 대북경협 MOU 체결 발표를 비롯한 일련의 공식행사에 두 사람의 모습이 보이지 않았으며 전화 역시 받지 않았다. 물론 유태현과 유민서에겐 두 사람의 위치를 알렸지만 북한의 급변상황과 맞물려 세간의 의혹은 점점 커져가고 있었다.

사흘 동안 침대와 식당만 시계추처럼 오가던 대한이 부스스한 얼굴로 일어나 앉아 아영에게 손짓을 했다.

"어디까지 확인됐니?"

"일본, 마사하루 가문과 연결된 것으로 보여."

"마사하루?"

"1901년 창설된 극우조직 흑룡회의 후신인 흑룡구락부 회장이야. 명성황후 시해에 깊숙이 관련된 지독한 전범조직이고 현재는 일본 극우 잽콘JapCon의 중심축이기도 해."

"웃기는군. 일본이라……."

지난 이틀, 대한은 RPG를 쏜 자들에게 탐사기체를 붙여 놈들을 추격했다. 아지트를 찾아내 원용해에게 넘겨줄 요량이었다. 그런데 그 중 한 놈이 당일로 남포항의 화물선을 통해 밀항을 시도했고 배는 다롄에 컨테이너 몇 개만 내린 다음, 요코하마로 이동하는 중이었다. 놈은 배 안에서 마사하루 가문의 비서실장 야스노리에게 위성전화를 걸어 '완료' 한마디만 하고 전화를 끊었다. 완료의 의미는 물어볼 것도 없었다. 대한이 다시 물었다.

"화물선은 아직 추격 중이니?"

"응. 요코하마에 도착하기 전까지는 그대로 배 안에 숨어 있을 생각인가 봐. 아예 갑판으로도 나오지 않아."

"요코하마에서 내릴 때 우리가 알아볼 수 있을까?"

"어떤 방식이든 밀입국을 시도할 거니까 가능할 거야."

"흠… 근해까지 가서 다른 배를 이용할까?"

"가능성이 높아. 화물선에서 내린 선원은 세관을 통과해야 하니까."

"좋아. 그럼 화물선 따라서 일본으로 가자. 지금 단서라곤 그놈밖에 없잖아. 게다가 제대로 얻어맞아서 최소한 10배는 돌려줘야 속이 풀린다. 그냥은 못 넘어가."

"알았어. 바로 출발할게."

격렬하게 움직이기 시작한 치우가 화물선을 따라 쏜살같이 날아가는 사이 대한은 원용해에게 전화를 걸었다. 이틀만의 통화, 원용해의 목소리는 지친 기색이 역력했다.

―원용해요. 아직도 바다에 떠 있는 모양이구만기래.

"금선탈각. 당분간 공식적으로 죽은 사람입니다."

―괜찮은 생각이야. 그래 뭐 좀 나온 기 있소?

"제 차를 공격한 자를 추적중입니다. 밀항한 놈이 목적지에 도착하면 배후를 캐볼 생각입니다. 남포에 남아 있는 나머지 일곱은 그냥 하수인으로 보입니다. 지금 체포하셔도 될 것 같습니다."

―좋아. 알갔네. 체포해서 족치갔어. 기런데……

"말씀하십시오."

―후진타오가 대놓고 협박을 하는군기래.

"협박이요?"

―기래. 책임 있는 조치를 취하라는 거이다. 태형철 차수하고 오형무 위원 두 사람 정도는 이번 사태의 책임을 지고 물러나야 한다더군. 만일 그렇지 않을 경우 모든 대북교역을 중단할 것이며 기래도 요구가 관철되지 않으면 인민해방군이 신의주로 들어오는 것까디 고려하겠다는 기야. 골치 아프게 됐어.

태형철과 오형무는 원용해의 실질적인 오른팔과 왼팔이었다. 두 사람이 물러난다는 이야기는 곧 쿠데타 주도세력의 약화를 의미했다. 십중팔구 친 중국계 인사를 중용하라는 뜻일 터였다. 원용해가 말을 이었다.

―솔직히 두 사람을 내치고는 정국을 장악할 수가 없네.

"너무 염려하지 마십시오. 정 급하면 연료와 생필품은 제가 지급 보증을 하겠습니다. 차후 대금결재가 문제되겠지만 그건 따로 방법을 상의해보죠."

—고마운 말이디만 그렇다고 지금 중국과 힘겨루기를 할 수는 없네. 사실 아직 갈 길이 멀어. 이제 겨우 머리만 잘라낸 상황인데… 지금은 군부를 장악하는 것도 힘에 부치는 상황이야.

　"이해합니다. 하지만 중국도 당장 북조선을 공략할 여유는 없습니다. 정치적 압력이라면 모를까 물리적인 힘을 동원하기 위해서는 통신시설 복구가 필수적입니다. 그런데 통신시설은 아직 엉망이죠. 최소한 연말까지는 통신시설 복구에 전력을 기울여야 할 겁니다. 총을 빼든다고 해도 그 이후입니다."

　—통신 상황이 그 정도인가?

　"예. 중국군부가 일본과 러시아의 상업위성을 임대해서 사용할 정도입니다."

　—흠… 그나마 다행이로군기래. 그럼 일단 버텨보디. 북조선 내에 있는 중국자산도 만만티 않으니끼니 당장 극단적으로 나오디는 못할 기야.

　"지금은 군부를 장악하는 일이 최우선입니다. 아직 장례식 참석자 전원이 평양에 남아 있을 것 아닙니까?"

　—기래. 나도 원래 장례식이 끝나고 나면 과거 국방위원들의 심복은 전부 억류할 생각이었네. 아직 늦디 않았으니 처리해야디. 두 달이면 장령급은 전부 교체될 기야.

　"서두르십시오. 시간이 별로 없습니다."

　—알갔네. 또 연락하디.

　대한은 전화를 끊고 화면에 올라온 화물선의 위치를 다시 확인했다. 거리는 915km, 한 시간 남짓이면 충분히 따라잡을 거리였다.

갑판으로 올라온 사내는 멀리 보이는 요코하마 해안의 불빛에 시선을 고정했다. 후텁지근한 바닷바람이 코끝을 스쳤다. 숨이 막힌다 싶을 정도로 후끈한 바람이지만 지난 56시간 동안 갇혀 있던 손바닥만한 화물선 선실의 악취보다는 백번 나았다. 한 시간 전에 옮겨 탄 어선, 어부들이 준비해놓은 옷으로 갈아입고 화물선에서 입던 옷은 쇳덩이를 매달아 바다에 던져버린 뒤였다. 이제 돌아왔다는 안도감이 온몸을 훑어내렸다. 사내가 중얼거렸다.

"드디어 왔군."

항구에 도착하기가 무섭게 하역작업을 시작하는 선장에게 목례를 하고는 곧장 선창을 빠져나왔다. 밤9시, 코끝을 어지럽히는 악취를 지우는 것이 급했다. 우선 가까운 모텔을 찾았다. 사람 얼굴 마주칠 일이 없는 기계식 모텔, 샤워를 하고 속옷까지 깨끗이 갈아입었다. 입던 옷은 비닐에 넣어 들고 나와 길가의 쓰레기통들에다 하나씩 나눠 던져버렸다.

완전히 새 사람이 된 느낌, 택시를 타고 우에노까지 들어와 지하철 역사의 라커에서 미리 사둔 선물꾸러미와 지갑을 꺼내고 대신 권총이 든 가방을 집어넣었다. 이제 집으로 돌아가 출장에서 돌아온 좋은 아빠 노릇을 시작할 시간이었다. 이번엔 전철을 타고 기타센주로 옮겨왔다.

그의 집은 기타센주 주택가의 작은 아파트였다. 작지만 아내와 아이들은 도쿄에 집을 가지고 있다는 것만으로도 자부심을 느꼈다. 물론 더 큰 집을 살 능력이 없는 건 아니었다. 그러나 중소기업 과장이 도쿄에 큰 집을 가지는 건 분명 주변의 시선을 끄는 일, 큰

집으로 가는 건 그가 죽은 뒤에나 가능할 것이었다.

집을 향해 골목길을 걷는 동안 담장을 따라오는 발자국 소리가 느껴졌다. 담뱃불을 붙이는 척 하면서 자연스럽게 몸을 돌렸다. 찰싹 달라붙은 젊은 연인이 비틀거리면서 다가오고 있었다. 서로에게서 눈을 떼지 않은 채였다. 슬쩍 담장에 비켜서서 연인이 지나갈 때까지 기다렸다가 뒤를 따라 걸었다. 아내와 아이들이 기다리는 집은 이제 멀지 않은 곳에 있었다.

앞서 걷던 연인이 갑자기 멈춰 섰다. 그 역시 움찔 걸음을 멈췄지만 곧 다시 걸음을 옮겼다. 여자를 벽에다 기대놓은 남자가 키스를 하려는 것 같았다.

쓸쓸하게 웃은 그는 반대쪽 담장을 따라 걸었다. 막 남자의 등 뒤를 지나가려는 순간, 느닷없이 뒤통수가 서늘해졌다.

"이야기 좀 할까?"

뒷목에 닿는 총구의 서늘한 감촉에 움찔 고개를 돌리려 했으나 여자의 착 가라앉은 목소리가 그의 행동을 제지했다.

"돌아보는 건 곤란하지. 이대로 머리에 바람구멍 나기 싫으면 다음 골목에서 오른쪽으로 들어가라."

뒷덜미를 말아 쥔 대한은 거칠게 사내의 등을 밀었다. 잠시 걷자 주택가 사이로 작은 실개천이 나타났다. 실개천을 따라 한참을 걸어간 다음 인적이 없는 나무그늘 아래에서 사내의 몸을 수색하고 무릎을 꿇렸다. 서로 생소한 얼굴, 대한과 아영은 마이크로 마스크를 썼고 사내는 거추장스런 가발과 안경을 벗어버린 상황이었다.

지갑에서 놈의 신분증을 빼든 아영이 일본인과 전혀 구분이 안

되는 완벽한 일본어로 말했다.

"자. 이제 편안하게 이야기해볼까?"

대한은 들고 있던 권총을 허리춤에 갈무리해버렸다. 말을 하는 것과 동시에 나노라디오로 대한에게 전송이 되는 상황이라 따로 통역 같은 건 필요 없었다. 아영은 시킨 대로 제법 능숙하게 대한의 말투를 흉내내고 있었다.

"시마무라 사이토라… 진짜 이름은 아닐 테고, 이 바닥에선 이름이 뭐지?"

"그런 거 없어. 너희들은 뭐냐? 날 어떻게 찾아냈지?"

"널 찾아내기도 했지만 지금 당장 죽일 수도 있다. 아. 아내와 딸둘도 같이 보내주는 친절을 베풀 수 있어."

이름을 확인하는 것과 동시에 가족사항을 확인한 것, 잔뜩 긴장한 사이토의 얼굴이 삽시간에 험악해졌다.

"원하는 게 뭐냐?"

"평양에서는 멋지게 한 건 했더군. 우린 그저 누구의 사주를 받았는지만 알면 돼. 그럼 네 가족은 건드리지 않겠다."

부드러운 어조, 하지만 내용은 정 반대였다. 오만상을 찌푸린 사이토가 두 사람의 얼굴을 번갈아 쳐다보며 말했다.

"손해 보는 장사 같군. 난 손해 보는 장사는 안 해."

사이토의 얼굴을 내려다보며 씩 웃은 대한이 재빨리 아영에게 귓속말을 했다. 고개를 까딱해 보인 아영이 거칠게 말을 이었다.

"너무 쉬워도 재미없지. 그래 우리가 어디 소속이라고 생각하나? 만만해 보이나?"

"······."

"좋아. 뭐 소원이라니까 원하는 대로 해주지. 아내는 머리에 바람구멍을 내주고 딸년들은 혈관에다 헤로인 듬뿍 꽂아서 사창가에 넘겨주도록 하지. 주민등록도 없이 평생 그렇게 살아야 할 거다. 책임지고 그렇게 만들어······."

"흐앗!"

아영은 말을 끝내지 못했다. 사이토가 무릎 꿇은 자세에서 곧장 튀어 오르며 대한의 복부와 아영의 안면을 동시에 노렸기 때문이었다. 물론 그저 시도일 뿐이었다. 보통 사람들이라면 꼼짝 못하고 당할 만큼 눈부신 동작이었지만 상대가 문제였다. 아영은 몸을 활처럼 뒤로 꺾었고 순간, 핑글 몸을 돌리며 도약한 대한의 무릎이 놈의 옆구리를 찍었다. 허공에서 균형을 잃은 놈은 나무둥치에 머리를 부딪치면서 어깨부터 거꾸로 바닥에 처박혔다. 아영의 족도가 놈의 안면에 꽂힌 것도 거의 동시였다.

"끄륵······."

순식간에 피투성이가 되어버린 놈은 어렵게 숨을 내쉬면서 몸을 웅크렸다. 대한이 놈의 어깨를 툭 차서 얼굴을 하늘로 향하게 했다. 아영이 놈의 목을 지그시 밟으며 말했다.

"자. 이제 이야기할 분위기가 된 건가? 넌 네가 프로라고 생각하겠지만 늙었어. 네놈 솜씨로는 옷자락 하나도 건드리지 못해."

앙다문 놈의 입술이 부르르 떨리고 있었다. 아마 필사적으로 살아남을 방법을 궁리하고 있을 터였다. 잠시 반응을 기다리자 사이토가 어렵게 입을 떼었다.

"협상하자."

"협상? 글쎄? 줄게 뭐가 있지?"

"내가 아는 걸 모두 털어놓지. 대신 나와 내 가족은 건드리지 마라. 오늘 이후 은퇴하겠다."

사이토의 표정은 진지했다. 어차피 이번 일로 북한 내의 비선이 노출됐고 신분까지 공개된 마당이니 스파이들의 세상에서 정상적으로 활동하기는 틀렸다는 판단일 터였다. 슬쩍 대한의 눈치를 본 아영이 말을 받았다. 대한은 가볍게 고개만 끄덕였다.

"들어보고 결정하지."

"가치는 충분할 거다. 약속해라."

"충분하다고 판단되면."

아영의 허락이 떨어지자 사이토가 힘겹게 일어나 앉으며 입을 뗐다.

"내 암호명은 마법사다. 그리고 이번 일은 마사하루가의 의뢰였다."

"그 정도는 알아. 화물선 안에서 야스노리와 통화했다는 것도 알고."

아영의 심드렁한 말에 마법사는 움찔 놀라며 두 사람의 얼굴을 다시 확인했다. 사실 북한의 고급 정보를 독점하다시피 한 마법사라는 이름은 정보시장에서는 거의 전설로 통하는 단어였다. 마법사라는 단어를 먼저 던진 건 상대의 반응을 보기 위한 것이기도 했다. 그런 이름을 듣고도 반응이 없다는 건 이미 상대가 자신의 신분을 파악하고 있다는 뜻, 마법사의 입장에선 더 생각할 이유가 없었다. 따지고 보면 대한은 마법사가 누군지 몰라서 놀라지 않았고 아영은 놀랄 이유가 없었지만 그런 사실을 알 리 없는 마법사의 입장에선 패를 보여주고 치는 포커의 느낌이었다. 신속하게 머릿속을 정리한 마법사가 욕설을 입에 담았다.

"젠장. 내각정보실 소속인 모양이군. 그럼 이야기가 쉽겠어."

"잡소리는 빼라."

여전히 심드렁한 말투에 마법사가 고개를 가로저으며 이야기를 시작했다.

"그러지. 뭐 대충 알겠지만 난 지난 20년간 북조선의 고급정보를 빼내 한국 국정원에 팔아넘기는 일을 해왔다. 물론 쓸 만한 건 내각정보실과 마사하루 가문에도 팔았지. 수입은 꽤 괜찮았어. 비선 유지비용 자체가 그리 크지 않았으니까. 그런데 마사하루 가문에서 제법 큰 건을 제안하더군. 10억 엔, 평양에서 원자바오 총리를 저격하라는 거야."

마법사는 예상 외로 술술 아는 걸 털어놓기 시작했다. 느낌상 두 사람을 일본 정보기관 요원으로 생각하는 모양이었다. 아영이 반문했다.

"미래그룹 회장은 아니고?"

"그건 길이 달라. 한국 국정원의 요구였지. 죽이라는 이야기도 아니었다. 평양시내의 혼란에 더해서 겁을 좀 주라는 요구였어. 일이 중복되면서 좀 어정쩡하게 풀렸지만 말이야."

'얼씨구?'

대한은 새삼스런 눈으로 마법사의 얼굴을 내려다보았다. 충분히 있을 수 있는 이야기, 평양에서 원자바오 총리를 저격해서 일본이 얻을 수 있는 건 많았다. 한국이 북한으로 영향력을 확대하면 동북 삼성도 자연스럽게 한국의 영향력 안에 들어간다. 만만치 않은 초대형 경제권이 코앞에 형성되는 상황, 일본으로서는 결코 바람직한 일이 아니다. 중국과는 비교도 할 수 없는 막강한 세력권의 형성을 그대로 두고만 보기는 어려울 터였다. 물론 일본의 팽창에 장애가 되는 것도 당연지사, 일본극우로서는 충분히 생각할 만한 일이다.

그런데 이한우가 의외였다. 명색이 한국 대통령인데 그런 사람이 일본 극우와 연계를 했다? 아무리 임기 말년의 막가는 대통령이라도 그럴 리가 없다. 우연찮게 일본 극우의 책동과 같은 흐름으로 이어졌다? 그것도 말이 되질 않는다. 속임수와 살인이 횡행하는 살벌한 바닥에서 우연이란 건 그저 희망사항일 뿐이다.

아마 이한우는 북한의 현 지도부가 중국과 반목하면서 짧게나마 휘청거리는 정도를 희망했을 것이다. 자신을 노린 건 겁을 주는 선이라고 했다. 마법사의 말이 사실이라면 북한이 이렇게 어수선하고 살벌한 곳이니 투자를 재고하라는 의미일 것이었다. 그러나 실제 상황은 전혀 달랐다. 마법사는 대한의 목숨을 직접 노렸다. 그 점에 있어서만큼은 의심의 여지가 없다. 그렇다면 거기엔 일본 극우의 입김이 작용했을 가능성이 높다.

결론적으로 일본 극우의 장단에 이한우가 춤을 추는 상황이라는 의미, 거기에 이 마법사라는 정보장사꾼이 달라붙어 양쪽의 의뢰를 한꺼번에 처리하면서 떼돈을 챙겼다는 결론이 나온다.

'젠장! 도대체 이 양반 무슨 생각을 하고 있는 거지? 왜 하필 평양이지?'

사실 일본극우의 책동보다도 이한우가 개입했다는 것이 더 심각한 문제였다. 자칫 엉뚱한 말이 새나가기라도 하면 중국과의 충돌은 시간문제였다. 그가 부지런히 잔머리를 굴리는 사이 마법사가 말을 이었다.

"지난 20년간 언제나 그랬듯이 잽콘은 다케시마를 분쟁지역으로 만들 궁리를 하고 있었다. 정부도 크게 반대하는 입장은 아니거든. 지겹게 오래된 이야기지. 준비도 오래했고. 그런데 뭔가 반응이 있어야 할 중국, 러시아는 콧방귀도 안 뀌고 있으니 우선 한국을 자극해서 전례를 만드는 게 최선이라는 생각일 거다. 어차피 다케시마 근해에 묻힌 초대형 하이드레이트전을 개발하려면 전진기지가 필요한 입장인데, 최근에 한영그룹인가 하는 한국 업체가 다케시마 근해에서 시추를 시작하는 통에 마음이 바빠져 버렸지. 거기에 역대 한국 정권 중에는 현 정권이 외교적 능력이 가장 빈약하다는 객관적인 판단도 더해졌다. 결국 일을 만들려면 한국의 정권이 바뀌기 전인 지금이 최선이라는 뜻이지. 어느 날 갑자기 나타난 미래그룹이 북한을 끌어들이는 통에 일이 좀 복잡해졌지만 아직 한국은 그리 어렵지 않은 상대라는 판단일 거다. 이제 북한 정정은 산으로 갈 거고 김대한 회장도 죽었으니 한 발 나간 거지."

"시간을 끌면 재미없다는 이야기로군."

아영이 슬그머니 장단을 맞추자 마법사의 말이 빨라졌다.

"비슷해. 내 개인적인 생각이지만 잽콘이 원하는 최선은 미래그릎이 주저앉는 것과 북한 지도부의 혼란, 남북한간의 소규모 국지전이야. 여러모로 득이 되니까 말이야. 너희 정보실 패거리들과는 입장이 좀 다르지."

"북조선 비선은?"

"최기선 대외연락부 부부장. 오형무의 오른팔이다."

의외의 인물, 현재로선 북한 최고위층에 가장 가까이 있는 사람이었다. 아영이 반문했다.

"자살한 양성모 소장은 뭐야?"

"그놈은 아무것도 아니다. 자살처럼 꾸며놨지."

"재미있군. 국정원 컨택트는 누구지?"

"야노스케 나카토미, 국정원 이중 스파이로 알고 있다."

"우리 정부도 관련되어 있나?"

말은 우리 정부라고 했지만 일본 정부를 지칭하는 말, 상대가 착각을 했다면 끝까지 일본요원이어야 했다.

"그건 모른다. 난 손발이지 머리가 아니야. 그리고 기본적으로 우리 정부는 미국의 명령이 없으면 움직이지 않아. 하루 이틀 겪어 보나? 흑룡회는 미국의 영향력에서 벗어나려는 우익의 극단적인 몸부림 중 하나야."

마법사가 몇 마디 말을 더했지만 귀를 잡아끄는 이야기는 더 이상 없었다. 면담은 끝, 대한은 선 자세에서 그대로 마법사의 턱 밑을 정확하게 발끝으로 찍었다.

"컥!"

머리가 순간적으로 덜컥 젖혀진 마법사는 앉은 자세 그대로 비스듬히 쓰러졌다. 정보시장의 전설로 군림하던 마법사의 최후치고는 어딘지 허무했지만 죽음은 원래 그런 것이었다. 그가 중얼거렸다.

"미안하지는 않군. 마법사. 약속은 내가 하지 않았거든. 살려두기엔 너무 많은 걸 알고 있어서 말이야. 대신 가족은 건드리지 않겠다. 그 정도로 만족해라."

마사하루는 천천히 미닫이문을 나서 툇마루 난간에 걸터앉았다. 툇마루 아래는 밑바닥이 보일 정도로 깨끗한 호수, 호수를 둘러싼 정원은 무거운 침묵 속에 가라앉아 있었다. 툇마루 아래로 잉어밥 몇 알을 던진 마사하루가 혼잣말처럼 나직하게 말했다.

"성공했다고?"

팔뚝만한 비단잉어 수십 마리가 우르르 달려들어 툇마루 위까지 물방울을 튕겼다. 건장한 체격의 노인이 조용히 다가섰다.

"예. 회장님."

비서실장 야스노리, 마흔을 갓 넘긴 마사하루보다 60이 넘은 야스노리의 체격이 더 건장해 보일 정도였다. 마사하루가 호수에 눈을 던진 채 말을 이었다.

"그럼 이제 때가 된 건가?"

"아직 이릅니다. 북쪽이 더 바빠져야지요."

"법안은?"

"다음주 월요일에 의회에 상정될 겁니다. 아시아에 대한 미국의 장악력이 형편없이 떨어진 상황이고 중국도 외부에 눈을 돌리기 어려운 시점이니 지금이 적기입니다. 북한문제에 발목이 잡힌 한국은 말할 것도 없고요."

"이제 시간이 없어."

"압니다. 하지만 이젠 회원들의 움직임을 지켜보시는 것 외에는 더 하실 일이 없습니다."

야스노리의 말에 마사하루가 희미하게 웃었다.

"아버님이 이 자리에 앉아계셨어도 실장이 그렇게 이야기했을까?"

"물론입니다. 회장님. 선친께서 돌아가신 건 안타깝지만 회장님께서 훌륭하게 사명을 이어가고 계시니 분명히 기뻐하실 겁니다. 불과 3년만에 여기까지 오셨으니 그것만 해도 대단한 겁니다."

"글쎄. 아버님은 남태평양에 다시 욱일승천기를 휘날리는 것이 꿈이셨어. 그리고 지난 20년간 천문학적인 자금과 기록적인 인력을 쏟아 부었는데… 그런데도 일본은 아직 비좁은 일본해를 벗어나지 못하고 있지."

"……."

"법안 통과를 서두르라고 해. 법안 통과되는 대로 말끝마다 시비 붙는 놈들부터 간단히 손을 좀 봐줘야겠다."

"회장님. 그건 괜한……."

야스노리가 무언가 말을 꺼내려 했지만 마사하루가 단호한 표정으로 손을 들었다.

"날 설득하려 하지 말게. 무슨 말을 해도 내 생각은 바뀌지 않아. 이유야 많지만 가장 큰 건 저 쥐꼬리만한 조선반도거든. 먼저 찍어 눌러야 할 대상도 놈들이고. 미국이 한 발짝 물러선 이상 우릴 막을 수 있는 건 없어. 니시는?"

"40분 전에 출발했으니 도착할 때가 됐습니다."

"그럼 나가 보지. 명색이 국방성 장관 아닌가."

"예. 회장님."

마사하루는 느릿하게 난간에서 일어나 툇마루를 따라 회랑을 가로질렀다. 응접실까지는 제법 먼 거리, 걷는 동안 대문이 열리고 토요타 한 대가 미끄러지듯 저택 안으로 들어왔다.

"온 모양이군. 들어가지."

두 사람이 응접실로 들어서자 나이를 가늠하기 어려운 홍안의 사내가 비서관의 안내를 받아 방으로 들어왔다. 그가 환하게 웃으며 말했다.

"어서 오시오. 니시 장관."

"늦은 시간에 송구합니다. 회장님."

"별말씀을. 공사다망하신 분을 사택으로 오라 한 것부터 잘못이지요. 내 술 한 잔 받아났습니다. 가시지요."

간단한 수인사를 마친 마사하루와 니시는 곧장 내실로 자리를 옮겼다. 내실에는 제법 거창한 술상과 낯익은 미녀 두 사람이 개량 기모노 차림으로 무릎을 꿇고 앉아 있었다. 화사하게 웃는 여자의 얼굴을 힐끗 쳐다본 니시가 탄성을 터트렸다.

"오! 이 아가씨 하나코 상 아닙니까? 내가 하나코 상 팬인 줄 어떻게 아시고……."

하나코는 최근 공중파에서 유명세를 타고 있는 22살짜리 가수겸 배우였다. 주도면밀한 야스노리의 솜씨, 니시의 여자 취향까지

고려한 술자리를 만든 것이었다. 씩 웃은 마사하루가 하나코의 옆자리를 권하며 말했다.

"손님을 모시려면 손님에 대해서 제대로 알아야겠지요. 후후."

"감사합니다. 회장님. 하하."

술잔이 몇 차례 돌고 취기가 조금 오르자 마사하루가 여자들을 내보내고는 은근한 목소리로 본론을 꺼냈다.

"준비는 어찌 되어갑니까?"

"끝났습니다. 회장님. 목표는 한영그룹의 시추선이 될 겁니다."

"재미있겠군."

"오키제도로 끌어오던가 아니면 현지에서 가라앉혀야지요. 시점이 문제입니다만… 따로 생각해두신 것이 있으신지요."

"기다리세요. 시기는 자연스럽게 알게 될 겁니다."

"하지만……."

"이제 내가 손댈 일은 없어요. 때가 되면 그분께서 신호를 내실 겁니다. 우린 그저 흐르는 대로 가면 됩니다."

"알겠습니다."

"오늘은 그저 서로의 친분을 돈독하게 하기 위해 모신 겁니다. 즐겁게 드시고 하나코 상의 마사지 솜씨나 감상하세요. 그 아이 록본기 힐즈 팬트하우스로 보내놨습니다. 돌아가시는 길에 잠시 들리시지요."

니시의 얼굴에 희미하게 미소가 피어올랐다.

"감사합니다. 회장님."

"자자. 마십시다. 자고로 밤일은 술기운이 좀 있어야 힘이 나는 겁니다. 하하하."

몇 순배가 더 돌고 취기가 조금 올라올 무렵 술자리를 파하고 니시를 배웅한 마사하루는 술시중을 들던 다른 여자의 부축을 받으며 침실로 들어갔다. 새벽 1시, 이제 쉬어야 할 시간이었다.

벗은 옷을 여자에게 넘겨주고 쓰러지듯 침대에 누웠다. 며칠 신경을 곤두세워 발기가 될까를 걱정했으나 실오라기 하나 걸치지 않은 20대 초반의 미녀가 머리끝부터 발끝까지 정성껏 애무와 마사지를 계속한 덕인지 불끈 아랫도리에 힘이 들어갔다.

길고 지루한 하루를 끝낸 밤의 격렬한 정사, 아내라는 정신 나간 여자가 별거에 들어간 것이 천만다행이었다. 일을 끝낸 여자는 따뜻한 수건으로 그의 몸 곳곳을 닦아낸 다음 조용히 침실을 떠났다. 이제 남은 건 편안한 휴식, 침대 속으로 가라앉는 것처럼 아득한 사지의 느낌을 음미하면서 눈을 감았다.

"어이 배불뚝이. 일어나지?"

'응?'

얼마나 지났을까? 깜빡 잠이 들었는가 싶었는데 꿈결에서 누군가의 목소리가 들려왔다. 영어, 하버드에서 7년을 보낸 마사하루에겐 친숙한 언어였다. 눈을 뜨려 하는 순간 입안으로 뭔가 차가운 것이 밀고 들어왔다. 눈앞엔 시커먼 그림자가 유령처럼 허공에 떠 있었다. 그림자가 말했다.

"이거 권총이야. 데저트이글이라고 한 방이면 머리통이 통째로 터져나가는 무지막지한 놈이지. 마법사가 들고 다니던 거야. 이해했나?"

마사하루는 급히 고개를 끄덕였다. 그의 입에서 천천히 총구를 빼낸 그림자가 다시 말했다.

"조용히 하면 그렇게 될 일은 없다."

"누구냐? 어떻게 여길 들어왔지? 감히… 컥!"

다급한 질문, 그러나 목젖에 쏟아진 격렬한 통증이 입을 막아버렸다.

"쓸 데 없는 이야기를 하게 하는군. 질문은 내가 한다. 넌 대답하고."

거칠게 말한 대한이 10여 초 넘게 바튼 기침을 한 마사하루의 뺨을 두들겼다.

"이제 들어볼까? 그분이 누구지?"

"그분이라니? 무슨 소리냐?"

"니시 장관에게 그분이라는 단어를 쓰더군. 그분이 누구지?"

'도청인가? 반도청 장치가 곳곳에 널렸는데?'

마사하루는 거물답게 금방 평정을 되찾았다. 상대가 도청을 했든 안 했든 원하는 것이 있으면 죽이지 못한다는 판단, 더구나 여긴 경호원들이 잔뜩 깔린 흑룡구락부 회장의 저택이었다. 상대를 심하게 자극하지만 않으면 될 터였다. 그가 차분하게 말했다.

"내가 그분이라고 칭하는 사람은 천황폐하뿐이다."

"뭐? 천황? 이거 지나가는 개가 웃겠군. 그 지독하다고 소문난 일본 우익그룹이 핫바지 천황의 지시를 받아? 헛소리 그만해라. 그냥 쏘고 사라지는 수가 있다."

대한은 베개를 하나 집어 소음기 앞에 대면서 말했다. 얼음처럼 차가운 목소리, 그러나 마사하루 역시 지지 않고 말을 받았다.

"사실이다. 내게 그분이라는 단어를 들을 수 있는 사람은 천황폐하뿐이다."

"호오… 그럼 천황이 시추선을 공격하라고 명령한다는 거야? 좋아. 말은 안 되지만 그냥 그렇다 치고, 그럼 언제 공격할 건데? 그것도 모르나?"

"모른다."

단호한 대답, 대한이 픽 웃었다.

"거물이라더니 간이 배 밖으로 나왔군. 이제 다시 묻지 않겠다. 언제냐?"

"……."

마사하루는 아예 입을 다물어버렸다. 감히 방아쇠를 당기지는 못할 거라고 자신하면서, 그러나 불과 2초 후, 마사하루는 자신의 턱없는 자신감을 탓해야만 했다.

"그럼 난 이만 사라져야겠다. 잘 가라."

픽! 픽!

이야기와 동시에 베게로 마사하루의 얼굴을 찍어 누른 대한은 더 생각하지도 않고 연달아 방아쇠를 당겨버렸다. 어차피 보복조치를 위해 찾아온 곳, 그분이란 놈의 이름이 못내 궁금했지만 입을 열지도 않을 놈을 데리고 길게 입씨름을 하는 건 시간낭비였다.

대한은 죽은 마사하루의 얼굴 위에다 터져나간 베개를 그냥 내려놓은 채 미간을 좁혔다.

"젠장! 비서실장이란 놈을 찾아야 하나? 아냐. 아니다. 시끄러워서 좋을 일 없다. 조용히 사라지자. 가자."

"응."

두 사람은 조용히 침실을 나섰다. 긴 다다미 복도 끝에는 들어올 때 기절시킨 경호원 둘이 널브러져 있었다. 대한은 반대쪽으로 방향을 잡아 창문을 통해 정원의 상황을 확인했다. 방범 시스템과 전화는 죽인지 오래, 보이는 건 널찍한 잔디밭과 정원수들뿐 특별한 움직임은 없었다.

"치우비 가동하고 곧장 빠져나가자. 가로등은 전부 죽여. 치우비 온라인."

대한은 치우비 가동이 끝나기도 전에 창문을 뛰어넘었다. 순간적으로 전원이 나간 정원은 칠흑같이 어두웠고 암흑에 스며든 치우비는 두 사람의 움직임을 완벽하게 차단했다.

"무슨 일이야! 비상전원 켜! 빨리!"

대한은 여기저기서 들리는 고함 소리를 뒤로 한 채 유령처럼 잔디밭을 가로질렀다.

마사하루의 저택을 빠져나온 대한은 곧장 치우로 돌아와 서울로 향하면서 뒤죽박죽이 되어버린 머릿속을 하나씩 까뒤집어 차분하게 정리를 시작했다. 우선 일본, 때맞춰 흑룡구락부 회장이라는 놈을 사살했으나 문제는 여전히 남았다. 애당초 일본의 우익단체라는 건 한 사람이 움직이는 조직이 아니다. 수많은 관변단체와 언론이 한통속이 되어 여론을 몰아가는 방대한 세력이다.

결국 화풀이만 했을 뿐 근본 문제는 그대로 남은 형국, 마사하루의 사망이 극우의 책동을 잠시 연기하는 효과를 가져 올 수는 있겠지만 한영그룹 시추선이 위험에 노출되어 있다는 건 여전히 부동의 사실이다. 그렇다고 독도 해상에서 대놓고 군사적 충돌을 일으키는 것은 일본의 의도에 맞장구를 쳐주는 모양새, 진퇴양난이라는 사자성어는 정확하게 이런 상황을 일컫는 말일 터였다.

"젠장! 더럽게 애매하네. 시점도 모르고… 그냥 두고 보는 수밖에 도리가 없잖아?"

한반도에서 소규모라도 전쟁을 유도하고 옆에서 부채질하면서 챙길 것 챙기겠다는 생각이란 건 분명했지만 그렇다고 마구잡이로 일본 경제를 흔들어버릴 수도 없었다. 애꿎은 피해도 우려되고 부메랑처럼 한국으로 돌아올 경제적 타격도 생각해야 했다.

길게 한숨을 내쉰 그가 컨트롤 패널 앞에 앉은 아영을 돌아보며 말했다.

"휴…… 일단 그 니시인지 니미인지 하는 국방성 장관과 해자대 사령부를 24시간 감시하는 선으로 정리하자. 지금으로선 뾰족한 방법이 없다."

"알았어. 지금 버그부터 심어놓을게."

아영의 대답은 언제나처럼 시원스러웠다. 잠시 기지개를 켠 그가 다시 말했다.

"그래. 그런데 넌 어떻게 생각하냐? 이한우 이 양반 말이야."

"그 사람이 왜?"

"사사건건 부딪히는 거 같아서 말이야."

"솔직히 이대로 두면 두고두고 골머리 썩을 거 같아. 앞으로 몇 달은 중국이라는 거물하고 머리싸움을 해야 되는데 대통령하고 따로 노는 건 자칫 심각한 문제를 만들 수도 있어."

"그건 그렇지. 하지만 저쪽도 머리가 있으면 일이 이상하게 풀렸다는 생각은 하지 않을까? 생각해봐. 엉뚱하게 중국 총리가 피격됐고 나는 죽은 걸로 되어 있어. 대통령이 어떻게 생각할까?"

"기회라고 생각할 수도 있어."

"엥? 그건 또 뭔 소리여?"

대한의 눈이 슬쩍 치켜떠졌다.

"그 사람이 의도한 건 아니지만 오빠랑 내가 없어진 미래그룹은 힘으로 쥐고 흔들 수 있다고 판단할 수 있어. 거기다 북한 지도부가 중국과 심각하게 반목하는 상황을 고려하고 중국의 통신여건이 아직 심각하다는 것까지 고려에 넣으면 오판의 가능성은 충분해. 쉽게 이제라도 다시 비선을 가동해서 대규모 내전을 유도하고 상황을 봐서 북진하겠다는 논리가 먹힐 수도 있다는 이야기야. 물론 말도 안 되는 억지지만 지금까지 해온 행태로 보면 마구잡이로 밀어붙일 가능성도 없지 않아."

"쩝… 우리가 나타나든지 협박을 해서 눌러 놓든지 하라는 이야기냐?"

대한이 오만상을 찌푸렸지만 아영은 담담하게 말을 이었다.

"일단 주변 여건만으로 보면 그래. 우리가 계속 잠수하는 건 대통령의 오판을 유도하는 꼴이 될 수도 있어. 군부대 비상대기 레벨도 지난 총격사건 직후에 데프콘 3로 다시 격상됐어. 심각하게 생각해봐야 할 문제야."

"머리 아프네. 그건 일단 보류. 생각 좀 더 해보자. 중국은 어때?"

"번시本溪에 주둔하던 39집단군 190기계화 보병여단이 퉁화通化까지 장거리 기동훈련에 들어간 것 빼면 전반적으로 조용해. 대신 외교부 차관 차이허우와 선양 군구 부사령관격인 천궈링 상장이 오늘 평양으로 간대."

"지린성까지 기동훈련이면 일단 협박이라고 봐야 되는데?"

"응. 확실치는 않지만 만포 쪽에다 조공助攻을 배치하는 수순일 수도 있어."

"제길. 머리 쥐나겠다."

"그리고 최기선이라는 사람 말이야. 원용해 부위원장에게 알려 줘야 하는 거 아니야?"

"아니. 그놈은 일단 놔두자고. 어차피 스파이니까 나중에 써먹을 데가 있을 것 같다. 사실 따지고 보면 원용해 부위원장도 기본적으로 평생을 공산주의에 젖어서 산 사람이야. 믿을 만한 사람이긴 하지만 100% 믿을 수는 없어. 솔직히 너 말고 온전하게 믿는 사람은 아무도 없다."

최고의 찬사, 아영은 대한을 마주보면서 예의 환한 미소를 머금었다.

"고마워. 호호. 그럼 이제 서울로 돌아갈 거야?"

"그래. 일단 돌아가야지. 하지만 잠수는 계속이다. 당분간 공식 석상엔 나서지 말자."

"알았어."

"지금 어디냐?"

"서해상. 곧 우리 해역으로 들어가."

"그럼 잠깐 함교 윈드쉴드 개방해라. 그리고 최문식 의장님 좀 연결해줘. 뭐 새벽이지만 노인네 힘 쓸 일도 없으시니까 괜찮을 거 야. 후후."

"응."

그의 생각을 읽었는지 아영은 윈드쉴드를 거의 180도 가까운 넓이로 열었다. 창밖의 동쪽 하늘은 뿌연 파스텔 톤으로 밝아오고 있었다. 새카만 파도 위로 멀리 해안선의 실루엣이 빠르게 다가섰다.

"당장은 배고파도 내일은 '대한민국'이다. X팔! 다 덤벼!"

나직하게 욕설을 내뱉는 그의 귓전에 아영의 부드러운 목소리가 흩어졌다.

"최문식 의장님 연결됐어."

의외의 변수

아침 일찍 예정에 없던 최문식의 방문을 받은 이한우는 불편한 심기를 감추지 않았다. 김대한이란 놈이 국정 전면에 모습을 드러낸 이후 되는 일이 하나도 없었던 것이었다. 보기 싫은 놈 이제 죽어버렸지만 속이 시원하지도 않았다. 일이 엉뚱한 방향으로 비화되어버려서 뒷수습이 마땅치 않았고 주인 없는 미래그룹의 장악도 이대로는 영 부담스러웠다. 미래그룹과 한통속이 된 군부의 방문이 달가울 수 없는 이유였다. 최문식의 인사를 받는 둥 마는 둥 한 이한우가 조금은 퉁명스런 목소리로 말했다.

"갑자기 무슨 일이오?"

"기무사에서 긴급한 보고가 들어와서 독대를 청했습니다. 각하."

"긴급한 보고?"

"예. 그제 보고 드렸다시피 82시간 전, 김정일 국방위원장의 장례식장에서 원자바오 중국총리 피격사건이 있었습니다. 그리고 당일 오후, 김대한 미래그룹 회장에 대한 저격도 함께 이루어졌다는 사실이 밝혀졌습니다."

"김 회장이 저격당했다고?"

이한우는 필사적으로 표정관리를 했다. 아는 이야기지만 기색이 드러나는 건 곤란했다. 상대는 김대한과 아삼륙이 되어 설치던 최문식이었다. 최문식이 말을 이었다.

"현재 김대한 회장은 행방불명입니다. 북한 당국의 적극적인 협조를 받아 행적을 확인하고 있습니다만 아직 오리무중입니다."

"북한 당국의 협조를 받아?"

반문하는 이한우의 얼굴이 묘하게 일그러졌다. 최문식이 말을 받았다.

"예. 보위사령부가 적극적으로 수사에 협조하고 있습니다. 그런데… 수사 도중에 나카토미라는 이중첩자가 관련되었다는 첩보가 입수되었습니다."

뜨끔했지만 이한우는 시종일관 침착했다.

"나카토미?"

"그렇습니다. 수사범위를 넓혀가고 있으니 조만간 가닥이 잡힐 것 같습니다. 원자바오 총리 피격사건 등 일련의 사건이 한꺼번에 동시다발적으로 벌어져서 정황이 애매하긴 합니다만 김대한 회장의 저격에는 확실히 관련된 듯합니다. 김 회장 일행을 공격한 자들의 심문과정에서 나카토미라는 이름이 거론되었습니다."

"뭐하는 작자인데?"

처음 듣는 이름이라는 표정, 대답하는 최문식의 목소리가 차츰 커졌다.

"야노스케 나카토미라고 정보시장에서는 거물입니다. 우리 정부 고위층을 비롯해 국정원과 대기업을 상대하는 에이전트로 상당기간 활동했습니다. 일본 정보기관과도 적지 않게 정보장사를 했더군요. 이중스파이라는 이야기입니다. 10여 일 전에 인천을 통해 출국했는데 한국에 들어오면 체포해서 좀 더 깊이 파볼 생각입니다. 다만 이 자가 국정원과 깊게 관련되어 있어서 각하의 재가가 필요합니다."

이한우는 미간을 잔뜩 좁힌 채 고개를 끄덕였다. 나카토미가 이중스파이라는 이야기는 처음 듣는다. 만일 그 자가 정말 이중스파이라면 치명적인 스캔들로 번질 가능성이 다분했다. 더구나 한국의 잘나가는 회사 경영진을 일본인에게 암살하라고 지시한 지저분한 모양새가 된다. 절대 공개되어서는 안 되는 일, 그러나 누가 봐도 당장은 수사를 중단시킬 명분이 없었다. 일단 승인이 정답, 본격적인 수사가 진행되더라도 나카토미를 입국하지 못하도록 조치하면 그뿐이었다.

'깨끗이 치우는 게 낫겠지.'

신속하게 마음을 결정한 그가 마른 입술에 침을 바르며 말했다.

"그렇게 하시오. 하지만 수사는 이중첩자라는 나카토미 건에 한해서 인정하겠소."

"감사합니다. 각하."

자리에서 일어나 거수경례를 한 최문식은 지체 없이 대통령 집무실을 나섰다. 엉망으로 일그러진 대통령의 얼굴을 조금 더 뜯어 보고 싶었지만 자칫 웃음을 참지 못하면 큰 낭패였다.

최문식은 대기하던 지휘차량을 타고 곧장 청와대를 벗어났다. 출근차량으로 붐비는 종로통, 가까운 주차장에 차를 세우라고 명령한 다음 차에서 내려 빽빽한 인파 속에서 대한에게 전화를 걸었다. 도청을 피하는 가장 확실한 방법이었다. 대한은 기다렸다는 듯 금방 전화를 받았다.

—예. 의장님.

"잘됐어. 솔직히 그 불여우 같은 양반이 그렇게 흔들리는 건 처음 봤네. 자네도 당황한 대통령 얼굴을 봤어야 하는 건데 말이야. 정말 볼 만했어."

—안 봐도 비디오입니다. 후후. 그나저나 조용할까요?

"자네 말대로 내가 쇼를 좀 해야지. 우리 수사관 10여 명만 동원해서 여기저기 흔들어대기 시작하면 당분간 딴 생각하기 어려울걸세. 그 나카토미라는 놈도 다시는 한국에 들어오지 못할 거고."

—입국은 둘째 치고 아마 암살을 걱정하면서 말년을 보내야 할 겁니다. 대통령이 바보가 아닌 이상 그냥 둘 리가 없으니까요.

"그럴까?"

—당연하죠. 제가 그 양반 입장이라도 이용 가능한 해외요원은 모조리 동원할 겁니다.

"흠… 역시 정치는 지저분해. 난 전역하면 자네 회사 경비원이나 해야겠어. 후후."

—본사 정문에다 의자 하나 가져다 놓겠습니다. 하하.

"그래. 그것도 좋지. 힘든 일만 시키지 말게나."

—지금 제대로 못 하시면 힘든 일만 드릴 겁니다. 크흐… 참! 그리고 한영 시추선에 신경을 좀 써 주셔야 합니다. 독도 근해에 우리 경비함들이 자주 출몰하면 아무래도 도발이 어려울 거니까요.

"당연히 해야지. 엄연히 우리 해역이고 우리 배일세. 공군 초계기까지 동원할 생각이니까 너무 걱정 말게나. 그건 그렇고 자네는 이제 돌아온 건가?"

—예. 하지만 당분간 죽은 사람입니다.

"알겠네. 신경 쓰지. 건강 잘 챙기고."

—그건 제가 드릴 말씀 같은데요? 후후.

몇 마디 농담을 더한 최문식은 전화를 끊고 곧장 차로 돌아갔다. 기무사령관을 만나야 할 시간이었다.

"그래서? 책임지지 않겠다는 이야기요?"

벌떡 자리에서 일어난 천궈링이 거칠게 언성을 높였다. 북한의 국방위원회 1, 2 부위원장 양협섭과 원용해가 모두 참석한 자리, 중국군 상장 정도가 할 수 있는 언행은 분명히 아니었다. 두 사람의 인상이 심하게 일그러지자 차이허우가 급히 천궈링을 끌어 앉혔다.

"앉아요. 천 상장."

천궈링이 씩씩거리며 털썩 주저앉자 차이허우가 조용히 말을 이었다.

"미안합니다. 두 분. 그러나 이번 사태는 사과나 유감표명 정도로 끝날 문제가 아닙니다. 어떤 방식이든 책임을 지셔야 합니다. 전쟁에 준하는 심각한 문제입니다."

어조는 부드러웠지만 협박이나 다름없는 말, 양형섭이 다소 상기된 목소리로 말을 받았다.

"저격을 주도했던 양성모 소장은 자살했고 관련자들이 속속 체포되는 상황이오. 우리가 실수는 했디만 그 두 사람은 국방위원회 상임위원이오. 두 사람이 물러날 경우 심각한 혼란이 일어날 수 있소. 지나친 내정간섭입네다."

잠시 통역의 말을 기다린 차이허우가 원용해를 날카롭게 노려보며 말했다.

"그럼 제2부위원장님의 생각은 어떠십니까?"

원용해가 굳은 목소리로 말을 받았다.

"양형섭 부위원장의 뜻이 내 뜻입네다. 아직 조사가 진행되고 있으니 기다리시오."

지난 1시간 넘게 계속된 지루한 질문과 대답은 줄기차게 제자리를 맴돌고 있었다. 처음과 달라진 건 천귀링의 높아진 언성뿐이었다. 차이허우가 입술을 비틀며 말했다.

"결론은 이미 난 것 아닙니까? 누가 범인이냐가 아니라 누가 책임을 질 것이냐는 이야기입니다. 경호에 책임이 있는 두 사람이 물러나지 않으면 이번 사태는 절대 수습되지 않을 겁니다. 우린 오늘 원자바오 총리를 모시고 귀국하겠습니다. 솔직히 북조선의 병원시설을 믿을 수가 없어서 말입니다. 긍정적인 회답을 기다리겠습니다. 그럼."

차이허우는 곧바로 자리에서 일어섰다. 사실 따지고 보면 외국 외교관이 상대국 대통령을 만나서 장관을 교체하라고 강요하는 꼴이니 말이 안 되는 상황, 가뜩이나 자존심으로 똘똘 뭉친 북조선 수뇌에게 통할 이야기는 아니었다. 일단 이 정도면 중국의 체면은 세웠고 북조선 압박 카드로도 나름 충분하다는 판단이었다.

남산 청사를 나선 두 사람은 곧장 봉화진료소로 직행해서 출국 준비를 마치고 대기하던 원자바오 총리 일행과 합류했다. 원자바오는 벌써 일어나 의전차량에 타고 있었다. 왼쪽 어깨에 총상을 입었지만 요행히 큰 부상은 아니었다.

"움직여도 괜찮으시겠습니까? 각하?"

급히 다가간 차이허우의 말에 원자바오가 눈가를 찡그리며 말했다.

"괜찮네. 어서 가세. 역시 집이 편해."

나이 탓에 아직 움직이는 것이 부담스러웠지만 시설이 낙후한 북한의 병원에서 치료하는 것도 불안하기는 마찬가지여서 서둘러 귀국을 결정한 상황이니, 바로 움직이는 것이 원자바오를 도와주는 것이었다.

"모시겠습니다. 가자!"

그의 말이 떨어지기가 무섭게 의전차량과 경호부대가 움직이기 시작했다.

텅 빈 거리를 질주한 의전차량이 순안 국제공항에 도착한 것은 오후 2시, 공항에는 동원된 것처럼 보이는 평양시민 천여 명이 양국 국기를 흔들고 있었다. 일행은 시민들을 깨끗이 무시한 채 심각한 얼굴로 시민들 사이를 통과해서 지체 없이 전용기에 탑승했다. 탑승 직전에 손을 흔드는 정치인 특유의 쇼맨십 같은 건 아예 생략해버렸다. 명색이 국제공항이지만 하루에 겨우 두 편이나 세 편이 뜨는 작은 공항, 굳이 관제탑의 이륙허가를 기다릴 이유도 없었다. 즉시 활주로를 내달린 전용기는 평양 상공을 한 바퀴 선회해서 곧장 서해상으로 방향을 잡았다.

비행기가 정지고도에 올라섰다 싶을 무렵 잠시 눈을 뜬 차이허우는 마른 침을 몇 번 삼켜 멍한 귀청을 뚫었다. 아직 안전벨트 경고등도 꺼지지 않은 시간, 몇 분은 더 지나야 움직일 수 있겠다 싶어 다시 눈을 감았다. 순간, 섬뜩한 오렌지색 섬광이 망막을 덮은 눈꺼풀을 날카롭게 꿰뚫었다.

"크으!"

반사적으로 눈을 떴지만 보이는 건 없었다. 눈앞은 온통 새하얀 백지, 순간적으로 엄청난 폭음이 기체를 뒤흔들었다. 그리고 사지가 허공으로 불쑥 떠오르는 느낌, 그것이 기억나는 전부였다.

"이건 또 무슨 난리야! 확인된 거 있니?"

대한은 허둥지둥 아영의 방으로 들어섰다. 오랜만에 얼굴을 본 유민서와 점심식사를 같이하면서 오붓한 시간을 보내던 와중에 총리 전용기의 추락소식을 들은 것이었다. 아직 매스컴에 알려지지는 않았지만 이건 전 세계를 뒤흔들게 될 무시무시한 사건이었다. 아영이 메인 모니터에다 추락 잔해를 찍은 위성사진을 띄우며 말했다.

"공중폭발이야. 현재 북한 평방사 병력이 동원되고 있어. 생존자는 없는 것 같아."

"제기랄! 원자바오는?"

"탑승한 거 확인됐어."

"끄응······. 죽었다는 이야기네."

대한은 새된 신음을 토해내며 의자 하나를 끌어다 털썩 주저앉았다. 천지개벽이라고 일컬어야 할 만큼 엄청난 사단, 일단 블랙박스를 회수하고 사고원인을 찾아내는 과정에서 어느 정도 시간을 벌게 되겠지만 그 결과는 이미 상관이 없어져버렸다. 살얼음판을 걷던 중국과 북한이 파국으로 치닫는 건 이제 기정사실, 엉뚱한 곳에서 상황이 급박해져버린 것이었다.

이번에도 역시 누구냐가 문제. 기존의 저격사건은 일본의 의도가 분명했지만 이건 아니다. 북한이 저질렀을 리는 만무하고 일본 커넥션도 지금은 시시각각 좁혀오는 수사망을 피하기에 급급한 상황일 터였다. 결국 남은 가능성은 중국 내부뿐이었다. 너무 커버린 원자바오를 제거하고 이를 빌미로 북한을 확실히 수중에 넣는 수순, 후진타오가 손을 댔을 가능성이 가장 컸다. 그가 고개를 가로저으며 중얼거렸다.

"후진타오일까?"

아영이 박살난 비행기 잔해 속으로 화면을 확대하면서 말을 받았다.

"큰 그림으로 보면 가능성은 있는데 단언하긴 어려워. 이번 사건에 중국이 어떻게 반응하느냐를 보면 알 수 있겠지."

그림처럼 얼어붙어 있던 유민서가 아영 옆으로 다가가 책상에 걸터앉으며 물었다.

"중국이 북한을 침공하기라도 한다는 거야?"

대한이 침중한 얼굴로 고개를 끄덕였다.

"명분상으론 충분해졌어. 국가 원수에 준하는 사람이 저격을 당했고 이젠 비행기 사고로 죽었다. 전면전이 일어나도 전혀 이상할 것 없어. 더구나 중국은 전체주의 국가거든. 꼭대기에서 '해라' 하면 전체가 우 몰려가지. 따라오지 않는 사람은 반역자로 낙인찍어서 그 자리에서 총살시켜도 무방한 나라야. 지금 후진타오가 한마디만 하면 바로 전쟁이라고 봐야지."

"그럼 어떻게 해야 돼? 보고만 있어야 해?"

"그건 아니지. 만일 네가 후진타오라면 어떻게 할까? 글쎄. 우선은 골치 아픈 원자바오를 처리한 것으로 만족하고 북한을 압박하는 수순을 밟지 않을까? 어차피 중국도 바로 전쟁을 결행하는 건 무리야. 당장은 민간 위성을, 그것도 외국 걸 빌려 쓰는 처지잖아. 사실 현대전에서 통신의 중요성은 절대 무시할 수 있는 게 아니거든. 전쟁을 해도 당분간은 죽기 살기로 통신능력 회복에 매달린 다음에나 목소리를 높일 거다. 우리도 그 몇 달 동안 중국 태클 걸면서 부지런히 준비를 해야지."

그의 말에 유민서가 화들짝 놀라며 반문했다.

"진짜 전쟁을 하려고?"

"막말이지만 힘이 있어야 전쟁을 피할 수 있어. 가진 것 없이 평화 외쳐봐야 죽도 밥도 안 돼."

"무슨 소리야. 오빠. 전쟁은 안 돼. 더구나 상대는 중국이야. 핵 보유국에다 인구만 15억이나 되는 나라야. 우리가 신무기 몇 개 가지고 있다고 상대할 수 있는 나라가 아니야."

"물론이다. 유사시 동원할 수 있는 군대가 1억이라고 하더군. 젠장! 군인 숫자가 1억이 뭐냐. 1억이. 식량도 부족한데 수틀리면 중국 인구 한 1억 줄여버려?"

"오빠! 농담이라도 그런 소리 하지 마!"

유민서가 상기된 얼굴로 뾰족하게 고함을 질렀다. 농담처럼 한 이야기였지만 진심이 섞이지 않았다고는 단언할 수 없었다. 그녀가 아는 대한은 한다고 하면 정말 하는 사람, 인구 1억이면 국가 하나를 지우겠다는 엄청난 이야기지만 정말 할 것 같았기 때문이었다.

유민서의 붉게 달아오른 뺨을 슬쩍 올려다 본 그가 픽 웃었다.

"인석아. 걱정 마라. 1억을 어떻게 죽이겠냐. 걱정 붙들어 매시고 생산관리나 열심히 하셔. 이제 일이 급해졌다. 오늘 저녁때 사장단 회의 소집하자. 민서는 지금 나가면서 보안시스템에다 미래 포스 6기 숫자를 80명까지 늘려 잡는다고 통보해라."

"80명? 그럼 보안시스템에 배치될 사람들까지 하면 400명 이상 모집해야 되는데? 너무 많은 거 아니야?"

"상황이 좋지 않잖아. 특수부대 전역자 숫자는 충분하니까 걱정 마라. 합참에는 내가 연락해놓으마."

"알았어. 그럼 오늘 저녁 데이트는 또 물 건너 간 거네?"

마지못해 대답하는 유민서의 얼굴은 울상으로 변하고 있었다.

대한이 그녀의 손을 쓰다듬으며 말했다.

"미안하다. 상황이 너무 빨리 변하고 있어서 이젠 화장실 갈 시간도 없을 거 같다. 시간 나는 대로 전화할게. 미안."

"치… 알았어. 바람피우는 거 아니니까 봐준다. 생산라인 풀가동하라는 소리도 할 거지?"

"그래. 이젠 눈치가 빠하네. 후후. 아영이 통해서 회사 전체로 비상근무 체제 통보는 내려갈 거야. 어서 가라. 이따 사장단 회의 때 보자. 이리 와."

그가 살짝 손을 당기자 유민서는 금방 밝아진 얼굴로 다가와 가볍게 키스를 하고 돌아섰다. 샴푸냄새가 묘하게 코끝을 스쳤다.

'우쒸! 데이트 할 시간도 없이 이게 뭐야. 젠장! 내 청춘 돌려달라고!'

방을 나서는 유민서의 늘씬한 다리에다 시선을 고정한 채 한숨을 폭 내쉰 그는 곧장 잡생각을 털어내고 다음 일을 구상하기 시작했다.

"아영아. 일단 미래포스 인원을 최대한 확보하자. 목표는 300명, 현재 160명이니까 지금 훈련소에 있는 5기 인원에서 20명을 더 뽑아서 미래포스를 60명으로 하고 6기에서 80명 더 뽑으면 300명 채우는 거다."

"그렇긴 한데… 5, 6기 보안시스템 인원에다 할흐골에 있는 보안시스템 전투병까지 더하면 전부 2,300명이나 돼. 너무 많지 않아?"

"아니. 어차피 내년이면 몽골 식량기지 영역이 3배 가까이 확장되기 때문에 안전요원은 많이 모자라. 최대한 뽑아서 할흐골에 집결시켜."

"알았어. 그런데 정말 중국이 북한을 공격하면 어떻게 할 거야? 물리적으로 대응할 거야?"

평범한 질문, 그러나 대답은 살벌했다.

"상황을 좀 보자. 사전에 최대한 방해공작을 하고 그래도 안 되면 직접 손을 대야지. 물론 정권 바뀌기 전에 우리 군이 개입하면 일이 복잡해지니까 우리 직원들만 데리고 해야 할 거야. 일단 장거리 미사일 발사대는 전부 할호골로 가져가서 미래포스가 관리하게 해. X팔. 수틀리면 진짜 들이받을 거다. 내 거 건드리는 건 죽어도 못 참아."

"알았어. 생산계획 수정할까?"

"그래. 특히 EMP탄하고 대공미사일 확보에 신경 쓰자. 그리고 이지스함하고 핵추진 잠수함 진수목표가 언제였지?"

"MDD-2 1호선은 12월, 2호선은 내년 상반기야. MSS-301은 내년 하반기고."

"쩝… 너무 늦네. 할 수 없지. 최대한 서두르라고 해."

"응. 알았어."

"그리고 아영이 넌 핵무기 요격할 방법을 찾아봐라. 아이들 데리고 해킹으로 기지 시스템 파고들 방법도 찾아보고. 핵기지 근무하는 놈들도 최소한 이메일은 주고받을 거니까 잘 뒤져봐. 핵만 차단하면 재래식 무기로 달려드는 놈들 정도는 여기 앉아서도 얼마든지 손봐 줄 수 있다."

"알았어. 다른 건?"

"다른 건 사장단 회의에서 거론하자. 지금은 원용해 부위원장하고 통화 좀 해야겠다."

이야기를 끝낸 대한은 곧장 아영의 방에서 나오면서 원용해에게 전화를 걸었다. 따지고 보면 총리 전용기 추락으로 가장 속이 답답할 사람, 무제한으로 뒤를 받쳐주겠다는 전화 한 통화면 그런대로 힘이 될 터였다.

시간이 흐르면서 상황은 점점 더 급박해지고 있었다. 전용기 추락의 원인이 공중폭발로 가닥을 잡아가기 때문, 중국은 공식적으로 북한 지도부를 비난하고 나섰으며 북한은 완강하게 관련사실을 부인했다. 영문을 모르는 원용해로서는 당연한 반응, 그러나 중국은 마녀 사냥하듯 강력하게 북한 지도부를 매도했다. 관영 CCTV를 통한 논평에서 원자바오 총리 피격 및 전용기 추락사건의 책임은 모두 북한에 있으며 이에 따라 북한 지도부는 정부차원의 사과와 엄중한 책임자 문책이 이루어져야 한다고 목소리를 높였다.

거기에 더해 관영매체들을 이용해 험악한 여론몰이를 시작했다. 인터뷰에 나선 일반인들의 입에서 전쟁을 해서라도 북한을 응징하라는 식의 무시무시한 말들이 무한정 쏟아져 나왔고 알게 모르게 베이징 등 대도시 지역에 거주하는 조선족들에 대해 린치가 가해지는 일도 심심치 않게 벌어지고 있었다.

대한과 아영은 전용 엘리베이터에서 내렸다. 본사 2층, 사건이 일어난 지 무려 한 달만에 처음 회장실로 내려온 셈이었다. 아영이 회의실로 발길을 돌리며 말했다.

"이대로라면 내일모레 당장 국경에서 무력충돌이 일어나도 이상하지 않아. 원용해 부위원장이 얼마나 버텨줄지도 의문이고."

"일단 식량지원을 확대하면서 버텨보자. 그간 바닥을 기어다니던 민간의 대북지원규모도 눈에 띄게 늘어나고 있으니까 당장 문제가 생기지는 않을 거야. 군대는 어때?"

"중부와 동부전선 주력이 꾸준히 빠져나가고 있어. 이대로 진행되면 7월 말쯤 신의주로 병력배치가 끝날 것 같아. 남쪽에다 계속 화해 제스처를 보내고 있어서 남한 여론도 많이 좋아지고 있어. 매파들이 움직이기 어려워진다는 이야기지."

"대통령 손발을 묶어놓은 게 도움이 되긴 된 모양이네."

뒤늦게 두 사람을 발견한 비서실 직원이 황급히 회의실 문을 열었다. 두 사람이 들어서자 조용하던 회의실에 나직하게 탄성이 터졌다. 회의실에는 한명석을 비롯한 미래소재연구소 실세 4명이 나란히 앉아 있었다. 안도의 한숨, 행방불명이라는 소문이 사내에 파다했었던 것이다. 한명석이 재빨리 자리에서 일어서며 두 사람에게 목례를 했다.

"정말 반갑군요. 회장님. 부회장님."

"앉으세요. 저도 반갑군요. 후후."

모두들 자리를 잡고 나자 한명석이 다소 흥분한 목소리로 입을 열었다.

"좋지 않은 소문이 떠돌아서 걱정을 많이 했습니다. 무사하셔서 다행입니다."

"후후. 괜한 걱정을 하셨네요. 저나 부회장이나 쉽게 죽을 사람

아닙니다. 시작합시다. 좋은 소식이 있다면서요?"

"예. 상용 양자컴퓨터 '은하수' 건입니다. 인텔이 나노 프로세서를 내놓는 내년 초까지는 경쟁력을 갖춘 PC를 출시할 수 있을 것 같습니다."

"잘됐군. 초전도체 기술이전 계약은 어떻게 됐죠?"

"인수 대금 42억 달러에 로열티는 개당 1달러로 마무리했습니다. 달러화가 워낙 약세여서 더 낮출 수 없었습니다. 인수대금은 다음달 초에 20% 나머지는 설비 인수인계가 끝나는 9월에 입금될 예정입니다."

대한은 고개만 끄덕였다. 보고를 계속하라는 뜻, 한명석이 말을 이었다.

"최초 출시는 16큐빗 PC로 구상하고 있습니다. 아직 로직 제어 효율은 좀 떨어져서 기존의 듀얼 코어, 16기가 램 PC 연산속도의 240배밖에 안 되지만 '은하수'가 기존 PC시장을 석권하는 데는 전혀 문제가 없을 것으로 판단합니다. CPU 가격대는 기존 PC의 150% 정도로 예정하고 있습니다. OS시스템은 '대문 2020'으로 확정했습니다."

'대문 2020'은 아영이 가지고 있던 2090년형 양자컴퓨터 OS를 16큐빗 컴퓨터에 맞춰 다운그레이드한 프로그램, '은하수'와 함께 기존 PC와 OS시장, 게임시장을 완전히 뒤집어엎게 될 물건이었다. 한명석의 보고는 한동안 계속 이어졌다.

"……이른바 수퍼컴 용도로는 128 큐빗을 채용합니다. 승인이 떨어지는 즉시 양산준비에 들어갈 예정입니다."

"수고하셨습니다. 시작하세요. 단, 모든 건 극비로 진행해야 합니다. 프로젝트가 끝날 때까지 관련자의 보안등급은 전부 A마이너스로 상향조정합니다. 출시 발표시점은 새 정부가 들어서는 첫날로 하세요."

"알겠습니다. 회장님."

"다른 건 뭐가 있죠?"

"음문인식 무인어뢰 '돌고래' 건입니다."

하프늄 전지로 움직이는 '돌고래'는 평소엔 가동을 중지한 채 지정 해역에 고정되어 있다가 적함의 출현과 동시에 작동을 시작하는 무인어뢰로 최고속도가 시속 50노트나 되지만 본체 사이즈가 워낙 작아서 원자력잠수함 등 대형함의 경우엔 단발로는 격침이 불가능했다. 그러나 기동에 심각한 타격을 주기에는 충분한 위력을 가진 놈이었다. 해양세력의 열세를 고려해 개발을 지시해두었던 물건이 이제 끝을 본 모양이었다. 그가 고개를 끄덕였다.

"끝났나요?"

"지난주에 필드 테스트가 끝났습니다. 양산 승인을 요청합니다."

자신 있는 대답, 시간이 없으니 반가운 일이었다.

"유민서 사장에게 말해두지요. 연말까지 최소 100기까지는 생산하도록 조치하세요."

"알겠습니다. 이상입니다. 다른 사안들은 별도 서면으로 보고 드리겠습니다."

"좋아요. 우린 이 정도로 끝내고 올라가겠습니다. 회의 계속하세요. 그리고 우리 두 사람은 당분간 행방불명으로 남아 있어야 하니 그 점 유념하셔서 보안에 신경을 써주십시오."

"예. 회장님."

대한은 가벼운 목례만 하고 즉시 회의실을 빠져나와 다시 아영의 방으로 올라왔다. 아직도 중국의 움직임을 주시해야 할 입장, 마음이 급했다.

같은 시간, 원용해는 군사위원회와 내각의 확대 연석회의에 참석하고 있었다. 모두들 굳은 표정이었다. 좌장 양형섭이 군사위원회 6인 집단지도체제에 대한 간략한 설명을 끝내자 잇달아 원용해가 내각총리 홍성남과 부총리 두 사람의 유임을 선언했다. 군사위원회는 그간 미뤄뒀던 군부 고위직 20여 자리를 일사천리로 모두 채워 넣었다. 물론 대부분 원용해, 오형무 등 실세의 사람들이었다. 임명이 모두 끝나자 원용해가 착 가라앉은 목소리로 입을 열었다.

"여건이 좋디 않은 상황에서 어려운 자리들을 맡으셨습네다. 불굴의 투쟁정신으로 각고의 노력들 하시자우요. 우선 시급한 일들을 논의하갔습네다. 오형무 특별위원 발언하시라요."

"예. 부위원장 동지. 가장 시급했던 원유공급 문제는 미래그룹의 지급보증으로 해소되었습네다. 그리고 별도 비축유 형태로 러시아 측에서 사할린 원유 200만 배럴을 공화국에 무상공급하기로 했습네다. 대신 미래그룹이 우랄산맥 폐유전의 연질원유를 러시아에 내주는 조건으로 처리한 것 같습네다. 1차분 50만 배럴이 지난주에 먼저 들어왔습네다. 그러나 한 달에 30만 배럴 이상 이루어지던 중국의 원유공급이 일시에 중단되는 통에 수급은 아직 좋지 않았습네다."

북한의 원유도입은 1965년에 284만 배럴을 시작으로 1990년 1,700만 배럴까지 꾸준히 증가하다가 1995년에는 800만 배럴로 급격하게 줄어들었다. 구소련이 몰락하면서 원유대금을 경화硬貨로 요구했기 때문, 결국 외화가 부족한 북한은 석탄과 수력발전으로 근근이 에너지 부족을 때워오는 입장이었다. 현재까지도 연 1,200만 배럴을 넘기지 못하는 극단적인 에너지난에 허덕이고 있었다. 2010년 이후, 급격하게 감소한 한국의 원유소비량이 아직도 하루 200만 배럴을 상회하는 판이니 산술적인 비교는 불가능하지만 1년 소비량의 17%에 달하는 200만 배럴의 비축유는 북한지도부에게 가뭄의 단비 같은 엄청난 지원이었다.

그런 탓인지 발언하는 오형무의 표정은 물론 대답하는 원용해의 표정도 여유로웠다.

"정유공장들을 밤새도록 가동시키라우. 하루 2만 배럴은 되지 않캈어?"

"그렇습네다."

"부족한 건 미래 김 회장이 계속해서 지급보증을 해주겠다고 했으니끼니 러시아에서 그만큼 더 들여오면 되는 기야. 총력전으로 밀어붙이라우. 앞으로 원유 문제는 곽범기 부총리께서 총괄해서 충실하게 대비해주시라요."

"알갔습네다."

곽범기가 재빨리 일어났다 앉자 오형무가 다시 말을 받았다.

"원자재 부분은 특별한 문제가 없습네다. 중국이 국경을 차단하겠다고 엄포를 놨디만 실질적인 조치는 취해지기 어렵다는 판단입네다. 교류를 완전히 통제하면 동북삼성에 거주하는 인민들의 불만도 생길 테니까요."

"지방의 식량사정은 어떻소?"

"계속해서 미래그룹 배들이 들어오고 있고 남한 시민단체들이 보내오는 식량도 급격히 늘어나고 있습네다. 이번 달만 벌써 쌀과 밀, 옥수수를 합쳐 90만 톤이 넘습네다. 이대로라면 추수시점까지 식량수급에는 문제가 전혀 없을 걸로 판단합네다. 전년에 비해 오히려 풍족합네다. 일인당 하루 80그램 정도 더 배급이 될 것 같습네다."

"다행이군 기래. 하지만 지방군벌이 식량을 독차지하는 일이 없어야 될 기야. 앞으로 인민이 굶어죽었다는 소리가 내 귀에 들리면 지역사령관은 즉결처분하갔어. 이번에 새로 부임하는 각 군 사령관은 이점 확실히 기억하라우."

"예! 위원장동지!!"

20여 명의 우렁찬 복창 소리가 흘러나왔다. 그가 다시 물었다.

"군 배치는?"

"동부전선의 1군과 원산의 805기계화, 오로의 108기계화 군을 귀성과 평성으로 전진배치하고 있습네다. 장마가 한창이라 예정보다 늦어지고 있디만 큰 무리 없이 진행되고 있습네다. 서부전선의 815기계화 군단은 다음주부터 북상할 예정입네다."

"일단 순조롭군. 그런데 오늘 아침에 중국 외교부 장관이 들어왔다면서리?"

"예. 동지. 제2부위원장 동지와의 독대를 청했습네다. 지금 아래 층 혁명실에서 기다립네다."

원용해가 코웃음을 쳤다.

"흥! 욕심만 많은 간나들. 이번엔 무슨 트집을 잡으려고 날아온 기야? 일단 알갔네. 내레 지금 만나보디. 회의들 하시라우요."

원용해는 몇 마디 당부의 말을 더한 다음 곧장 자리에서 일어섰 다. 굵직한 사안은 모두 정리가 끝났다는 판단, 양형섭과 오형무가 남아 있으니 회의진행에는 문제가 없을 터였다.

그가 혁명실로 들어서자 60대의 살집이 뿌연 사내가 느릿하게 목례를 하면서 자리에서 일어났다. 중국 외교부 장관 양제츠, 건방 지다는 표현이 정확하게 어울리는 행태였다.

'건방진 간나새끼!'

재중국 대사에게 매일 외교부를 찾아서 죽는 소리를 하라고 명 령을 내려놓은 상황이라 북조선의 형편이 극단적으로 어려울 거라 는 판단을 하고 있을 터였다. 물론 나름 정보망을 동원하고 있겠지 만 제대로 된 정보를 입수하지는 못했다고 보아야 했다. 안 그래도 폐쇄적인 사회인데다 피격사건 이후 전국에 내려진 전군의 비상대 기 조치로 인해 모든 외국인들은 집밖으로 나서려면 보위부 요원 의 안내를 받아야만 했다. 특히 평양과 신의주의 중국인에 대해서 는 도를 넘어서는 밀착감시가 24시간 물샐 틈 없이 이루어지고 있 었다.

가볍게 악수를 나누고 자리에 앉자 양제츠가 빙그레 웃으며 말 했다.

"회의 중간에 나오시게 했군요. 송구합니다. 사실 급히 면담을 요청해서 오후엔 어려우리라고 생각했는데… 시간 내주셔서 감사합니다."

웃음은 '너 급해서 중요한 회의도 내팽개치고 내려왔지?' 하는 의미일 터였다. 원용해가 마주 웃었다.

"급한 사안들만 처리하고 내려왔습네다. 무슨 중요한 전갈이라도 있으십네까?"

"오전에 중-조 합동 사고조사 본부에 다녀왔습니다. 참담하더군요."

"그러셨습네까? 그러셨으면 사고 원인이 내부에서 일어난 폭발이나 기체 결함이라는 것도 아시겠군요."

은근한 책임추궁과 회피, 싸움은 이제 시작이었다. 비릿한 미소를 머금은 양제츠가 전형적인 한족다운 느릿한 말투로 말했다.

"내부의 폭발이었는지, 외부의 공격이었는지에 대한 조사 보고서는 잔해 수거가 모두 끝나야 나온다고 들었습니다. 아직 확실한 건 없다는 이야기죠. 뭐 설사 내부에서 폭발이 있었다고 해도 그 폭발물은 북조선 공항에서 설치된 겁니다. 올림픽까지 개최한 중국 공항의 보안상태가 그렇게 허술하지는 않으니까요. 눈도 많고 말입니다. 안 그래도 순안공항 정비사들도 불러다 조사해봐야 할 것 같다더군요."

"물론 필요하면 해야지요. 하지만 북조선 공항은 나쁜 짓 하는 게 더 어렵습네다. 비행기 숫자도 적고 보위부와 평방사가 24시간 철저히 감시하는 곳입네다. 정비사 혼자 작업할 수 있는 시간도 없으니 완전히 불가능하다요."

"글쎄요. 그거야 조사를 마치면 답이 나오겠지요. 하지만 한 가지 분명한 것이 있습니다. 총리께서는 국방위원장 장례식장에서 1차 피격을 당하셨고 결국에는 전용기 폭발로 사망하셨습니다. 70여 명의 중국 고위관리들도 함께 사망했고요. 전용기 사고 이전에 이미 암살기도가 있었다는 이야기입니다. 그런데도 책임이 없다는 말씀이십니까?"

"물론 피격사건에 대한 경호책임이 없다는 이야기가 아닙네다. 전용기 추락에 대한 책임이 북조선 지도부에 없다는 거디요. 전용기가 순안공항에 착륙한 이후 우리 평방사 병력 이외에도 중국군 무장병력이 24시간 기체 경비를 섰는데 어떻게 순안에서 폭발물을 기체 내부로 반입했겠습네까. 억지는 사양입네다."

오리발인가 싶어진 양제츠는 눈을 가늘게 뜨고 여유로운 표정의 원용해를 노려보았다. 진퇴양난의 난감한 지경에 빠진 사람치고는 표정관리가 정말 대단하다는 생각이 먼저였다. 그러나 그뿐, 이 여우를 무릎 꿇리는데 그리 긴 시간이 걸리지는 않을 것이었다. 양제츠가 말했다.

"간단히 이야기하시죠. 부위원장. 식량사정과 자금문제로 많이 어려운 것으로 알고 있습니다. 전 도와드릴 능력이 있고요."

"그래서요?"

"즉시 오형무, 태형철 두 위원을 숙청하십시오. 그러면 중단된 원유공급도 즉각 재개될 것이며 신중하게 검토 중인 무역제재 조치도 중단할 겁니다."

"흠… 무역제재라… 재미있군기래. 우리 북조선이 세상에서 고립된 채 중국만 쳐다보고 살아온 세월이 꽤 되디요. 남은 게 별로 없어서 문제디만. 뭐 어쨌든 최근 우리 북조선은 남조선은 물론이고… 러시아를 비롯해 중동 국가들과도 상당한 교류를 해오고 있습네다. 테러 지원국에서 해제된 덕에 외국돈만 충분하면 교류는 크게 힘들지 않더군요. 무슨 뜻인디 아시갔습네까?"

"……."

양제츠는 꿀꺽 침을 삼켰다. 분명히 도발이라는 걸 느끼면서도 마땅히 할 말이 생각나지 않았다. 원용해가 다시 말을 이었다.

"중국이 무역제재 조치를 결행한다고 해도 우리 북조선은 지나온 60년처럼 가열차게 앞으로 나갈 겁네다. 강요한다고 해서 거짓이 진실로 바뀌는 건 아니디요."

"책임을 질 수 없다 이런 이야기입니까?"

"관련자들은 모두 체포되거나 자살했습네다. 거기에 더해 무려 20명이 넘는 고위 장성을 숙청했디요. 더 요구하는 건 지나친 내정 간섭입네다. 전용기 사고 건은 아직 원인조차 확실치 않고 총리 피격에 관해서는 공식적으로 사과를 했으니 해야 할 도리는 했다고 생각합네다. 총리의 부상에 관련해서 발생한 비용은 모두 북조선이 부담하디요."

미간을 좁힌 양제츠가 고압적인 목소리로 말을 받았다.

"논점을 흐리지 마십시오. 부위원장. 고위 장성 20명을 숙청한 건 누가 봐도 친위 쿠데타의 후속조치에 불과합니다. 그걸 피격사건 관련자 처벌로 몰아가는 건 구차한 변명입니다. 눈앞에 있는 북조선의 여건을 직시하세요. 몇 달만 지나면 수십만 인민이 굶어죽을 수 있고 최악의 경우 양국의 무력 충돌로 번질 수도 있습니다."

"그래서요?"

원용해는 노골적으로 불쾌한 감정을 드러냈다. 다분히 의도적이지만 기세에 밀리는 건 사양이었다. 양제츠의 표정이 애매해졌다.

"어떤 핑계를 대시더라도 북조선은 장례식에 참석한 동맹국의 최고 지도자 경호에 실패했습니다. 그 책임 역시 피할 수 있는 것이 아니고요."

"나는 책임자 처벌이 끝났다고 했소. 솔직히 이야기해보시오. 내가 알아서 기길 바라는 거요?"

짜증스런 반응, 양제츠는 의뭉스럽게 말을 받았다.

"오! 아니죠. 그럴 리가요. 전 중국과 북조선의 우호적인 관계가 오래도록 지속되길 바라는 마음에서……."

"긴 이야기는 박춘기 외교상과 이야기 나누시오. 나는 더 할 말이 없군요. 이만."

원용해는 매섭게 말을 자르며 자리에서 일어났다. 다람쥐 쳇바퀴 돌 듯 끝없이 이어지는 지저분한 말장난은 엉덩이 무거운 외교관들이나 할 짓이었다. 말장난 말고도 할 일은 차고 넘쳤다.

회의실로 돌아온 원용해는 자잘한 사안들이 마무리 되고 자신에게 눈이 돌아오자 마지막까지 움켜쥐고 있던 비장의 카드들 중에서 몇 가지를 꺼내들었다.

"오늘 당장 미래 김 회장에게 회답을 보내갔소. 우선 전쟁포로와 정치범, 탈북자 수용소를 전면 개방합네. 해당지역 사령관은 수

용인원을 확실히 점검해서 보고하기요. 솔직히 이들이 공화국 내부에서 말썽을 일으킬 수도 있소. 바람직 못하디. 그래서 이들에게 할흐골 인력송출 우선권을 주는 것이 좋갔소. 일단 미래그룹이 원하는 연령대에 들어가고 건강상태가 양호한 사람은 최우선으로 할흐골로 송출합세다. 나머지 인원은 원하는 곳, 원하는 나라로 보내주는 것을 기본으로 검토하기요."

폭탄선언, 그러나 장내의 분위기는 이미 예상했다는 듯 차분했다. 당초 미래그룹의 요구가 있었을 때 고위층들끼리는 어느 정도 중지를 모아놓았던 사안이었다. 원용해가 장내를 죽 돌아보며 말을 이었다.

"그간 단절되어 있던 북남간 고위급 대화도 재개하갔소. 외교부는 즉각 북남 연락사무소 개설을 남측에 제안하고 적극적으로 추진하시오. 남측의 제안은 웬만하면 수용하도록 하기요. 준비에 만전을 기하시오."

원용해는 관련사안을 신속하게 협의하도록 명령하고 회의실을 나섰다. 중국과 남조선 사이에서 균형을 잡는 게 불가능하다면 답은 하나였다.

개헌

8월로 접어든 정국은 뜨겁게 타올랐다. 미래그룹은 북한에 쿠데타가 발생한 지 불과 두 달만에 4억 유로가 넘는 거액을 북한에 쏟아 붓는 초강수를 터트렸고 북한지도부는 그에 발맞춰 전격적인 개방선언으로 화답했다. 거기에 남측의 숙원이었던 전쟁포로 송환을 비롯해 정치범과 탈북자 석방, 북한 체신소 개방 등 굵직굵직한 사건들을 일주일이 멀다 하고 줄줄이 터트렸다. 물론 10년 이상 길게 시간을 두고 차근차근 집행하는 장기적인 계획이지만 그 청사진만으로도 민간을 자극하는 데는 부족한 것이 전혀 없었다.

무엇보다 가장 큰 이슈는 북한 주력부대의 북상이었다. 휴전선에 집중되어 있던 군부대 중 무려 4개 군단이 전선을 빠져나간 것이었다. 특히 서울을 위협하던 장사정 포병대와 기갑세력의 북상은 여러모로 시사하는 바가 컸다. 이어 북한 지도부는 공식적인 대북사업 파트너로 미래그룹을 지정했고 시베리아철도 부설권과 강계 일대의 500만 톤에 달하는 우라늄 광산과 70만 톤 상당의 지르코늄 광산을 미래그룹에 양도한다는 발표를 잇달아 토해냈다.

가채 매장량으로 따지면 300만 톤이 조금 넘지만 전 세계의 우라늄 가채 매장량이 400만 톤을 간신히 넘는다는 걸 고려하면 정말 엄청난 규모였다. 시가로만 따지면 무려 400조에 가까운 거대한 이권이었다. 세계 최대로 알려진 북한의 우라늄 광산은 미국와 중국이 가장 탐내는 자원이기도 했다.

더불어 미래그룹에 관련된 루머가 일파만파, 매스컴과 인터넷을 달궜다. 대한이 공식석상에 전혀 나타나지 않아 생긴 문제, 매스컴은 그의 과거를 들춰보기 시작했고 뒤늦게 그를 알아본 동창들이 학창시절 고생하던 그의 상황에 대해 입을 열면서 엉뚱하게 입지전적인 인물로 부각되기 시작했다.

동남아에서 유태현의 자금으로 환투기를 해서 단시간에 떼돈을 번 투자의 귀재라는 허황된 소문부터, 깡패 백여 명을 단신으로 때려잡은 주먹계의 대부, 노벨 물리학상 수상이 유력한 천재 물리학자 등등 이야기는 천차만별이었다.

빠르게 확산되던 소문은 광복절을 기해 남북 연락사무소가 개설되면서 급기야 모든 매스컴이 그에 대한 특집 기사를 싣는 폭발적인 반응으로 이어지고 있었다. 물론 비판적인 시각이 없는 건 아니지만 그의 급격한 대북 드라이브를 못마땅하게 생각하는 강성보수 세력조차 미래의 막강한 자금력과 여론의 힘에 눌려 함부로 입을 놀리지 못하고 있었다. 덕분에 이태식까지 여론의 전폭적인 지지를 받으면서 60% 이상의 일방적인 지지도를 보이는 상황이었다.

"그래서 이미지 관리를 위한 광고는 하자?"

대한의 반문에 박용호가 재빨리 말을 받았다.

"예. 회장님. 관영TV가 되어버린 KBC나 강성 언론이 입을 다물게 하려면 광고를 좀 내주시는 것이 현명합니다. 당장은 여론에 밀려 조용하지만 솔직히 언제 돌아설지 모르는 자들입니다. 미리 입을 막아놓을 필요가 있습니다."

"광고를 낸다고 입을 막을 수 있는 건 아니지 않소? 우리가 특별히 광고가 필요한 회사도 아니고 말이오."

"물론입니다. 하지만 어차피 그룹 이미지 광고는 필요합니다. 이미지가 깔끔한 신인 여배우 하나를 물색해뒀습니다. 5년쯤 그룹 전속으로 고용해서 회사 브로셔나 동영상에 쓰도록 했으면 싶습니다."

"필요하다면 그렇게 하세요. 단, 찔끔찔끔 나가는 광고는 안 됩니다. 신문의 경우, 유력 일간지는 물론 모든 전국지에 전면광고로 한꺼번에 내보내도록 하시고 공중파는 SBC를 위주로 하되 1년 이상 꾸준히 내보내세요. 상품이 아니라 이미지 광고에 한합니다."

"예. 회장님. 이만 나가보겠습니다."

"수고하세요."

박용호가 집무실을 나서자 대한은 곧장 전화기를 들었다. 이태식과 통화를 할 요량, 북한과 일을 풀어가려면 상의할 것이 한도 끝도 없었다. 그런데 오늘은 이태식 쪽에서 먼저 전화를 걸어왔다.

─안녕하십니까. 회장님.

"후보께서 먼저 전화를 할 때도 있군요."

선거를 불과 몇 달 앞둔 상황이어서 이태식은 정말 눈코 뜰 새 없이 바쁘게 돌아치고 있었다. 대한조차도 가능하면 통화 횟수와 시간을 줄이려고 노력할 만큼 턱없이 시간이 부족했다. 그런 사람이 일부러 시간을 내서 전화를 했다는 건 심각한 일이라는 의미였다. 이태식이 무거운 목소리로 말했다.

─급히 상의해야 할 일이 있어서 연락드렸습니다.

"말씀하세요. 보안회선입니다."

─이번주 금요일에 급작스럽게 개헌안이 상정됩니다. 재적의원 2/3가 집권여당이기 때문에 막을 방법은 없습니다. 알고 계셔야 할 일입니다.

"개헌이요?"

─예. 대통령과 집권여당이 임기 내 개헌을 하겠다고 공약으로 내건데다가 임기 내내 여러 차례 중언부언해서 약속을 해왔습니다. 사실 미룰 수 있을 때까지 미룬 거고 또 많이 늦은 거지요. 여기서 더 늦어지면 내년으로 넘어가니까, 저 사람들의 입장에서는 가장 크게 내건 대국민 약속도 지키지 않은 파렴치한 정당으로 몰린 채 총선에 들어가는 상황만은 피하고 싶었을 겁니다. 이번이 마지막 기회라고 봐야죠.

"개헌 수준은 어느 정도입니까?"

─일단 개헌안은 크게 두 가지입니다. 첫 번째는 '4년 중임제'입니다. 1987년 전두환 군부에게서 쟁취한 '5년 단임제'의 시대적 역할이 끝났으니 이제 정상으로 돌아가자는 거죠. 그간 꾸준히 논의되어왔던 사안이고 여야 대표들이 모여 중지를 모은 사안이라

크게 문제는 없습니다.

　사실 '5년 단임제'는 대통령직에 부적격한 자에게는 너무 긴 기간이고 대통령직을 훌륭히 수행하는 자에게는 너무 짧은 기간이었다. 대통령제를 채택한 국가 중에서 중임을 금지한 나라는 필리핀과 멕시코 등 정치여건이 낙후해서 대통령이 멋대로 전횡을 일삼을 가능성이 높은 나라들뿐이었다. 정치에 있어서만큼은 한국도 크게 다를 것이 없지만 '4년 중임제'는 정권에 대한 중간평가라는 순기능의 의미와 함께 능력 있는 정치인에게 다시 일할 기회를 주는 나름대로 바람직한 체제였다.

　"늦었지만 그나마 다행이군요."

　─예. 그런데 두 번째 조건이 문제입니다. 대통령 선거와 국회의원 선거를 동시에 치르되 국회에서 국무총리를 선출하고 대통령이 승인하는 절차를 밟자는 논리입니다. 대통령이 임명하고 국회가 재청하는 현행 총리 인선제도의 역순이 되는 거지요. 대통령 선거에서 승리할 가능성이 사실상 희박해졌다는 판단을 했는지 국회를 통해 임명된 국무총리로 대통령을 직접 견제하겠다는 의도로 보입니다. 그런데… 지금 국회의원 선거 일정까지 당겨버리면 아직 이합집산이 끝나지 않은 야당은 지리멸렬할 가능성이 상당히 높습니다. 원내 제1당 타이틀은 지금의 집권여당이 그대로 유지하는 것이고 따라서 그 부산물로 국무총리직 역시 손쉽게 챙기는 겁니다.

　"흠… 미국식 정·부통령제가 아니라 여전히 의원내각제 혼합이라는 이야기에다… 대통령 임기를 몇 달 줄일 테니 대신 국무총리직을 달라는 의미네요?"

한국의 통치체제는 대통령제에다 국무총리라는 의원내각제적 요소를 결합시킨 혼합대통령제였다. 총리인선 과정에서 국회의 동의를 거치지만 기본은 대통령에 의한 임명, 나쁘게 이야기하면 임의로 갈아 치울 수 있는 국무총리를 방패막이로 내세워 무책임하게 권력을 휘두를 수 있다는 의미였다. 따라서 대통령의 횡포를 막기 위해 국무총리를 의회에서 뽑는 순기능이라면 충분히 바람직하다. 그러나 현실은 정략적 의도였다. 이태식이 재빨리 말을 받았다.

―그렇습니다. 대통령 취임식과 국회 개원을 새해 첫날인 1월 2일에 동시에 하자는 이야기죠. 아무래도 이한우 대통령이 당의 절박한 요구에 밀린 것 같습니다.

"이제 이한우가 힘이 빠졌다는 이야기가 되나요?"

―그럴 겁니다. 사실 레임덕이 나온 지는 오래됐죠. 더구나 각 당의 대통령 후보가 모두 결정된 상황입니다. 이제 그 양반은 퇴임 이후를 생각해야 할 시점이죠. 그런데… 거기에 국무총리의 권한을 강화하는 조건이 달립니다. 행정의 일부, 즉 감사원과 법무부를 국무총리 직할로 떼어내서 대통령을 견제하겠다는 이야기더군요. 꽤나 깊숙이 검토를 했는지 세부법안도 상당히 구체적으로 나와 있습니다.

"다음 대까지는 국회를 장악할 수 있다는 생각을 하는 모양이네요?"

―그렇습니다. 여건상 충분히 가능한 일이고요.

대한은 씩 웃었다.

"노인네들이 우리 국민을 너무 쉽게 생각하는군요. 후후. 뭐 어떤 방식이든 개헌은 필요하고 이론상으론 나쁘지 않은 제도죠?

—괜찮은 제도입니다. 대통령의 터무니없는 전횡을 막는 기능은 사실 필요합니다. 차후의 개혁 작업에 장애물이 되지 않을까 하는 우려 때문에 신경을 쓰는 거죠.

"어차피 우리나라의 개헌은 당리당략이 개입되지 않으면 실행되기 어렵습니다. 일단 받아들이는 모양새를 택하십시오. 선거가 끝나고 대통령이 자연인으로 돌아가도 당은 국정파트너로 남아 있을 것이니 너무 코너로 모는 것도 좋지 않을 것 같습니다. 대신 그에 준하는 상당한 정치적 양보를 받아내야겠지요. 선거를 전후해서 검찰이나 관변단체들이 개입하는 걸 차단한다던지 정치자금법을 다소나마 이쪽에 유리하게 강화하던지 방송통신위원회 위원자리 몇 개를 야당 앞으로 빼오는 등 미리 해놓으면 좋을 일들 말입니다. 국무총리의 권한을 어느 정도 축소하는 방법도 있겠군요. 이 후보께서는 어떻게 생각하십니까?"

—그 정도로 충분하다고 판단하십니까?

"그간 집권여당의 실정도 많았고 각종 비리에 연루된 추태를 너무 오래 봐왔기 때문에 이번 총선에서만큼은 야당이 쉽게 몰락하지 않을 겁니다. 더구나 대통령 선거와 총선이 함께 치러지게 되면 아무래도 총선이 대선의 영향을 많이 받게 됩니다. 지금으로선 우리가 다소 유리하다는 이야기죠."

—저도 총선에서 참패하지는 않으리라고 생각합니다만 여러모로 부담스러운 건 사실입니다.

"너무 걱정 마십시오. 제게 복안도 몇 가지 있습니다. 좀 치사한

쪽이지만 집권당 쪽에서는 대놓고 해오던 짓이니 찔리지는 않습니다. 며칠 생각해보고 다시 통화를 했으면 싶군요."

―알겠습니다. 정리되면 다시 뵙죠.

"총선일은 언제가 됩니까?"

―아직 확정은 안 됐습니다만 아무래도 11월 중순 이후로 결정되기 쉽습니다. 개헌안이 국회를 통과하는 즉시 대통령이 직권으로 국민투표에 붙인다고 해도 공고기간에 투표까지 거치려면 물리적으로 시간이 필요하니까요.

"흠… 그래도 시간은 빡빡하군요. 좋습니다. 제가 개인적으로 현직 국회의원 전체의 디테일 프로필과 당선 가능한 신선한 인물들로 공천 리스트를 뽑아보지요. 후보께서도 괜찮은 사람들을 골라보십시오."

―그러겠습니다. 하지만 우리 쪽도 국회의원 공천권은 총재가 쥐고 있어서 제가 공천에 밀어 넣을 수 있는 사람은 한계가 있습니다. 잘해야 30~40% 수준이 될 겁니다.

"그 정도면 당장은 문제없습니다. 미래가 당에 공식적으로 지원할 대선자금 200억과 총선 200억 이외에 100억씩 추가 지원하는 걸 조건으로 걸어서 공천권 50%선을 확보해보십시오. 유세기간 막판에 지원되는 자금은 통제가 안 되더군요. 시점을 봐서 필요한 만큼 제한 없이 지원하겠습니다."

―감사합니다. 회장님.

"그나저나 아무래도 조만간 시간을 내서 식사라도 한번 해야겠습니다. 공천이나 자금에 대한 자세한 이야기는 그때 하시죠."

─기다리겠습니다.

전화를 끊는 이태식의 목소리는 처음보다 많이 밝아진 느낌이었다. 전화기를 내려놓은 대한은 곧장 아영의 방으로 건너가서 미리 준비한 대선과 총선 관련 파일을 화면에 띄운 뒤 다시 한번 훑었다. 박지웅의 대형 비리사실 10여 개가 나열되어 있었고 현직 국회의원들의 과거에 토해 놓은 무책임한 이야기들과 지저분한 구석들이 하나하나 증거자료와 함께 기록되어 있었다. 승부가 뻔한 대통령후보 박지웅의 비리문제는 새삼 거론할 이유가 없다. 그러나 국회는 다르다. 일단 현직 의원들 중에서 한 자리씩 차지하고 있는 중량감 있는 유력인사들부터 털어내야 했다.

그가 명단을 훑어보는 사이 아영이 등 뒤로 돌아오며 말했다.

"의원들도 비리 문제는 거론할 필요 없을 거야. 몇 년 전 수입쇠고기 사태 때 농민들 앞에서 수입쇠고기 시식회하면서 싸고 맛있다는 등 헛소리 한 것만 정리해서 공개해도 타격이 제법 클걸?"

"글쎄? 그래도 뭔가 확실한 한 방이 필요하다는 느낌인데… 이놈의 비리문제는 구구절절이 너무 많아서 시민들에게서 언제는 안 그랬냐는 식의 반응이 나오기 쉬워. 뭐 산뜻한 거 없을까?"

"친일파 후손은 어때? 재산 돌려받으려고 악을 쓴 사람들도 많은데."

"몇 안 되잖아. 그 걸로는 대세 장악이 안 돼. 지난번 야쿠자 뇌물 건같이 확실한 게 필요한데 말이야……."

그가 말끝을 흐리자 아영이 고개를 갸웃하며 말을 받았다.

"근데 내 시뮬레이션 프로그램상에서는 친일파 후손 28명이면 태풍을 일으키기 충분하다고 나오는데? 우리 쪽에서 뒤를 받쳐주지 않고 새 인물도 끌어들이지 않는 조건으로 해서 5:4:1 정도로 역전이야."

"28명이나 돼?"

"응. 전부 현직의원이고… 경북 최고의 부호였던 장직상을 비롯해서 김연수, 이능화 등 일제에 빌붙어 재산을 끌어 모은 진짜 악당들의 후손이야. 거기다 이제까지 멋대로 행해온 비리로 따지면 A4용지 100장은 간단히 넘어. 그나마 당시에 어쩔 수 없이 친일로 돌아선 사람들은 뺀 거니까 충분히 파괴력이 있어. 큰 변수만 없으면 야당이 이겨."

"쩝… 심하네?"

"국고로 운영되는 기관장이나 단체장들은 더 심해. 현직의원 중에서도 찾아보면 몇 사람 더 나올 거야."

대한은 파일을 닫으면서 쓰게 입맛을 다셨다.

"젠장. 이거 생각보다 많네. 증거자료는 다 있는 거냐?"

"당연하지. 확실한 사람들만 골랐어. 투기, 비리관련 자료는 너무 많아서 다 보려면 시간이 좀 걸릴 거야."

"휴… 솔직히 우리 정계에 친일후손이 이렇게 많은지 몰랐네. 일단 알았다. 정치권에서 공개하면 정치공세로 몰아갈 테니까 인터넷으로 먼저 가자. 최양익이나 박성렬이한테 시켜라. 꼼꼼하게 준비해놨다가 공천이 끝나고 입후보자 등록까지 마무리되면 그때 터트리라고 해."

"알았어. 준비할게."

폭등한 이태식의 지지도와 미래그룹의 후광에다 친일파 논란까지 한방 더하면 최소한 주도권은 넘겨받을 수 있다는 판단, 가능성은 충분했다. 아영이 자리로 돌아가다가 돌아서며 말했다.

"참. 오빠. 조금 있으면 이성그룹 이 회장님 오실 거야. 한 달이나 기다리신 상황이라 더 연기를 못했다던데?"

"안다. 비서실 스케줄에 있더라. 굳이 오신다고까지 하셔서 거절을 못했다."

미래그룹이 제아무리 엄청난 속도로 성장하고 있다 해도 아직 대한민국의 최대재벌은 이성그룹이었다. 그리고 직접 찾아오겠다는 이성그룹 회장의 요청까지 거부하기에는 여기저기 협조해야 할 사안이 너무 많았다. 특히 인텔에 넘겨줄 초전도체의 후속조치로부터 우주항공분야, 양자컴퓨터 합작회사에 관련된 일까지 주고받아야 할 것들이 엄청나게 쌓여 있었다. 아영이 다시 말했다.

"아마 오빠 얼굴을 직접 확인하고 싶었을 거야."

"그래? 북한에서 죽었다는 소문도 있었으니까 그럴 만하네. 언제지?"

"10분 남았어. 지금 내려가야 돼."

"가자."

대한은 지체 없이 자리를 털고 일어섰다.

이성그룹 이병욱 회장은 은퇴한 아버지와는 달리 50대 중반의 건장한 남자였다. 이병욱과 대한 두 사람 모두 외부에 노출되는 걸 극도로 꺼렸고 그간 진행된 쌍방간의 굵직한 거래도 전부 기획실장 박용호 명의로 진행되었기 때문에 실제 얼굴을 보는 건 처음이었다. 그가 들어서자 서둘러 소파에서 일어선 이병욱이 손을 내밀며 말했다.

"반갑습니다. 김 회장. 이쪽은 우리 막내딸 이하나요."

"안녕하세요?"

이병욱의 등 뒤에서 화사한 옷차림의 여자가 가볍게 눈웃음을 쳤다. 대한은 이하나에게는 가볍게 목례만 하고 이병욱과 악수를 하며 소파 건너편에 앉았다.

"안녕하십니까. 이 회장님."

"우리 처음이지요?"

"차일피일 미루다보니 그렇게 됐네요. 송구합니다."

"난 나대로 김 회장이 북한에서 행방불명 됐다고 들어서 백방으로 수소문을 했었어요. 무사하니 다행이구려."

"염려해주셔서 감사합니다."

"뭐 무사하니 됐고… 사실 오늘은 우리 막내아이 안면 좀 트게 하고 향후 숨이 긴 사업 이야기를 좀 나눌까 해서 왔어요."

대한은 슬쩍 이하나의 얼굴을 돌아보았다. 나이 27에 미혼이니 데려온 이유는 뻔했다. 이병욱이 말을 이었다.

"프린스턴대에서 MBA를 마치고 지난달에 귀국했어요. 한국에 친구도 없고 해서… 젊은 사람들끼리 알고 지내면 어떨까 싶어서 말이오."

"……"

대한은 말을 삼켰고 이하나는 당황했는지 순간적으로 얼굴을 붉혔다. 늘씬한 키에 제법 미인 축에 들어갈 외모, 화장이 좀 어색했지만 막 대학원을 졸업한 신출내기라는 걸 고려하면 그런대로 괜찮은 편이었다. 물론 유민서나 아영에 비하면 이래저래 부족하다는 느낌을 지울 수 없었다. 그래도 27에 MBA를 마쳤다면 제법 뛰어난 두뇌의 소유자일 터였다. 두 사람 다 말이 없자 이병욱이 껄껄 너털웃음을 터트렸다.

"이런. 이런. 말을 잘못 꺼냈군. 내 솔직히 이야기하리다. 취직자리 하나 부탁합시다."

"예? 취직이요?"

"이 철부지 녀석 아이비리그에서 공부했다고 하늘 높은 줄 몰라요. 김 회장이 데리고 세상을 좀 가르쳐줬으면 좋겠소. 우리 이성에서 일을 하면 회장 딸년이니 다들 설설 길 것 아닙니까. 그러니 미래에서 매운 맛을 좀 보게 해주시오."

"아빠!"

이하나가 사납게 눈을 흘겼으나 이병욱의 웃음은 그칠 줄 몰랐다. 한참을 더 웃은 이병욱이 겨우 숨을 가다듬고 말을 이었다.

"솔직히 김 회장도 미혼이고 해서 내 흑심이 좀 있어요. 그래서 일도 배울 겸 김 회장 측근에다 심어놓을 생각을 하고 왔어요. 오늘 여기다 버리고 갈 테니 알아서 사람 좀 만들어주시오. 부탁 좀 합시다."

대한은 대답 대신 슬그머니 미간을 좁혔다. MBA를 졸업했다지만 직장생활엔 막말로 생짜, 아는 것도 없는 재벌 2세를 데려다가 소꿉장난할 시간 같은 건 아예 없었다. 물론 신설법인에다 대충 발령 내고 잊어버리는 것도 한 가지 방법이겠지만 이성그룹 막내딸

이라는 명찰 때문에 이래저래 직원들이 신경을 써야 할 터였다.

잔뜩 찡그린 이하나의 얼굴을 가만히 건네다 본 그가 고개를 가로저었다.

"말씀은 감사합니다만… 전 사귀는 사람이 있습니다. 정식으로 약혼식을 올리지는 않았지만 약혼자가 있고 회사도 워낙 급격하게 변화하는 과정이라 당장은 여유가 없습니다."

"허허. 알아요. 명색이 기업을 하는 사람이 그 정도 정보도 없을까. 유민서 사장과 깊이 사귄다고 들었어요. 하지만 아직 결혼을 한 건 아니지 않소? 따지고 보면 3처4첩을 거느려도 누가 탓할 위치도 아니고 말이오."

"아빠!"

다시 이하나의 뾰족한 고함에도 이병욱은 아랑곳하지 않았다.

"가까이에서 기회를 잡아봐 이 녀석아. 이런 기회는 또 없으니까. 유민서 사장하고 싸울 생각하지 말고 김 회장을 휘어잡으면 되는 거야. 허허허."

이하나가 도끼눈을 뜨고 이병욱의 옆구리를 찔렀다.

"아빠. 집에 가서 봐욧! 너무해!"

"이거 보세요. 걱정입니다. 후후."

쓴웃음을 지은 채 잠시 투닥거리는 부녀의 모습을 보던 대한이 다시 난색을 표했다.

"하지만 회장님. 회장님도 아시다시피 요즘 상황이 여유롭지 못합니다. 급한 일들이 워낙 많아서 신경을 써드리기 어렵습니다. 여유가 좀 생기면 생각해보겠습니다."

한 발 물러서긴 했지만 분명한 거절의 의미, 그러나 이병욱은 집 요했다.

"아아. 그런 말이 나올 줄 알고 대안을 가져왔어요. 우선 새로 만든 법인 기획실에 자리 하나만 만들어서 타이핑이라도 시키세요. 조 단위 자금을 투입하는 합자회사인데 내 사람 하나 졸병으로 박아놓는 건 가능하지 않겠소? 서로 자주 연락하기도 어려운데 핫라인 하나는 가지고 있어야 할 것 아닙니까."

본격적인 사업추진이 시작되면 실제로 필요한 이야기, 대한은 내심 한숨부터 내쉬었다. 유민서에게 시달릴 생각을 하니 벌써부터 가슴이 답답해졌던 것이다.

이성그룹과 공동투자를 결정한 '은하수' 관련 사업은 향후 전 세계 PC시장의 판도를 완전히 바꿔놓을 엄청난 규모였다. 문제는 본체와 주변기기 생산은 물론이고 시장진입 기반까지 한꺼번에 구성해야 한다는 것, 말이 쉬워서 '컴퓨터와 관련기기'이지 몸뚱이부터 자잘한 주변 소프트웨어까지 모조리 새로 구성해야 하는 엄청난 작업이었다. 그것도 기존 구동체계와 하드웨어를 일일이 끌어안으면서 가야 하는 일이다보니 향후 3년간, 무려 15조에 달하는 천문학적인 자금과 인력을 투입하기로 결정했다.

본체와 소프트웨어 생산은 미래가 맡고 주변기기와 시장진입, 마케팅에 관련된 사안은 이성이 맡는 분업 형태, 수익성 부분에서는 미래가 좀 불리하고 투입자금은 7:3으로 이성이 더 많았다. 당장은 준비과정이라 각자 단독으로 해나가고 있지만 조만간 생산과 경영을 위한 양측의 인력투입이 본격적으로 추진되어야 할 형편이었다. 10조에 달하는 무지막지한 자금을 투입하면서 인맥을 거론하는데 마냥 무시할 수만은 없는 노릇이었다.

"일단 알겠습니다. 시간을 좀 주십시오. 자리를 만들어보겠습니다."

"그래요. 고맙습니다. 넌 잠깐 나가서 비서실에서 기다려라. 아니면 먼저 가든지."

이하나는 눈을 가늘게 뜬 채 이병욱을 노려본 다음 대답도 없이 벌떡 자리에서 일어났다. 귀찮은 딸년 치워버리겠다는 식의 이병욱의 태도에 화가 났다는 표시, 그래도 대한에게 웃는 낯으로 인사를 건네는 건 잊어버리지 않았다.

"그럼 다음에 뵐게요. 김대한 씨."

"예. 안녕히 가십시오."

'젠장!'

대한은 내심 욕설을 토해냈다. 당분간 유민서에게 제대로 시달릴 것 같은 불길한 느낌에 괜시리 등줄기가 서늘해졌다. 이하나가 응접실을 나가자 이병욱이 재빨리 사과의 말부터 꺼냈다.

"미안하게 됐어요. 어떻게 알았는지 김 회장 만나러 가는 걸 눈치채고는 소개해달라고 난리를 치는 통에 어쩔 수 없이 데려왔습니다. 한 2년만 데리고 있어주십시오."

대한은 한숨을 폭 내쉬었다. 거절이 쉽지 않았기 때문, 그러나 가까이 두는 건 더 어려웠다.

"연말까지는 시간이 없습니다. 대통령선거도 코앞이고 북한의 형편도 좋지 않습니다. 지금은 몸이 열 개라도 모자랄 형편입니다."

"알고 있어요. 은하수가 공식화될 때쯤이라도 불만 없습니다."

"휴… 신중하게 생각해보겠습니다."

"고맙소. 김 회장. 자… 이제 귀찮은 딸년 치워놨으니 본격적으로 일 이야기를 해볼까요?"

듣던 중 반가운 이야기, 대한이 얼른 자세를 바로 잡았다.

"듣겠습니다."

"쉬운 것부터 하십시다. 은행을 둘씩이나 정식으로 인수했던데… 정말 서민하고 중소기업만 상대해서 운영할 생각입니까? 솔직히 좀 궁금하더군요."

일단 전초전, 이쪽의 성향을 정확히 하고 싶다는 뜻일 터였다. 대한이 잘라 말했다.

"물론입니다. 대출은 가능하면 서민과 중소기업에 한해서 내보낼 생각입니다."

단답형의 대답, 이병욱이 빙긋이 웃었다.

"역시. 그럼 미래은행이 이성과 거래할 일은 많지 않겠군요."

"어쩔 수 없습니다. 예금을 해주신다면 감사히 받겠지만요. 후후."

"뭐 알겠소. 생각해봅시다. 미래가 경영하는 은행만큼 안전한 은행은 없을 테니까. 허허. 자. 그럼 이제 본론으로 가서… 몇 가지만 확인 좀 하십시다."

"말씀하십쇼."

"우선… 인텔에 넘겨주는 초전도체 설비 말인데 수량이나 품질은 어느 정도로 생각하는 겁니까? 풍문엔 설비 가격만 60억 달러가 넘는다고 들었소."

"비슷합니다. 제 판단이지만 아무래도 처음부터 물량 공세로 나올 생각인 것 같습니다. 시장이 선점된 상황이니 규모와 가격으로 승부를 볼 수밖에 없으니까요. 출하 시기는 내년 3월에서 4월쯤입니다. 그에 맞춰서 다음 수순을 구상하십시오."

"그래야겠군. 알았소. 우린 한 발짝만 더 가면 되겠지. 이제 북한 이야기 좀 들어봅시다. 우리 경제연구소 직원들은 도대체 감이 없다고 하더군."

이성이 북한에 투자하기로 한 부분은 비교적 공정이 간단한 가전분야, 이미 단종되었거나 단종 예정인 불필요한 라인을 대대적으로 걷어내 북한으로 가져간다는 계획이었다. 약간의 추가비용으로 새로운 수익을 창출할 수 있는 괜찮은 조건이었다. 문제라면 불안한 북한의 정정이었다. 대한이 말했다.

"우리 정부가 북진하지 않을까 하는 우려 때문에 고민을 많이 했는데 이제 그런 염려는 걷어내도 될 것 같고… 남은 건 중국입니다. 그러나 중국도 당장 군대를 움직이지는 못합니다. 통신상황이 아직 정상이 아니고 이 상태로 빠르게 남북이 가까워지면 북한을 공격할 경우, 남한과의 분쟁도 각오해야 한다는 단서가 붙기 때문입니다. 원자바오 총리 피살 건이 유야무야 가라앉지는 않겠지만 전면전까지는 가지 않을 겁니다."

"극단적인 분쟁은 없을 것 같다?"

"그런 셈이죠. 분쟁이 생기더라도 국지전입니다."

"다행이로군. 지금 북한에 대해 김 회장만큼 아는 사람이 없으니 김 회장이 그렇다면 그런 거겠지. 그럼 이성은 예정대로 설비이전을 추진하겠소. 이달 안에 1차분이 선적될 거요."

이병욱은 선선히 고개를 끄덕였다. 어차피 미래나 한대그룹에 비해 이성이 북한에서 감수해야 할 위험부담은 비교적 적은 편이었다. 이병욱이 말을 이었다.

"그건 그렇고… 인공위성 발사를 계획한다고 들었어요. 정말 가능하겠소?"

이병욱은 항공우주연구원과 합동으로 제작 중인 자체 상업위성을 러시아에 비해 상대적으로 저렴한 미스비스 중공업을 통해 발사할 계획이었다. 그런데 지난 달 술자리에서 기획실장 박용호가 슬쩍 운을 띄운 것이었다. 무엇보다 가격 메리트가 컸다. 대한이 말했다.

"올려 보낼 위성을 주시면 우리가 올려 보낼 위성과 함께 궤도에 올려놓을 수 있을 겁니다. 우리 위성과 동시에 올라가는 상황이니 박 실장이 제안한 250억 선까지 가지 않을 겁니다. 더구나 일본에다 우리 물건의 자료를 고스란히 넘겨줄 수는 없습니다."

일반적으로 신형 인공위성의 개발비가 원화로 170억 선인 반면 발사비용은 무려 350억이 넘었다. 배보다 배꼽이 더 큰 상황, 그러나 자체로 인공위성을 쏘아 올려본 적이 없는 한국으로서는 어쩔 수 없이 외국에 손을 내밀어야 했다. 위성에 관련된 모든 정보가 자연스럽게 외국으로 넘어가는 상황이 되는데, 대한은 한국이 발사하는 신형위성의 정보를 일본에다 내주기 싫었던 것이었다. 더구나 이성의 인공위성은 신형 반도체 등 이성의 신기술들이 모조리 집약된 물건이었다. 이병욱이 미간을 좁히며 말했다.

"시점이 내년 8월이오. 위성은 6월이면 준비가 될 거요."

"미래의 계획은 11월입니다. 같이 움직이시죠. 비용은 150억 수준으로 줄어들 겁니다."

"5개월 연기에 100억 세이브라……."

혼잣말을 중얼거리며 잠시 생각하는 듯싶던 이병욱이 금방 고개를 끄덕였다.

"어차피 시간이 빠듯했으니 연기하는 것도 괜찮겠군. 그렇게 하십시다. 단 더 연기는 곤란합니다. 부족한 부분은 우리 이성항공과도 협의를 해주시오. 부품 쪽은 제법 도움이 될 겁니다."

"그렇게 하지요."

형식적이지만 공동개발의 명분을 주는 것도 나쁘지 않은 생각, 고민할 이유는 없었다.

"자. 그럼 급한 건 끝났고… 그 은하수 건 말이오."

"말씀하십시오."

"조금 늦춥시다."

"특별한 이유라도 있으십니까?"

"지금 인텔이 개발하는 물건은 최고가 16기가 램인데 우린 32기가 램이 같은 가격으로 나갈 겁니다. 싼 가격과 물량공세로 시장을 되찾을 수 있다고 생각하는 모양인데… 무리일 겁니다. 은하수가 없어도 인텔에 확실한 타격을 가할 수 있어요. 개별 공장은 완전히 무너트리고 본사를 인수하는 형태로 갑시다. 힘으로 무너트릴 필요도 없고 인수비용을 절감하는 효과도 제법 있을 겁니다. 우린 우리대로 투자대비 수익은 어느 정도 건져야 하고… 더 솔직히 이야기하면 너무 많은 자금이 한꺼번에 투입되는 상황이라 자금회전에 고민이 좀 있어요."

대한은 이병욱의 나이답지 않은 깔끔한 얼굴을 건네다보면서 내심 감탄사를 터트렸다. 확실히 사업가라는 생각, 그가 힘으로 인텔을 삼키려 한 반면 이병욱은 효율을 거론하고 있었다. 이병욱이 다시 말을 이었다.

"어차피 은하수는 현재의 시스템이나 게임시장의 요구에 비해 조금 과한 면이 없지 않아요. 더구나 새로운 OS에다 3차원 필름 모니터, 장갑형 마우스까지 한꺼번에 출시하면 시장에서 거부감이 나올 수 있습니다. 연착륙을 위해서도 1년 정도 여유를 두고 천천히 가십시다. 사실 무리수를 두는 인텔을 잡는 건 이젠 이성만으로도 어렵지 않아요."

대한은 크게 고민하지 않고 긍정을 표시했다. 당장은 신경 써야 할 일도 턱없이 많고 당분간 같이 가야 할 파트너의 입장을 조금 생각해주는 것도 나쁘지 않았다.

"좋습니다. 그렇게 하죠. 일정을 조정해보겠습니다."

간결한 대답, 이병욱의 얼굴이 순간적으로 환해졌다.

"고맙소. 내 대통령 선거에도 한 손 확실히 거들지요."

불타는 하늘

제법 싸늘한 바람이 불어오기 시작하면서 지난 넉 달 동안 치열하게 벌어졌던 해커들과의 사이버전쟁은 서서히 그 끝을 보였다. 어찌된 일인지 치가 떨릴 정도로 설쳐대던 바이러스들이 하루아침에 잠잠해진 것이었다. 중국은 신속하게 통신망을 회복해갔고 일부 상황을 파악하는 것과 동시에 프랑스 정부에 화살을 돌렸다. 어떤 방식이든 중국이 입은 피해에 대한 책임을 지라는 것, 프랑스는 당연히 반발했고 외교가의 논쟁은 차츰 대규모 무역전쟁으로 비화되어가고 있었다.

이어 중앙 군사위원회에 설치된 특별대책본부의 지휘 아래 시스템 방화벽 구축에 신경을 곤두세웠다. 최대한 민간과 군수의 시스템 중복을 피하고 핵을 보유한 부대는 전화선을 제외한 외부회선 접근을 전면적으로 차단하는 등 재발 방지에 혼신의 힘을 기울였다. 물론 접근할 방법이 아예 없는 것은 아니지만 지난 통신대란 때처럼 전군의 시스템이 단번에 먹통이 되는 상황은 막을 수 있을 터였다. 그러나 정상을 회복하려면 아직도 상당한 시간이 필요했고 생각하기도 싫을 만큼 천문학적인 자금이 투입되어야 했다. 후진타오의 고뇌가 갈수록 깊어지는 이유이기도 했다.

'이대로 둘 수는 없는 노릇인데……'

사실 북조선의 반발은 당초 예상을 훨씬 뛰어넘었다. 국경을 차단하다시피 하면서 강력하게 시행된 무역보복과 원유공급 중단에도 불구하고 북조선 정국은 빠르게 자리를 잡아가고 있었다. 이유는 하나, 한국의 미래그룹이 거의 무제한으로 자금을 쏟아 붓기 때문이었다. 밑 빠진 독에 물 붓기가 되리라고 생각했던 예상과는 완전히 달라진 모양새, 정권을 잡은 원용해라는 젊은 장성은 미래그룹과 절묘하게 손발을 맞추면서 남조선 정부까지 멋대로 움직이고 있었다. 이대로 시간이 흐르면 자칫 중국에 호의적인 유일한 사회주의 위성국가를 고스란히 잃어버리는 최악의 사태에 직면하게 될 것 같았다.

문제는 또 있었다. 우선 원자바오를 따르던 당내 급진소장파의 반발, 이들은 원자바오가 사망한 직후부터 후진타오 배후론을 들고 나와 국정을 어지럽히더니 근래에는 아예 공식적으로 반 후진타오 계보를 만들어가고 있었다. 더구나 선양 군구의 움직임도 심상치 않았다. 지난 비행기사고로 죽은 선양 군구 천궈링 상장 때문, 이들은 북조선에 별도 조사관까지 파견해서 항공기 폭발사고를 파고들었고 당의 공식적인 조사결과 발표와는 달리 북조선의 손을 들어주고 돌아와버렸다.

폭발은 내부에서 일어났으며 경비 병력이 자리를 비운 시간이 전혀 없으므로 폭발의 책임을 북조선에 묻기 어렵다는 것, 공식 발표는 되지 않았지만 여러모로 곤혹스런 형국이 지루하게 이어지고 있었다. 그러나 중국 내에서 선양 군구가 차지하는 막강한 영향력이 변수가 되어버렸다. 선양 군구는 중국군의 7개 대군구 중에서 베이징 군구 다음으로 강력한 군구, 만일 선양 군구가 중앙당에 반기라도 들게 되면 그때는 수습이 아예 불가능했다. 이제 더 이상 두고 보기만은 어려운 형국, 어떤 방식이든 특단의 조치가 이루어져야 했다.

오랜 장고 끝에 마음을 결정한 후진타오가 인터폰을 누르며 말했다.

"쉬 부주석 아직도 기다리나?"

―예! 주석동지!

"들여보내라."

쉬차이허우徐才厚 중앙군사위원회 부주석, 선양 군구 출신으로는 드물게 베이징에 입성, 승승장구한 후진타오의 측근 중의 측근이었다. 잠시 후, 가벼운 노크와 함께 쉬차이허우가 집무실로 들어섰다. 60대 중반이 넘은 나이에도 언제나 꼿꼿한 자세로 유명한 전형적인 군인이었다. 쉬차이허우가 무겁게 인사를 하며 후진타오의 건너편에 자리를 잡았다.

"마음은 결정하셨습니까?"

"그래. 결정했네. 자네가 가줘야겠어."

"선양 말씀이십니까?"

"그래. 사령관 왕시 상장이 자네의 오랜 부하였지 않은가. 자네가 직접 해결해야 할 것 같네. 물론 북한을 겁주는 일도 병행해야 해."

"알겠습니다. 가야죠. 타이르면 충분히 알아들을 사람입니다."

"부탁하네."

"그런데……."

"그런데 뭔가?"

"신장위그르 자치구가 좋지 않답니다. 조금 전까지 궈보슝郭伯雄 부주석과 이야기를 나누다 왔습니다."

궈보슝은 란저우 군구 출신으로 쉬차이허우와 나란히 중앙군사 위원회 부주석 자리를 꿰차고 앉은 사람이었다. 란저우 군구의 존재 목적을 대변하듯 궈보슝은 1998년에 일어난 위그르족 독립운동을 효과적으로 진압한 공로를 인정받아 중앙으로 진출한 자였다. 위그르족의 입장에서는 수만 명을 처형하고 수십만 명을 투옥시킨 희대의 악당이지만 중국지도부로서는 이민족의 분리 독립을 틀어 막은 영웅이었다. 후진타오가 시큰둥하게 반문했다.

"또 독립운동인가?"

의례 그래 왔던 터라 새삼스럽지 않았던 것이었다. 그러나 쉬차이허우의 어조는 진지했다.

"이번엔 심각한 모양입니다. 통신이 좋지 않았던 지난 몇 달 동안 우루무치에서만 20여 건의 요인피습 사건이 있었고 원유 파이프라인 폭파기도도 2건이나 있었습니다."

"평소보다 심한 건가?"

"그렇습니다. 5배 이상 심각한 수준입니다. 테러단체로 등록된 ETLO가 다시 무장봉기를 준비하는 것 같습니다."

"또?"

후진타오의 눈이 휘둥그레졌다. ETLO은 동투르키스탄 해방조직의 약자로 1949년 중국이 신장을 침공, 장악한 이래 줄곧 요인암살과 테러를 시도하면서 독립운동을 펼쳐온 위그르족 분리 독립운동 조직이었다. 중국과의 분쟁을 우려한 미국이 한쪽 눈을 질끈 감아버리면서 유엔에서조차 테러단체로 규정되어 고립된 상황, 지난 2005년 대대적인 소탕 이후 거의 사라졌던 터라 제아무리 종교로 무장한 단체라고 해도 누군가 도와주지 않는다면 다시 일어서는 건 절대 불가능했다. 쉬차이허우가 말했다.

"베이징에 억류되어 있던 레비아 카디어의 막내아들 자라드가 사라진 것도 같은 맥락으로 보아야 할 것 같습니다."

레비아 카디어는 2005년 미국으로 망명한 위그르족 독립운동가였다. 여자의 몸으로 위구르족의 독립운동을 진두지휘하다가 1999년 체포된 뒤 중국정부의 묵인 하에 미국으로 건너간 사람이었다. 억류해둔 그녀의 아들이 감시의 눈을 피해 베이징을 벗어났다는 건 분명 심상치 않은 조짐이었다. 후진타오가 미간에 깊게 골을 팠다.

"그놈이 베이징을 벗어났다? 언제?"

"최소 6일 전이랍니다. 신장 공안과 란저우 군구에 긴급체포령을 내려놨습니다."

"골치 아프군. 타이완에다 티베트, 북조선, 이젠 위그르까지 설치나?"

"너무 심려 마십시오. 사실 위그르는 국제적으로 고립되어 있어서 대세에 영향을 미치지 못합니다. 타이완은 외교적으로 이득을 챙기기 위해서 독립이라는 카드를 끌어냈을 가능성이 높고 티베트는 힘도 인구도 없습니다."

"맞아. 지금 가장 큰 일은 북조선이겠지. 북조선이 남조선 손에 넘어가면 국경까지 미제 탄극坦克이 들어오네. 신의주에서 베이징까지는 직선거리로 겨우 1,000킬로미터야. 최소한 그건 막아야지. 그게 자네 할 일이야."

"알겠습니다. 주석동지."

"나가 보게. 가면서 비서관에게 궈보슝 부주석 들어오란다고 전하고."

"예. 동지. 그럼."

정중하게 허리를 굽힌 쉬차이허우가 집무실을 나가자 후진타오는 등받이에 깊숙하게 기대앉아 눈을 감은 채 심호흡을 했다. 골치 아픈 일이 끊임없이 일어나고 있지만 수습은 얼마든지 가능했다. 이 정도는 장쩌민을 주석직에서 밀어낼 때의 피말리는 권력투쟁에 비하면 아무것도 아니었다. 이도 저도 안 되면 힘으로 밀어붙이면 그뿐, 대 '중화인민공화국'에 저항할 수 있는 나라는 머릿속에 없었다.

비단길 톈산북로가 시작되는 오아시스의 도시 우루무치는 위그르어로 '아름다운 목장'이라는 뜻이다. 해발 900m에 위치한 도시답게 10월인데도 온도는 아슬아슬하게 영상을 유지하고 있었다. 치우를 가라앉힌 톈지天池는 벌써 살얼음이 얼 정도의 차가운 날씨였다. 케이블카를 타고 내려와 관광버스를 이용해 우루무치로 향하는 길, 평범한 복장으로 관광객들 틈에 끼어 있어서 대한과 아영을 의심하는 사람은 없었다. 2시간 가까운 시간을 털털거리며 움직인 버스가 우루무치에 도착하자 곧장 시내 한복판의 홍산을 찾았다.

"공안들이 너무 많네."

홍산에 첫발을 내딛은 대한의 감상평이었다. 제법 높은 건물들도 들어섰고 도로도 직선으로 뻗어 여느 오아시스 도시와는 확연히 달랐다. 아영이 팔짱을 끼면서 말했다.

"우루무치는 위그르족보다 한족이 더 많이 살아. 한족 입장에서 테러에 당하지 않으려면 공안과 군대는 필수니까 많을 수밖에 없지."

"하기야. 상당히 신경 쓰이겠군. 약속장소는 어디니?"

"홍산 정상이야. 임칙서인가 하는 사람 석상 앞. 우린 한족으로 보일 거니까 검문 같은 거 신경 쓰지 않아도 될 거야."

"일단 가자. 뭐 검문 걸리면 나는 벙어리지. 후후. 수화하는 척하면서 나노라디오로 전송해줘."

"내가 수화 가능한지 어떻게 알았어?"

"반려로봇이라면서? 밤일도 되는데 기본 프로그램에 그 정도는 있지 않겠냐? 크크."

두 사람은 팔짱을 낀 채 낄낄대면서 홍산 정상을 향해 걸었다.

오전 11시, 아직 이른 시간이라 관광객은 그리 많지 않았다. 느긋하게 걸음을 떼면서 아영에게 선거 상황을 간단하게 정리하라고 명령했다.

"선거는 어떻게 돌아가니? 정리 좀 해줄래?"

"이제 딱 반환점 돈 상황인데… 일단 예상을 크게 빗나가지 않은 오차범위 안에서 움직이고 있어."

아영은 간결하게 각 방송사의 여론조사 상황을 보고했다.

대통령 선거는 무려 2배에 가까운 엄청난 차이로 집권당 후보인 박지웅을 따돌린 상황, 굳이 설명할 필요도 없었다. 국회의원 선거역시 야당이 과반의석수는 가볍게 넘긴다는 것이 지배적인 예상이었다. 특히 이태식이 새로 정계에 입문시킨 24명이 발군의 힘을 발휘했다. 주로 40대의 비교적 젊은 변호사와 학자, 기술자들이었는데 이들이 무시무시한 바람을 일으키면서 완패가 예상되던 집권여당의 텃밭에서 선전한 것이었다. 현직 국회의장, 전직 장관 등 정말 막강한 거물과 맞붙은 몇 명을 제외하고는 모두 앞서가는 형세, 그나마 그 몇 명도 오차범위 안에서 혈전을 벌였고 시간이 갈수록 격차는 줄어들고 있었다. 그가 비릿하게 웃으며 중얼거렸다.

"지난 정권에서 욕먹을 짓을 너무 많이 했지. 후후. 젊은 신인들에게 이렇게 몰릴 줄은 몰랐을 거다."

"친일파 명단의 파괴력이 내 시뮬레이션에서보다 상당히 더 컸어. 우리나라 사람들이 친일파 싫어하는 건 알았지만 이 정도로 심각하리라고는 판단하기 어려웠어. 특히 제대로 증거가 갖춰진 사람들은 아예 바닥을 기더라."

아영의 대답, 당초 신인 24명이 출마한 지역구는 야권에서도 거의 포기하다시피 했던 지역이라 큰 무리 없이 이태식이 공천권을 확보할 수 있었는데 이들이 예상을 뒤엎어버린 것이었다. 친일파 논란이 얼마나 무서운 파괴력을 쏟아냈는지를 한눈에 보여준 셈이었다. 그가 다시 말했다.

"후후. 해방되면서 친일파 청산을 못한 게 두고두고 천추의 한이었으니까. 지난 정권에서 독도 어쩌고 하면서 일본이 시비를 걸어준 것도 제법 도움이 됐지. 다 왔나보네?"

낮지 않은 야산이어서 그런지 대화가 끝나기도 전에 멀리 석상 꼭대기가 눈에 들어왔다.

조금은 엉성한 느낌, 석상보다는 차라리 한눈에 내려다보이는 우루무치 시내의 전경이 훨씬 더 인상적이었다.

투박한 석상과 시커먼 페인트칠이 된 화로를 지나 다시 숲길로 돌아서려는 순간 푸른 눈을 가진 30대 여성이 숲 안쪽에서 손짓을 했다. 제법 유창한 영어였다.

"이쪽입니다. 선생님."

야구모자에 선글라스까지 쓴 상태라 두 사람의 얼굴을 쉽게 알아볼 리는 없지만 옷차림만으로 접선자임을 알아본 모양이었다.

여자를 따라 한참을 산길로 이동하자 진입로 반대편의 비좁은 도로가 나타났다. 여자는 시동을 건 채 대기하는 낡은 SUV를 가리키고는 홀쩍 숲으로 사라져버렸다. 운전석에 앉은 사람은 흔한 투르크 계열 아랍인의 얼굴을 가진 20대 초반의 사내였다.

사내는 아무 말 없이 차를 몰아 30여 분쯤 빠르게 골목길을 달렸다. 미행이라도 따돌리려는 듯 빌딩들이 시야에서 완전히 사라진 뒤에도 납작하고 허름한 흙집들이 즐비한 구역을 계속해서 돌더니 한 시간쯤 뒤에야 시내를 빠져나와 비포장도로를 달리기 시작했다.

사내는 1시간 가까이 울퉁불퉁한 길을 달려 인적이 전혀 없는 험한 바위산 앞에다 두 사람을 내려놓고는 바위산 한쪽의 소로를 가리키고는 온 길을 되짚어 사라져버렸다.

"여기가 아지트인 모양이네. 일단 가보자."

험한 바위산길을 다시 20여 분을 걷자 자동화기로 무장한 사내들이 무어라 고함을 질렀다. 시커먼 스키 모자를 뒤집어써서 보이는 건 눈동자뿐이었다. 대한이 아영을 돌아보며 물었다.

"뭐라니?"

"내 데이터베이스에 없어. 아무래도 아랍계통 방언인 것 같아."

"쩝… 곤란하군."

그가 사내들을 향해 어깨를 으쓱해 보이자 서너 명이 바위 아래로 뛰어내려 다가왔다. 가장 앞선 사내가 입을 열었다.

"한국 사람이오?"

약간 어눌한 영어, 대한은 고개만 끄덕였다. 사내는 손가락으로 바위 위를 가리켰다. 올라가라는 뜻일 터, 안내하는 소년병을 따라 길도 보이지 않은 바위틈을 한참 이동하자 제법 규모가 큰 동굴이 나타났다. 동굴 초입에서 낯익은 얼굴 하나가 뛰어나왔다.

"어서 오십시오. 대장."

맨 처음 실시된 미래포스 훈련에서 대한에게 혼쭐이 났던 특전사 특무중사 출신 조인호였다. 지금은 중위까지 승진해서 신장에 파견된 3개조 12명을 지휘하고 있었다. 그가 거수경례를 받으며 말했다.

"국경 넘어 다니느라 수고했다. 문제는 없나?"

"예. 대장. 대원들은 국경에서 대기 중입니다. 명령이 떨어지면 곧장 국경을 넘을 겁니다."

"좋아. 수고했다.

"들어가시죠. 자라드가 기다립니다."

"안내해라."

세 사람은 재빨리 동굴 안으로 들어갔다. 입구부터 서서히 넓어진 동굴은 얼마 되지 않아 폭만 족히 100m가 넘는 널찍한 광장으로 변해갔다. 안으로 들어갈수록 모닥불과 정렬된 총기들의 숫자가 늘어났고 퀴퀴한 곰팡이 냄새도 점점 더 짙어졌다. 이어 바위틈을 흐르는 지하수를 따라 10여 분을 더 걷고 나서야 사위가 밝아지면서 빛이 보이기 시작했다.

동굴을 나서자 하늘을 온통 뒤덮은 울창한 침엽수림이 가장 먼저 눈에 들어왔다. 산으로 빙 둘러싸인 완벽한 천연의 요새, 통나무집들이 줄줄이 들어서 있지만 위성에서는 도저히 찾아낼 수 없을 만큼 울창한 삼림이었다. 소년이 절벽에 달라붙은 통나무집으로 부지런히 뛰어가며 무어라 소리를 지르자 통나무집 문이 벌컥 열렸다. 모습을 드러낸 건 30대 중반쯤 보이는 잿빛 눈동자의 사내, 사내가 계단을 풀쩍 뛰어내리며 영어로 말했다.

"어서 오세요. 김 회장. 내가 자라드올시다."

"만나서 반갑습니다."

의례적인 악수, 그러나 마주잡은 손에선 힘이 느껴졌다. 자라드가 통나무집을 가리키며 말했다.

"일단 들어갑시다. 막 낭을 구웠어요. 같이 드십시다."

집안으로 들어서자마자 고소한 빵 냄새가 코를 찔렀다. 식탁 위엔 갓 구운 낭 10여 개가 나란히 눕혀져 있었다.

식탁 앞자리를 권한 자라드가 건너편으로 돌아가 앉으며 조금은 호들갑스럽게 말했다.

"자자. 듭시다."

낭은 위그르인의 주식인 화덕에 굽는 빵, 오래 되면 딱딱해서 이빨의 만수무강을 걱정해야 하지만 새로 구운 낭은 고소하고 부드러워서 그런대로 먹을 만한 음식이었다. 그가 낭 한 조각을 떼어내 물 한 모금과 함께 삼키자 자라드가 다시 말했다.

"이제야 어머님 뵐 면목이 섰습니다. 다 김 회장 덕입니다."

조인호를 먼저 베이징에 보내 자라드를 할흐골로 빼돌렸고 몽골을 통해 신장 쪽 중국 국경을 다시 넘은 것. 자라드가 합류한 ETLO는 불과 며칠 사이에 그 세가 두 배 가까이 불어나고 있었다. 대한이 차분하게 말을 받았다.

"별말씀을요. 이제 겨우 시작입니다. 중국군 주력부대가 투입되면 보나마나 어려운 싸움이 될 거고요."

정색을 한 그의 말에 자라드가 씩 웃었다.

"여기 톈산에서 중국군이 힘을 쓴다고요? 이런… 후후후. 그런 말씀 마세요. 물건이 도착하면 우린 보병이 지니고 다닐 수 있는 무기는 모두 가지게 됩니다. 톈산에 들어오려면 중국군도 보병뿐입니다. 얼마든지 오라고 하십시오. 두고 보세요."

대한은 몽골 국경에다 10톤 트럭 12대분의 북한제 자동소총과 실탄, 수류탄, 대전차미사일 등 북한 정규군의 개인화기를 대기시켜놓고 있었다. 거의 정규군 2개 연대의 무장을 걷어온 셈, 자라드를 중심으로 뭉친 저항군이 대략 1,500여 명 수준이니 무기가 당장 부족하지는 않을 터였다. 인근의 염호鹽湖에서 채취한 무수망초를 수백 톤씩 무시로 실어내가는 한영그룹의 화물트럭을 이용할 예정이라 검문의 걱정도 별로 없었다. 그가 가볍게 고개를 끄덕였다.

"다행이군요. 그건 그렇고… 저항군 규모가 얼마나 됩니까? 우리 직원들 이야기로는 대략 1,500명 정도라던데요?"

"우루무치 인근만을 따지면 대략 비슷합니다. 하지만 카슈가르와 투루판 저항세력을 합치게 되면 일만 명은 거뜬히 넘어갑니다. 앞으로 저항운동이 본격화되면 그보다 훨씬 더 늘어나겠지요."

"확신하십니까?"

"1,000만 위그르족은 철저히 단결할 겁니다. 독립을 주장한다고 무려 18,000명을 한꺼번에 처형한 자들입니다. 밀가루 몇 톤 던져주면서 그 수백만 배의 가치가 있는 원유와 목재를 모조리 훑어갑니다. 저들이 숲을 쓸어간 만큼 사막은 자꾸만 넓어집니다. 더 무슨 말이 필요하지요?"

결연한 대답, 대한은 말을 삼켜버렸다. 자라드가 말을 이었다.

"독립운동의 선두에 서셨던 내 아버지는 중국정보부에 의해 암살되셨고 어머니는 먼 타국에서 오로지 조국의 독립을 기원하고 계십니다. 이제 내게 기회가 주어졌으니 알라의 이름으로 목숨이 다하는 순간까지 싸울 겁니다."

대한은 잠시 자라드의 얼굴을 넘겨다보면서 낭 한쪽을 다시 입에다 털어 넣었다. 확신에 넘치는 사람이다. 부모의 후광을 업고 있긴 하지만 결코 만만한 사람이 아니다. 최소한 헛손질이 되지는 않는다는 판단, 결정은 신속했다.

"좋습니다. 적의 적은 친구가 되지요. 약속한 무기들이 오늘밤 국경을 넘을 겁니다. 인수받을 사람을 대기시키십시오."

"고맙습니다. 김 회장. 대신 나는 김 회장을 만난 기념으로 오늘밤 멋진 구경을 시켜드리죠."

"멋진 구경이요?"

"남동쪽으로 30킬로미터만 내려가면 투루판 파이프라인입니다. 오늘밤 자위관과 투루판 파이프라인을 동시에 폭파할 계획입니다. 투루판은 멀지 않으니 구경이라도 하시죠."

"직접 가실 생각입니까?"

"예. 60년 독립운동의 기념비적인 날입니다. 무슨 일이 있어도 현장에 있어야지요."

"흠……."

대한은 잠시 고민했다. 당초의 계획은 당일 중으로 톈산에 돌아가 치우를 띄우는 것, 밤까지 기다린다면 내일 밤에 돌아가야 한다는 뜻이었다. 그가 고심하는 것 같자 아영이 슬쩍 대안을 전송했다.

―파이프라인 공격이 끝난 뒤에 이 근처 산지까지 치우를 이동시켜도 돼.

괜찮은 생각이었다. 어차피 톈산까지 돌아가는 것도 만만치 않으니 밤까지 이곳 상황을 둘러본 다음 폭파작전을 거들어주는 것도 나쁘지 않았다. 자칫 여기서 자라드가 체포되거나 죽기라도 하면 큰 낭패였다. 그가 가만히 고개를 끄덕였다.

"좋습니다. 같이 가죠. 조 중위는 즉시 국경으로 이동해서 예정대로 물건 인계를 지휘해라. 석 달 후에 서울에서 보자. 행운을 빈다."

"예. 대장. 그럼."

조인호와 그의 부대는 앞으로 석 달 동안 이들을 훈련시킨 뒤에 서울로 돌아올 예정, 거수경례를 하고 돌아서는 조인호의 거구가 오늘따라 날렵하게 느껴졌다.

부대상황을 돌아보며 잠시 휴식을 취한 대한은 오후 무렵 이동을 시작하는 자라드를 따라 동굴을 빠져나왔다. 신속한 이동, 바위산을 내려오는 즉시 낡은 트럭을 타고 해가 질 때까지 줄기차게 비포장도로를 달렸다. 그리고 해가 완전히 떨어지고 나서야 무성한 숲과 드넓은 목화밭 사이의 경계에다 차를 세우라고 명령했다.

"여기서부터는 걸어야 합니다."

그가 차에서 내리자 자라드는 능숙한 솜씨로 대원들을 지휘했다.

"너. 너. 남아서 차를 숨기고 대기해라. 나머지는 이대로 이동한다. 준비해."

"네! 장군!!"

대원들 역시 정예병답게 신속하게 움직였다. 두 사람을 차에 남겨두고 본격적인 행군 시작, 투루판 분지로 들어서면서부터 온도는 빠르게 상승해서 늦가을에서 곧장 여름으로 바뀐 느낌이었다. 행군을 시작한 지 1시간 남짓 시간이 흘러 행군이 지루하다 싶어질 무렵 대한이 걸음걸이를 늦추며 자라드에게 말을 붙였다.

"밤인데도 온도가 거꾸로 많이 올라간 느낌이군요."

"그럴 겁니다. 해발 1,000미터가 넘는 고지에서 곧장 해수면 아래 280미터까지 내려온 상황이니까요."

"그런가요?"

"이 부근에 소금호수가 많은 것도 그런 이유입니다. 여긴 바다였죠."

대한이 고개를 주억거리자 이번엔 자라드가 물었다.

"돈 많은 사람들치고는 두 사람 다 체력이 대단하군요. 특히 여자 분은 금방 처질 줄 알았는데 말입니다."

"후후. 저 녀석이나 저나 악으로 버티고 있습니다. 남들은 무거운 배낭에다 소총까지 들었는데 먼저 지치면 곤란하지요."

"잘 따라오십시오. 낙오하시면 버리고 갈 겁니다. 하하."

농담을 주고받으면서도 무서운 속도로 행군을 계속한 일행은 새벽 1시를 전후해서 초대형 파이프라인과 철책이 내려다보이는 납작한 구릉 정상에 도착할 수 있었다. 최근 바짝 강화된 경계령 때문인지 파이프라인을 따라 수백 미터 단위로 2인 1조의 동초들이 배치되어 있었다. 자라드가 말했다.

"초소에서 최대한 멀리 떨어진 곳을 골랐지만 트럭으로 파이프라인을 따라 움직이면서 동초들을 배치하기 때문에 보통 10분 이내에 지원군이 도착합니다. 무조건 신속하게 치고 빠져야 합니다. 곧 송유가 끝나는 시간이고요. 파이프 안에 원유가 있을 때 폭파해야 최대한 넓은 구간에 피해를 입힐 수 있습니다."

파이프 속의 원유에 점화된다고 해도 역화차단 시스템이 정상적으로 작동한다면 피해범위는 몇 백 미터로 한정될 터였다. 하지만 자라드가 생각하는 그 몇 백 미터의 상징적인 의미는 작지 않았다. 60년 전 중국의 침략으로 멸망한 동투르키스탄의 재건을 선포하고 중국정부의 소수민족에 대한 무자비한 탄압을 세상에 알리는 신호탄이라는 생각이었다.

"이동! 기도유지!"

자라드의 지시에 따라 신속하게 구릉을 내려온 대원들이 산개하다 말고 바짝 바닥에 엎드렸다. 시야 밖으로 사라졌던 동초들이 돌아온 것이었다. 워낙 시계가 트인 개활지여서 동초가 있는 상황에서는 접근 불가, 동초들이 멀어지자 이번엔 몸이 가벼운 두 사람이 동초들이 이동하는 길목까지 재빨리 접근했다. 신속하지만 조용한 접근, 철책 가까이에 몸을 숨긴 두 사람은 죽은 듯이 고요하게 동초들이 돌아오기를 기다렸다. 초조한 몇 분이 흐르자 어둠 속에서 동초들의 랜턴 불빛이 잠시 빛을 냈다. 순간 나직한 타격음과 비명이 밤하늘에 울려 퍼졌다. 자라드가 벌떡 일어서며 무전기에 대고 낮게 소리쳤다.

"작전개시! 3분 내에 끝내고 철수한다! 작전개시!"

그의 명령과 동시에 10여 개의 시커먼 그림자들이 일제히 철책을 향해 달렸다. 먼저 간 대원들은 벌써 철책에 달라붙어 철망을 잘라내고 있었다. 자라드의 뒤를 따라 걸음을 옮긴 대한은 철책 가까이까지만 접근해서 돌아가는 상황을 예의 주시했다. 굳이 더 들어갈 이유는 없었다.

다시 몇 분 후, 철망을 완전히 잘라낸 대원들이 파이프를 따라 달리면서 파이프 지지 구조물로 올라가 폭약을 설치하기 시작했다. 나름 순조로운 진행, 그러나 그가 제법이라는 생각을 떠올리는 순간, 아영이 그의 어깨를 두드렸다.

"무장 트럭이야. 2대고 생체반응은 43, 남동쪽 2.5킬로미터에서 평균 시속 30킬로미터로 접근 중이야."

"제기랄. 2.5 킬로미터?"

"응. 5분 이내에 도착이야."

대한은 재빨리 몸을 일으켜 서쪽을 확인했다. 시커먼 지평선, 멀리 어둠 속에서 흐릿한 불빛이 반짝였다. 그가 철책을 툭툭 치며 나직하게 소리쳤다.

"자라드! 중국군이오! 중국군 트럭이 접근합니다! 5분이면 도착이오!"

흠칫 놀란 자라드가 서쪽 지평선을 일별하고는 뾰족하게 고함을 질렀다.

"철수한다! 철수!! 당장 끝내고 나와!"

다음 순간, 어디선가 날카로운 총성이 터져나왔다.

카카캉!!

분명한 AK소총의 폭음, 반사적으로 눈을 돌렸다. 반대쪽 철책에서 오렌지색 섬광이 쏟아져 나왔다. 둘, 즉시 아군의 응사가 이어졌지만 총격은 멈추지 않았다. 자세를 낮춘 자라드가 총구화염을 향해 연신 방아쇠를 당기며 다급하게 외쳤다.

"철수한다! 나머지 폭약들은 그냥 던져 놔! 철수한다! 철수!!"

대한은 고민하지 않고 곧장 철책에서 벗어나 처음 도착했던 구릉을 향해 달렸다. 총기를 손에 쥐지 않은 이상 위험하기만 할 뿐 여기선 도움이 되지 않을 터였다. 불과 2분 남짓, 그가 구릉을 넘어설 무렵쯤엔 총성은 잦아들었다. 그러나 상황은 급박해졌다. 속도를 높인 트럭이 수백 미터 앞까지 접근해 있었다.

"빨리!! 서둘러!!"

대원들이 속속 구릉을 넘어서자 자라드가 뭔가 꺼내들고 안테나를 뽑더니 즉시 눌러버렸다.

콰쾅!

무시무시한 섬광이 파이프라인 지지대에서 터져 나왔다. 연달아 여섯 번, 이어 묵직한 진동이 발밑을 두들겼다.

가장 먼저 눈에 들어온 건 시뻘건 화염 속에서 푹 꺾이며 주저앉는 파이프, 다음은 새카만 세상을 한 줄로 가르며 줄달음치는 무시무시한 화염이었다. 수백 미터 떨어진 구릉 정상까지 후끈한 열기가 느껴졌다. 자라드의 사력을 다한 고함 소리가 멍한 고막을 때렸다.

"뛰어!!"

올 때는 대한을 포함해 전부 13명이었으나 돌아가는 지금은 11명, 2명이 전사했다는 뜻이었다. 그러나 자라드는 물론 다른 대원들의 얼굴에서도 아쉬운 표정 같은 건 전혀 느껴지지 않았다. 성전을 치르면서 맞는 죽음이니 무슬림으로서는 최고의 영광스런 길일 터였다.

온 길을 되짚어 30여 분을 꾸준히 달려 코끝에 땀방울이 맺혔다고 느껴질 즈음 몇 발 앞서 달리던 자라드가 털썩 주저앉으며 거칠게 숨을 골랐다.

"잠깐 쉬자."

젊은 대원들도 완전히 지쳤는지 대부분 그 자리에 그대로 주저 앉아 드러누워버렸다. 대한도 대충 앉을 만한 곳을 찾아 걸터앉았다. 그런데 아영이 재빨리 옆으로 다가서며 말했다.

"지금 움직여야 돼. 6분 거리까지 따라붙었어."

"6분? 그렇게 빨리? 차량이야?"

"응. 장갑차 2대와 군용트럭이야. 비상대기조인 것 같아."

"젠장. 심각하네."

"서쪽 2킬로미터에 포도농장하고 제법 큰 개천이 있어. 지형이 푹 꺼져 있어서 차량은 도하하기 어려울 거야. 그쪽으로 우회하자고 해. 그게 최선이야."

"알았다. 움직이자."

대한은 재빨리 자라드에게 다가가 간단하게 상황을 설명하고 서쪽으로 이동할 것을 종용했다. 자라드도 강의 존재를 기억해냈는지 별다른 이의를 달지 않고 곧장 이동을 명령했다.

"움직인다! 서쪽 타림강 지류를 건넌다! 서둘러라!"

급히 자리를 뜬 일행은 결사적으로 발을 놀려 강변으로 달렸다.

겨우 달빛에 의지한 필사의 달리기, 발을 끌다시피 하면서 포도 밭을 가로지른 선두가 강에 뛰어드는 순간 머리 위로 서치라이트 불빛이 느껴졌다. 자라드가 강으로 뛰어들며 소리쳤다.

"적이다! 서둘러!"

폭이 5m나 겨우 될 법한 좁은 강은 깊지도 않아서 겨우 무릎에

찰 정도였다. 하지만 수로 자체가 지면에서 1m 이상 푹 꺼진 상태여서 차량으로는 도저히 도하할 수 없는 모습이었다.

서넛이 반대편 강변으로 기어 올라가는 순간 자동화기의 묵직한 총성이 터졌다.

"크악!!"

섬뜩한 수십 줄기의 예광탄, 강변에 매달렸던 두 사람이 순식간에 강물 속으로 처박혔다. 즉사, 기슭에 떨어진 AK를 잡아챈 대한은 서치라이트 불빛의 사각이다 싶은 곳을 통해 단숨에 강변으로 올라섰다. 예광탄은 여전히 강 이쪽 편에 줄줄이 내리꽂히고 있었다. 일단 은폐물을 찾아 자세를 낮췄다. 어느새 따라붙은 아영은 유령처럼 옆자리에 있었다.

살짝 눈을 내밀어 강 건너를 확인했다. 거리는 아직 200m 이상 떨어져 있었지만 선두 장갑차 꼭대기에 매달린 중형 서치라이트가 강변을 대낮처럼 비추고 있었다. 대원들이 강변으로 올라오려면 최우선으로 치워야 할 물건이었다. 대한은 흐릿한 야간사격의 기억을 떠올리면서 라이트를 조준해 연달아 세 번 방아쇠를 당겼다.

캉! 카캉!

매캐한 화약 냄새가 코끝을 스쳤다. 그러나 영화에서처럼 절묘하게 깨져야 할 라이트는 멀쩡했고 예광탄만 곧장 날아들어 그가 몸을 숨긴 둔덕을 마구잡이로 쥐어뜯었다. 그가 머리를 바닥에 처박으며 욕설을 뱉었다.

"X팔! 마음같이 안 되네."

일단 몇 바퀴 몸을 굴려 탄착점을 피한 다음 다시 서치라이트를 조준했다. 거리는 벌써 상당히 가까워져 있었다.

카카캉!

이번엔 아예 자동으로 놓고 10여 발을 연속으로 쏴버렸다. 순간, 서치라이트가 덜컥 들리면서 하늘을 향해 빛을 쏘아냈다. 라이트를 조작하던 놈이 재수 없이 얻어맞은 모양이었다. 재빨리 돌아누워 얼얼한 뺨을 만졌다. 일단 한숨은 돌렸지만 더 시간을 끌 수는 없었다. 다시 몸을 굴려 총 쏜 자리를 벗어나면서 몸을 일으켰다. 자라드는 막 강변에 매달리고 있었다. 그가 자라드를 끌어올리며 소리쳤다.

"먼저 가시오! 내가 시간을 벌겠소!!"

"무슨 소립니까? 김 회장이 무슨 수로……."

대한은 막무가내로 전화기 하나를 꺼내 자라드의 손에 쥐어주고 등을 떠밀었다.

"입씨름 할 시간 없소. 이거 가지고 가시오! 전화하겠소."

"그…그게 무슨……."

"어서!!"

엉겁결에 등을 떠밀린 자라드가 대원들을 데리고 구릉 사면을 돌아가자 대한은 소총을 강물 속에다 던져버리고는 아영과 눈을 맞췄다.

"시작할까?"

"응."

"좋아. 치우비 온라인."

치우비를 가동한 그는 철컥하는 이음을 느끼면서 몸을 일으켰다. 반사적으로 양손을 내려다보았다. 이미 암흑 속으로 스며든 치우비는 야시경이 가동된 그의 눈에도 제대로 보이지 않았다. 무슨 일이든 해낼 수 있을 것 같은 자신감, 솟구치는 아드레날린이 온몸을 휘감았다.

"가자!"

나직하게 중얼거린 그는 정수리로 몰리는 저릿한 흥분을 음미하면서 서너 발 뒤로 물러섰다. 강 건너편까지는 대략 10m 남짓, 달려나가면서 단숨에 강을 건너뛰어 건너편 기슭을 차고 강변으로 올라섰다. 강변에 접근한 중국군 차량들은 벌써 병력을 하차시키고 있었다. 강변을 유령처럼 달리면서 상황부터 훑었다. 병력은 대략 60여 명, 마지막으로 도착한 장갑차 뒷문이 열리면서 서넛이 또 내리고 있었다. 가장 위험스런 물건은 역시 장갑차에 달린 12.7mm짜리 중기관총 포탑, 생각할 것도 없이 첫 번째 목표는 장갑차였다. 마음을 결정한 대한이 강변을 벗어나며 낮게 소리쳤다.

"장갑차부터 치자! 앞에 거 맡아! 기관총으로 트럭들 작살내버려!"

아영은 대답도 없이 선두 장갑차를 향해 방향을 틀었다. 대한은 트럭들을 눈부신 속도로 우회해서 아직 열려 있는 장갑차의 테일 게이트로 몸을 날렸다. 헬멧과 헤드셋을 쓴 놈이 막 게이트 밖으로 몸을 내밀어 문을 들어 올리려 하고 있었다. 달려드는 대한과 눈이 마주쳤다. 당혹스런 표정, 반사적으로 허리춤에 손을 가져갔지만 대한의 발이 더 빨랐다. 대한은 순간적으로 놈의 턱에 팔꿈치를 틀어박으면서 안으로 튀어 들어갔다. 놈은 한쪽 손으로 문틀을 붙잡은 채 의식을 잃고 보병탑승칸 쪽으로 비스듬히 넘어갔다. 놈이 쓰러지는 서슬에 기관총좌 마운트에 올라섰던 놈이 다급히 자세를 낮춘 것과 대한의 주먹이 놈의 관자놀이에 박힌 건 거의 동시였다.

"컥!"

놈은 일격에 정신을 잃고 운전석 위로 처박혔다. 비좁은 장갑차 내부에서 움직이는 건 마땅치 않았다. 대한은 쓰러진 놈의 다리를 운전석으로 밀어내버리고 곧장 기관총좌로 올라섰다. 트럭에서 내린 중국군은 신속하게 강변으로 산개하고 있었다.

철컥!

노리쇠를 당겼다 놓은 그는 무조건 방아쇠를 움켜쥐었다.

투두두둥!

묵직한 진동이 손끝을 울리고 오렌지색 예광탄이 줄줄이 강 건너로 날아갔다. 당연히 엉뚱한 곳.

'젠장!'

다급히 총구를 내렸다. 예광탄은 부드럽게 휘면서 궤적을 틀어 이동하던 중국군들의 머리 위로 쏟아졌다. 무시무시하게 튀어오르는 흙먼지, 대여섯 놈이 썩은 짚단 무너지듯 주저앉았고 나머지는 황급히 무릎을 끓었다. 횡으로 총구를 움직이며 엉거주춤 뒤를 돌아보는 놈들에게 무차별로 총탄을 쏟아 부었다. 몇 놈이 이쪽을 향해 응사 시작, 그러나 무자비한 중기관총탄의 쇄도를 버텨내기는 무리였다. 삽시간에 다시 10여 명이 쓰러지고 나머지는 놀란 메뚜기 떼처럼 은폐물을 찾아 달아나기 시작했다.

다시 횡으로 전장을 휩쓸면서 선두 장갑차 쪽을 확인했다. 날카로운 섬광, 트럭들에서 연달아 불길과 연기가 치솟았다. 아영의 작품일 터, 상황은 삽시간에 끝을 보였다. 그러나 기관총좌의 프로텍터에 부딪히는 금속성은 여전했다. 자욱한 흙먼지 속으로 여기저기서 총구섬광이 보였다. 총구섬광을 목표로 줄기차게 예광탄을 날려보낸 그는 기관총이 송탄불량으로 철거덕 소리를 내자 미련 없이 기관총을 버리고 장갑차에서 빠져나왔다. 기절한 놈의 탄띠에서 수류탄 하나를 뜯어내 안에다 던져놓은 건 물론이었다.

"빠져나가자!"

—응.

콰쾅!

그의 등 뒤에서 유폭된 장갑차가 들썩하고 시뻘건 불길을 내뿜었다. 아영이 따라붙자 대한은 곧장 강을 따라 상류로 달렸다. 유인하겠다는 뜻, 이왕 자라드를 도와주는 거라면 확실하게 유인할 필요가 있었다. 그러나 삽시간에 풍비박산이 된 중국군은 추격의 의지를 상실했는지 아예 따라오지도 않았다.

10여 분을 전력으로 달려 납작한 구릉을 몇 개 넘자 아영이 바짝 따라붙으며 말했다.

"치우 띄웠어. 근처에 착륙시킬까?"

"아니. 조금 더 험한 지형으로 움직이자. 저것들 눈에라도 띄면 골치 아파진다."

주변은 점점 황량한 초지로 변해갔지만 지형은 제법 험해지고 있었다. 제법 높아 보이는 산지를 향해 줄기차게 발을 놀린 대한은 30여 분을 더 달려 완전히 지쳤다 싶어질 무렵이 되어서야 걸음을 멈췄다. 거의 완벽한 어둠, 예상대로 중국군의 추격은 보이지 않았다. 발밑을 내려다본 그가 거친 호흡을 가다듬으며 중얼거렸다.

"경치 좋네."

지평선 너머 실크로드의 하늘은 붉게 타오르고 있었다. 거의 2km에 가까운 송유관이 한꺼번에 날아가버린 투루판 분지, 향후 3년이 넘는 긴 시간 동안 중국정부의 골머리를 싸매게 할 이른바 '서방전쟁'의 시작이었다.

(4권에 계속)